我在车八岭等你

吴智宏 著

羊城晚报
出版社
·广州·

图书在版编目（CIP）数据

我在车八岭等你／吴智宏著. —广州：羊城晚报出版社，
2017.6

ISBN 978-7-5543-0436-5

Ⅰ. ①我⋯ Ⅱ. ①吴⋯ Ⅲ. ①散文集—中国—当代②诗
集—中国—当代 Ⅳ. ①I217.2

中国版本图书馆CIP数据核字（2017）第126932号

我在车八岭等你

Wo Zai Chebaling Deng Ni

策划编辑	谭健强
责任编辑	谭健强
责任技编	张广生
装帧设计	友间文化
责任校对	余静梅
出版发行	羊城晚报出版社
	（广州市天河区黄埔大道中309号羊城创意产业园3-13B 邮编：510665）
	发行部电话：（020）87133824
出版人	吴 江
经 销	广东新华发行集团股份有限公司
印 刷	广州佳达彩印有限公司
规 格	787毫米×1092毫米 1/16 印张15.25 字数240千
版 次	2017年6月第1版 2017年6月第1次印刷
书 号	ISBN 978-7-5543-0436-5
定 价	42.90元

内 容 简 介

　　此书是广东省第一部由国家级自然保护区管理者用文学语言描述自己所在保护区的文学作品，是作者自2005年任职车八岭保护区后至2016年十二年来所写的文学作品的自选文集，二十多万字，有部分已在各级各种报纸杂志发表。书中的故事和人物，大多数发生于和生活在车八岭及车八岭周边，有过去艰苦创业的记述，有已成为当地典故的传奇传说，也有近年发生的故事。其中，《我在车八岭等你》所描述的就是车八岭从建区到现在三十五年的发展简史；而《远去的虎啸》则从新闻报道的事实与自身的经历叙述了野生华南虎渐渐远去的身影。出版此书，是期望在图片过度冲击读者视觉的当下，通过文学的描述，让读者从文学的角度，想象与感受车八岭自然之美和人文之美，了解车八岭保护区的建设与发展。

车八岭的情怀

李时平

韶关市地处广东北大门，是粤北重要城市，也是广东重工业基地和国防三线地区。境内五岭逶迤、层峦叠嶂，自然风光美丽，人文历史深厚：既有南华寺、珠玑巷、梅关古道等著名的人文景点，更有体现粤北特色的如南岭国家森林公园、丹霞山景区和车八岭自然区。车八岭自然保护区，位于粤北韶关市始兴县东部的森林深处，是森林类型的国家级自然保护区，也是我省林业系统唯一由联合国教科文卫组织认定的世界生物圈保护区，可惜描述这美丽的车八岭的文学专著却少之又少。

《我在车八岭等你》是我省第一部由国家级自然保护区管理者用文学语言，记录和描述自己所在的自然保护区的文学作品。

始建于20世纪80年代初的车八岭自然保护区，于我并不陌生。20世纪80年代中期我大学毕业分配到中共韶关市委办公室工作，时任韶关市委副书记、秘书长骆雁秋是我们分管市领导，他文字功底深厚，尤擅诗词歌赋，是个富有激情的诗人，他于1984年7月26日到车八岭调研时写下《参观车八岭自然保护区感赋》：

怡情最是野花香，溪涧轻歌鸟语扬。

随处古藤飞铁索，摩天乔木作擎梁。

天然保护春常在，墨绿澄波意韵长。

生态平衡非小事，匹夫有责系存亡。

我被这首诗所描述的浩瀚原始森林和鸟语花香的生态环境所震撼，也被华南虎出没其间的神秘传说所吸引，对车八岭心向往之，但在韶关工作前后四年间，回忆起来，竟无缘深入车八岭境内。新世纪初，我任人民日报社华南分社粤北记者站站长，常年奔波粤北各县（市区）采访，车八岭又一次进入我的视野。

本书作者吴智宏同志时任中共始兴县委办副主任、县委新闻秘书，由此我与智宏因工作联系原因交往颇多。他是一位资深的新闻秘书，有着敏锐的新闻嗅觉和较高的新闻写作水平，在粤北各县的新闻秘书群体中是个佼佼者。因其业绩显著，2002年被评为"韶关市首届十佳新闻工作者"，是十名获奖者中唯一的非专职新闻工作者。在与我的合作中，他也有多篇重量级新闻报道得到当地党委高度好评。智宏还兼任了15年《羊城晚报》的特约通讯员，积极为《羊城晚报》撰写新闻稿件，与《羊城晚报》结缘颇深。

智宏是一个有文学情怀的人。《我在车八岭等你》是智宏到车八岭任职后，以文学的语言描写车八岭的作品。他有曾在始兴县林业局和县委办的工作经历，对车八岭自然保护区有亲密的接触和深入的了解，特别是能接触到当时极力倡导、主张兴办车八岭保护区的专家教授、党政领导，在日常的工作交往中，获得许多作为其他记者或作家无法打探到的细节，以亲历者、参与者的视角，记录了车八岭自然保护区的建设与发展。书中的《我在车八岭等你》、《远去的虎啸》等篇章，就是以这样深入的视角和笔触，给予读者史实的权威、可信和生动的感觉。同时，作者还借助自然保护区管理者工作的便利，采写到了像《请假》、《我不认识县长的字》等许多关于车八岭传奇和传说的典故，让读者对车八岭自然保护区创业人、工作者的风采有更深的认识。

作者不仅用朴实的文字记录了车八岭的建设与发展历程，还以飘逸的文笔，描述了车八岭的美丽山水，像《倾听春天》、《车八岭之春夏秋冬》等篇章，读来令人向往。从《山里人的摇钱树》、《蜂王阿禄古》、《醉心乡情》等篇章中，我们也读到了作者对民生民众的关注，读到了作者的人文情怀。书中的最后一章，收录了作者20年前以作家身份到车八岭采风后所发表的文学作品，由此，也可以看出作者与车八岭的结缘之早，渊源之深。

智宏是一个有车八岭情怀的人。"我在车八岭等你"，智宏每当与我聊起车八岭时，对我常说这一句话。记得10年前，我陪人民日报华南分社易凯副总编辑一起去车八岭，那时，智宏同志虽然到车八岭任职不久，但已完全进入了车八岭自然保护区管理者的角色，谈及车八岭的未来，他充满了希望与信心。岁月匆匆，已有10年没有到车八岭了，我们每次电话中聊起车八岭，都会忆起在车八岭的美好时光。

念叨着车八岭，思念着车八岭。于是，在今年暮春时节，我又一次来到了车八岭。在一个只有蛙声和虫鸣的夜晚，我和智宏在山间小道散步长谈，享受到了车八岭清爽拂面的春风，以及清爽宜人的春意，整个人仿佛与车八岭融为一体，令人沉醉。他向我说起在车八岭的十几年间，从最初同意到车八岭任职，到后来愿意在车八岭、乐意在车八岭，现在已融入了车八岭，成了真正的车八岭人。此间，也曾有到山外任职的机会，但因钟情于车八岭而选择放弃，留在了车八岭。这就是自称为车八岭的"看山人"的智宏。

值得一提的是，今年六月，我陪骆雁秋老书记再到车八岭，他已有33年未到车八岭，看到车八岭清新迷人的自然风光和生态环境，自然是心潮起伏，激情满怀。此行他即兴写下记事诗，和前诗呼应，现存录如下：

一路层林绿满天，清溪环绕妙天然。

白云深处斜阳现，鸟语花香醉万年。

《我在车八岭等你》一书即将在羊城晚报出版社正式出版发行，我遵嘱为《我在车八岭等你》撰写序言，期待智宏在车八岭有更多更好的新作面世！

2017年6月

（作者系广东羊城报业传媒集团有限公司党委委员、副总经理）

新闻的笔调，深沉的视角

——略评吴智宏的纪实体作品

李　迅

　　《我在车八岭等你》是文友吴智宏花十多年之功所写就的、由羊城晚报出版社出版的关于车八岭的一本散文集。

　　文如其人。乍一看，吴智宏就是一个老派的文化人，戴着一副眼镜，右手腕上戴着机械手表，嘴里含着一只深啡色的烟斗，一缕轻烟从茂密胡子下的嘴角飘逸而出，真有点民国式的儒雅和风度。

　　我与吴智宏相熟，缘于他曾是我供职的《韶关日报》的特约记者。据报社的老报人说，早年的吴智宏是一位纯粹的文学青年，在报纸副刊发表了不少作品，他是因文学写作被始兴县委发现而调去任县委新闻秘书的，只是那时我还没调进报社，后来读到的则大多是他的新闻作品。

　　最近我带着韶关市纪实文学工作室的文友到车八岭采风，获悉智宏兄正在选编自己十多年来在车八岭写下的文学作品集《我在车八岭等你》，才发现智宏兄仍在延续他的文学梦。一位从事管理工作的领导，回过头来向曾经深爱过的文学敬礼，就冲这一点，我不禁对这位不显山不露水的同龄人产生一种亲近感，原来智宏兄与我一样，仍是文学的痴迷者。因此，我觉得有必要为这本书写一篇文章，以表达我的心迹，但收到智宏兄发来的书稿电子版及请我为他的书写序的信函后，我却踌躇了许久——写序言于我而言并不轻松，虽然多年来自己出版了几百万字，却没有给他人留下多少赏析性的"墨宝"。

看完《我在车八岭等你》全稿，我感觉，智宏兄不愧是一位写新闻的高手，看事物有着极敏锐的新闻嗅觉，更重要的是，他在车八岭工作了十多年，不仅对车八岭的发展了如指掌，而且有着很深的感情。从本书字里行间不难看出，作者胸怀着一种深沉的大爱——对生态环境的理性思考。书里的不少文章，都曾发表在报纸副刊，下面就书中的《我在车八岭等你》《远去的虎啸》《打过鬼子的大舅》三篇纪实性的作品，谈谈我的看法，就教于方家与师长。

《我在车八岭等你》：鲜为人知的历史细节

《我在车八岭等你》是书中的重头文章，有两万多字，这篇文章的标题成了书名，可见作者对这篇文章的重视程度。这篇文章的文体是纪实性的，作者用朴实的文字记载了车八岭自然保护区三十五年的历程，其逻辑性的叙述语言，平铺直叙事物的发展进程，脉络清晰，也不乏出自灵魂深处的议论。我认为，这篇文章的精彩之处，莫过于一些鲜为人知的历史细节。这些历史细节完全可以载入车八岭的发展史册，供后人去铭记。

细节一：1980年，华南农业大学教授徐燕千就在一篇发表在全国核心期刊的论文里指出：车八岭这片原始次生林是属于全球同纬度保存完好的罕见林区，具有十分重要的科研及其现实与深远的保护意义，首次提出了创办车八岭自然保护区的设想。

细节二：时任始兴县委书记的凌海洋同志一锤定音：办自然保护区的事今天就定下来了，县委办、县府办今晚拟好文件明天发文。正是凌老当年的"霸气"，才将车八岭保留了下来。文中所记述的始兴县委决策成立车八岭保护区的过程，是民主集中制的成功典范：一把手不搞一言堂，多次召开专题会议研讨成立保护区；与会班子成员不因是书记的提议而盲目附和，敢于直抒己见和坚持反对意见；县委书记在充分调研论证、取得大多数同意的基础上，最后一锤定音。

细节三：1987年11月，国家林业部向国务院申报改革开放后的全国首批国家级自然保护区，初次纳入申请名单的有32个保护区，其中广东有韶关车八岭和深圳福田。按照申报条件和标准，车八岭还有许多有待完善的地方，但凭着"发现珍稀的华南虎"这一条，车八岭荣幸地跻身于全国32个保护区榜中。可后来国务院将首批国家级自然保护区由32个调减到25个，各省只能申报1个。这意味着车八岭有可能出局。在这关键时刻，林业部一位处长以车八岭发现华南虎作为关键条件，为车八岭极力争取，最终感动了上层，对车八岭予以倾斜，许可广东申报2个保护区，并最终予以批准。可以说，华南虎是车八岭的福音。

细节四：2002年，在车八岭建区二十周年之际，传达出这样一个信息：车八岭保护区自建立至2001年底，始兴县政府不但没有从车八岭收取任何税费，还累计投入约3600万元。其时，始兴县一年的本级财政收入才3500万元。地方政府对车八岭的支持力度让人刮目相看。

本篇没有完全当作报告文学来经营，因而显得文学性稍弱些，但正因此少了文学性的渲染，则更增强了它的史实性和可信度——这正是作者写作此篇的目的。

《远去的虎啸》：理性与情感的呼唤

读罢智宏兄的《远去的虎啸》一文，我便想到始兴籍作家饶欠林20世纪90年代出版的报告文学集《华南虎：SOS》。智宏兄没有走饶欠林报告文学的路子，而是以自己的亲身经历，见证华南虎在车八岭的所见所闻，读来亲切，如临其境，如见其人。

属虎的吴智宏似乎与华南虎有缘。早年作为始兴县委新闻秘书的他，因为多次报道华南虎在粤北的踪迹，成了新闻媒介的"华南虎的见证人"；十二年前，他又机缘巧合地调到车八岭，成了这片绿洲的管理者。

《远去的虎啸》以"华南虎见证人"的身份，还原华南虎在粤北这块绿地的神奇足迹。20世纪70年代，作者只有七八岁，目击了华南虎的行踪：老虎"目光如电如炬""长吼一声""大摇大摆地从路旁树林隐身而去""那一身黄澄澄的斑斓皮毛给我留下了极深的印象"。作者任县委新闻秘书时，曾多次深入车八岭采访：20世纪90年代初期，车八岭的天平架、蜡树园、凉桥坑等地，多次发现华南虎的踪迹，但却无缘似当年一样见到华南虎的真容。

1998年10月，在毗邻车八岭核心区天平架的山脚下一对种果夫妇，家里的大黄狗被华南虎咬死了，村民还发现华南虎落窝的痕迹。作者亲赴现场，及时写出新闻报道，从而再次引发了公众对野生华南虎的关注。

作者在车八岭工作的十多年间，曾到过华南虎出没过的众多地区，如广东的南岭、湖南的莽山、湖北的神农架、福建的武夷山、浙江的天目山、江西的齐云山和井冈山、贵州的茂兰和梵净山……这些自然保护区的科研人员用观察与研究的文字或语言作出结论：近二十年来，华南虎没有进入到他们的视野。

《远去的虎啸》非常理性地寻找华南虎消失的原因，作者借用权威的专家之言代替空洞的议论，令人心服口服，掩卷沉思。在文中，作者引用了华南虎研究专家袁喜才先生之言：客观地说，车八岭目前仍是华南虎的最宜居区域。但是车八岭周边的森林植被受到大面积的破坏，车八岭本身的山林无法满足华南虎日行百里的生存需求。加上高速公路建设的飞速发展，把原来相邻相通的连片山林分割开来，无形中阻隔了雄虎与雌虎交配的可能性，导致繁衍后代的概率大大降低，这无疑是华南虎濒临绝境的重要原因之一。

在情感方面，作者在文末发出了真情的呼唤："啸声远去的华南虎啊，你可知道，我在车八岭等着你，期盼着与你相约于美丽的车八岭国家级自然保护区！"

《打过鬼子的大舅》：发生在身边的历史传奇

如果说，《我在车八岭等你》《远去的虎啸》是用新闻而又理性的笔调描写事物的发展以及引出来的思索，那么《打过鬼子的大舅》这部作品，作者用另一副笔墨，相当"感性"地精雕细刻发生在身边的历史传奇。

作品的开篇颇为生动，完全是运用小说的描写笔触：

一个瘦小的身影，穿行在粤北苍翠的山峦之间，时而攀岩爬崖爬沟钻洞，时而涉水越涧凫水过河，时而急速奔跑，时而猫腰潜行……在大山深处放菇人的杉皮寮的灶角、山神庙的香案、路旁凉亭的梁檐下、围楼的墙洞里……找寻到隐秘的记号，取走或放置一份用暗语写成的情报，又消失于茂密的森林中……这瘦小的身影越走越近，渐渐地高大起来，这是一个头戴斗笠身着蓝色布衣、腰间藏着二十响驳壳枪的年轻人，炯炯有神的双眼机敏而坚定，焕发出一股英武之气。

当你看完全文，你就会知道，这是作者想象中的大舅形象，带有浓厚的红色经典的烙印。

跟随着作者的笔触，大舅一次又一次的历险，他是一位智勇双全的游击队员，更是一个有血有肉的普通人。这个上门女婿，在排寮摆下的酒席上，在排工们的见证下，向外公行了三拜九叩的"认父大礼"。大舅在打鬼子的年代里，是交通员；在与国民党军队作战中，仍是交通员。虽然他极少面对面地和敌人交锋，但他所传递的情报却使游击队取得了先机、赢得了胜利。

新中国成立后，大舅转业到县政府工作，任劳任怨，"把党和政府的关怀与温暖，带到每一村送入每一户。"然而，"三年困难时期，大舅接受组织的动员，响应党的号召，退职回到了家乡，做回了农民。村里人很替他抱不平，大舅说，比起在烈士纪念碑里的战友，要好多了。"在"抓革命促生产的年代"里，集体经济受到致命性打击，好多家庭面临断粮的危机。"大舅连夜回到村里，悄悄地组织了一支由村里的十个青壮年组成的购粮敢死队，决定采取晓出夜归的办法，偷偷采购救命粮食。第二天天蒙蒙亮大舅就带着十个敢死队员，骑着单车到五十里外县界附近的那个村子里……到天黑了回到家。大舅的购粮敢死队一连跑了三天，终于把救命粮悄悄地运回村里。"作者没有对大舅的形象花许多大而空的笔墨，而是用成立购粮敢死队这一行动，将一位"救民于苦难之中"的人物形象活脱脱地写出来了。

许多作家谈起自己的创作经验时，总是说用情之深才有精彩之笔。作者笔下的大舅，不是高大全式的完人，而是一个"有苦有忧、知足常乐"的凡人，他心中有英雄情结，战友成了他晚年回忆的重要组成部分。请看：

每年清明前，大舅都会拖着日益年迈的身体，爬上县城北郊的丹凤山烈士陵园，去看望长眠于此的老战友，摸一摸刻着烈士英名的石碑，默默地用手与战友们交流……前年，大舅不幸小脑梗死中风，虽然好在治疗及时保住了生命，却落下"举步维艰"的后遗症。"再也不能去纪念碑看老战友了……"大舅擂打着不便的左腿，喃喃地说。

可以说，《打过鬼子的大舅》是全书最精彩的作品，人物饱满，性格鲜明，精彩的细节随手拈来，举重若轻。我期待智宏兄能将这部作品扩写成长篇小说，使"大舅"成为粤北文学画廊里一位杰出的人物形象。

（作者系中国报告文学学会会员、广东省作家协会理事、国家二级作家）

目 录
CONTENTS

2

ONE

第一章
大山纪实

我在车八岭等你

我在车八岭等你。

这是近几年来我常对朋友们说的一句话。

是的，我在车八岭等你。等你来探春山之媚，等你来濯夏溪之水，等你来赏秋色斑斓，等你来看冬林青苍……等你来，等你来与我分享车八岭的四季山水美色。

1

车八岭，这一方位于广东省东北部的粤北山水，说大不大，说小不小，总面积76平方公里。这是一方久负盛名的岭南山水，早在20世纪80年代初，即因其所处的特定的地理位置、丰富的生物多样性，在华南农业大学徐燕千教授的保护物种保护自然的呼吁声中，被当时颇有远见卓识的始兴县委从刀斧油锯下拯救出来——将原定性为林场的、开好林道、即将进入采伐期的这片亚热带原始次生林，变更为自然保护区。

这一变更，说来经历相当曲折。因为，当时仍是计划经济时代，改革开放的春风也刚刚从遥远的北京吹到粤北山区，始兴和全国各地一样经历了"文革"十年浩劫，始兴大地同样是满目疮痍，百业萧条。劫后余生的始兴人按传统的山区财政模式，加大木材的采伐，意欲通过采伐木材、出售木材来增加地方财政收入，来应对各行各业百废待兴对财政需求急剧增长的局面。那时，林业的木材收入占全县财政收入的一半以上——始兴是个典型的地道的林业财政县。

办林场的目的很明确，指向精准，就是向大山要钱要粮。本邑民谚"斧头一响黄金万两""山路一开金银打堆"，说的就是山里人靠山吃山的木头经济。那时，正处在各地贯彻落实"责任山"和"自留山""两山到户"的尾声，始兴的林业部门和各级政府，兴起了大办国营林场、社队林场和联办林场的高潮，而车八岭保护区的前身——樟栋水林场和车八岭采育场，就是在这种形势下应运而生的。

原本打算向山林索取"木材财政"而兴办的林场，要变为向山林"输血保护"的保护区，不但没有了木材采伐的可观收入，反过来倒要拨款建设和保护，要让本来就捉襟见肘的"吃饭财政"既少了来源，还得挤出钱来搞保护，这让许多人想不通也不乐意。那个时候，自然保护区还是个新鲜事物，许多人根本就没听过，更不知道保护区是干什么的，也不知道办保护区有什么作用，只是直观地感觉到办了保护区就是不能砍树卖钱了，而且还有了许多的限制，就是打猎捉蛇也不允许了。

1980年9月，华南农业大学的徐燕千教授对始兴林业作了长达半个月的全面考察之后，应始兴县委之请，在全县500多名党政干部和技术干部参会的全县林业工作会议上，作了《扬长补短发挥优势，建立始兴良好的森林生态系统》考察报告，从生态观点出发，论述始兴林业的现状、存在问题及解决问题的出路。报告还就考察中发现车八岭、樟栋水两个林场的中亚热带常绿阔叶林，作了长篇论述，指出这片原始次生林是属于全球同纬度保存完好的罕见林分，具有十分重要的科研的现实与长远的保护意义，提出了创办自然保护区的设想。徐教授的报告，得到了始兴县委书记凌海洋同志的重视和肯定，当时县委主管林业工作的副书记刘创同志，更是认为徐教授的报告，为解决始兴林业自"两山到户"以后山林遭到林农无序砍伐的状况，找到了医治顽症的良方，两位县委当家人欣然接受了徐燕千教授关于创办自然保护区的建议，并在不久后的县委常委会议上正式提出予以研究。

令凌海洋没想到的是，建立自然保护区的议题在县委常委会议上甫一提出，就遭到了大部分常委的坚决反对。反对的理由很一致也很清楚——就是钱的问题！但是认准了创办自然保护区是保护始兴生态出路的凌、刘两人，并不气馁，在组织县委政策调研室和林业部门对始兴林业做过充分调研之后，又在一个月后的党政班子会议上提出，可是，这次会议的反对声更大，"没钱同鬼讲"是反对者的最大理由。

20年前，当时在中共始兴县委机关工作的我，有幸见到了已退休回到始兴重游旧地的凌海洋同志。我陪同凌老去始兴的一些地方走走看看，所到之处，当地的干部对凌老都十分尊重，尊称他为"凌帅"，说到车八岭保护区，大家都夸凌老眼光超前，为始兴办了件大好事大实事。凌老说当时阻力相当之大，反对声几乎压倒一片，大半年的时间里，先后开了四次研究讨论建立自然保护区议题的班子会议，都没通过。"可喜的是，每开一次专题会议，支持的人数都在增加。最后，我把党政班子全体成员拉到车八岭林场，让大家到森林里实地去看看，然后在林场召开常委扩大会议，再次专题研究讨论创办自然保护区的问题。"凌老说实地考察后，有好大一部分人开始转变观念，认为这么好的林子确实有必要保护下来。虽然下午开始研究讨论时反对的声音还很大，但有很大一部分人已由反对变为中立。

据当时主持会议的始兴县委副书记刘创回忆：整个下午的会议，凌海洋书记都让大家充分发表意见，让赞成派和反对派自由辩论，一边听一边还不时地在本子上做些记录，当反对派的声音弱下来的时候，凌书记及时把握了这一时机，以必须表态的方式把持中立态度的逍遥派逼进赞成派阵营，并以十分"霸道"的语气在会议最后总结讲话中一锤定音：办自然保护区的事今天就定下来了，县委办县府办今晚拟好文件明天发文。"然后不待我这个会议主持人小结，凌书记就直接宣布：散会！接着摔门而出，留下满屋子的人在发愣。"说起往事，刘创得意地笑了："凌帅的称呼就是自这次会议传开的——凌书记确有大帅的铁腕风范呀。"

往事重拾，凌老也很感慨地说当时的争论酝酿了大半年的时间，好在当年霸气了一把，才把车八岭留了下来哟。

车八岭保护区，就这样在一片质疑和观看声中，在主建派的强力推动下，发文宣布成立了——那是1981年7月。

2

始兴县委、县政府将办自然保护区的设想变为了现实，让徐燕千教授十分高兴，时年69岁的他，欣然接受了始兴县委县政府林业顾问和"樟栋水—车八岭动植物自然保护区"（车八岭保护区的前身名称）科学顾问的聘任，自此之后，他时常往返于广州—始兴—车八岭，指导当地政府开展林业产业结构调整和自然保护区的建设管理，并在保护区创办之初，为车八岭写了"物种宝库，南岭明珠"的题字，指明了保护区必须依托丰富的生物多样性积极开展保护管理、科学研究与建设发展的方向。

我于20世纪80年代初的1982年7月参加工作，时年20岁，是始兴县林业局当时最年轻的科班出身的专业技术人员和国家干部。印象中，那时的徐燕千教授在始兴绝对是个真正的"大V"，徐燕千的名字在当地简直就如雷贯耳，在我眼里绝对是个大师级的专家学者。在徐老受聘始兴林业顾问十年中，我也曾多次当面聆听过徐老的讲座与教诲，并深深地为徐老深厚的专业知识所倾倒，为徐老平易近人的长者风范所感动，为徐老献身林业事业的精神所感召。2006年晚春，已调到车八岭自然保护区任职的我，还就保护区创办过程中的一些细节，专程到广州五山华南农业大学校园，拜访已年逾九十高龄的徐燕千先生。谈及车八岭保护区的创建与发展，徐老仍记忆犹新，对车八岭的珍稀动植物，仍能如数家珍地扳着指头娓娓道来。

我和徐老都是祖籍广东梅州的嘉应州人，熟悉的乡音，让我们缩短了因年龄的距离，一老一少在徐家客厅里聊兴浓浓。虽然因年龄和身体的原因，徐老已有好几年没来车八岭了，但对车八岭的发展仍然倾注着关心。老人记性还好，我一报姓名，他便记起了我这个小老乡，还说在去年年初的报纸上看到了我去车八岭任职的新闻报道。当我概要地向徐老汇报近几年来车八岭保护区的建设发展和保护成果时，徐老对车八岭保护区的发展前程十分看好，大加赞赏，说到高兴时，开心得像个孩子似的，咧开嘴笑个不停。

关心和关注车八岭保护区建设与发展的，还有许多的领导和专家学者。除华南农业大学外、中山大学、暨南大学、华南师范大学、北京农业大学、北京林业大学、中南林业大学、华南植物研究所、广东濒危动物研究所、广东林勘院……的专家教授及学生，纷纷加入到支持车八岭保护区保护事业中，为车八岭保护区开展摸清家底的本底资源调查从专业技术和专业团队方面，给予强有力的支撑。广东省林业厅、国家林业部保护司等，也从政策、资金、项目等方面，给车八岭予以倾斜，多方面多渠道地促进车八岭保护区的建设步伐。

最大的倾斜来自国家林业部及林业部的保护司。1987年11月，国家林业局向国务院申报改革开放后的全国首批国家级自然保护区，初次纳入申报名单的有32个保护区，其中广东有2个——韶关车八岭和深圳福田。本来，按照国家林业部的申报条件和标准，车八岭还有许多要完善的地方，但车八岭自建立保护区以来，保护成效着实显著，特别是1986年5月美国美联社关于"在中国广东省北部的始兴县车八岭，发现了珍稀的华南虎……"的报道，引起了世界对车八岭的关注，也引来了国家林业部保护司王梦虎处长到车八岭保护区检查工作。王梦虎通过实地考察调研，认定了车八岭所取得的保护成效，并在1987年11月国家林业部向国务院申报全国国家级自然保护区时，在尚未收到车八岭相关申报材料的情况下，将车八岭纳入申报名单，成为32个的保护区之一。

可是，名单报国务院后，国务院将改革开放后的首批国家级自然保护区的批准个数从32个减到了25个，并提出广东只能申报1个。如果广东只批准申报1个，那出局的无疑就是车八岭——因为无论从基础设施还是科研力量及当地政府的投入来说，深圳的福田都要强很多。关键时刻，到车八岭实地考察过的王梦虎处长，把车八岭发现华南虎作为车八岭保护区的特殊性重要性，向有关领导进行"游说"，最终感动了林业部的领导，对车八岭实施了倾斜政策，把广东的2个保护区都给予保留申报。也许因为这个缘故，在当时及后来申报的国家级自然保护区中，只有车八岭保护区的主要保护对象内容里面标注有"保护华南虎及其栖息地"。

1988年5月，正是车八岭山花烂漫的深春季节，从北京传来了让车八岭人期盼的消息——车八岭保护区被批准列入国家级自然保护区，正式命名为"广东车八岭国家级自然保护区"。车八岭由此成为至目前为止全国唯一的曾列有华南虎保护对象的国家级自然保护区。

车八岭成为国家级保护区后，在国家林业部、广东省林业厅的关心支持与帮助指导下，基础设施不断完善，步入了保护与建设的长足发展轨迹：1995年9月被批准纳入中国人与生物圈保护区网络；2006年成为中国生物多样性保护与绿色发展示范基地；2007年9月，被批准加入世界生物圈网络，成为中国加入到世界生物圈网络的第27个国家级自然保护区。

3

在车八岭保护区风雨兼程的前行中，始兴县委、县政府更是责无旁贷地担负起支持保护区建设发展的重任。从凌海洋开始，历届历任的县委书记、县长，对车八岭都厚爱有加，从财力人力物力等方面，给车八岭保护区建设予以强有力的支持。每有新书记或新县长到始兴履新时，都必然会到车八岭保护区来考察调研，把车八岭作为履新的出发点。

车八岭保护区建立之初，只是始兴县林业局直属的一个股单位，由于保护区是个只有投入而没有产出的单位；所有的费用都得靠林业局拨付，加上交通不便及工作条件简陋，因此，起初林业局的许多人并不看好车八岭，林业局的个别领导甚至把车八岭视为流放之地，把一些他认为调皮捣蛋的、让他头痛感冒的人调到车八岭去工作，因而当时的车八岭自然保护区管理所，在全局的股室和林业站林场中，就是个不起眼不招人待见的小媳妇。

县委、县政府领导对车八岭的一如既往重视和支持，使车八岭逐步走出了小媳妇的阴影，车八岭保护区的级别在短短的几年中，从1981年股级到1989年的副处级，连升三级的车八岭保护区的单位级别，已超越主管部门林业局，待到1992年保护区的负责人的级别也由正科级提升为副处级时，车八岭从此让世人刮目相看，真真切切地认识和感受到了车八岭"物种宝库，南岭明珠"的魅力所在。

当然，车八岭保护区的发展不是一帆风顺的，今天的成就更不是一朝一夕可以做到的。创业之初一穷二白，专业技术缺乏，资金的缺乏，年轻人不安心山区工作……

最难的就是保护区建立之初，区内社区群众对建立保护区的抵触与反抗，保护区与社区的最大一次冲突，竟然发酵为社区群众冲闯保护区派出所，抢走被派出所抓到的违法盗猎嫌疑人，并挟持绑架派出所所长！而这一切就发生在光天化日之下，派出所所长八十多岁的老父亲，眼睁睁地看着七八个村民把自己的儿子像扔木头一样扔上拖拉机，并被押往山林深处的山村。还好，经过当地政府的交涉，派出所所长当天被放了回来。三天后，我到县人民医院去看望解救出来的派出所所长——我曾经的同事大钟，看到伤痕累累的大钟，我深感他所遭遇的就是一群不懂法的刁民。

幸好，有县委、县政府做坚强后盾，有保护区老一辈工作者任劳任怨和风细雨般的工作，社区村民的对抗与抵触日渐消融。而县委、县政府在大力支持保护区开展工作的同时，还在紧张的"吃饭财政"中挤出钱来，支持保护区的建设，特别是在建设车八岭自然博物馆出现资金断链时，及时地给予强力的经济支撑，使博物馆在建区15周年时得以顺利完工并开馆迎客（这是当时全国保护区系统中规模最大的自然博物馆，且馆藏量至今也是同类型馆中最多的）。

　　始兴县委、县政府不遗余力地支持车八岭保护区的建设发展，也因为这些当时的当家人已逐步清楚地意识到，在自己的辖区有这样一个物种丰富保护成效显著的自然保护区，其实是建设了一扇展示始兴改革开放成果的窗口：随着保护区的发展，到车八岭的专家学者日益增多——那可是一个从中央到地方、各级党委政府十分重视知识重视知识分子的年代，而知识分子关注的领域和区域，也必然会引起各级党政领导的关注，高德占、徐有芳、王志宝三任国家林业部部长及副部长董智勇，先后到车八岭自然保护区考察指导工作；全国政协副主席钱伟长也于1989年12月来到车八岭，并为车八岭自然保护区题写了"林海浩瀚，万物争荣"的题词。林若、谢非、梁灵光……当时主政广东的省委、省政府领导，都到过车八岭实地考察检查指导工作。韶关市委、市政府的领导，更是把车八岭自然保护区当成了自己的"名片"——那时韶关市就车八岭一个国家级保护区，来车八岭就更多更勤。这些从北京、广州以及韶关来的领导，到了始兴，看了车八岭，自然还会要到始兴县去看看，特别是始兴的林业。

　　也许毕业于林校的原因，时任始兴县委书记的罗继胜对始兴林业、对车八岭保护区可谓情有独钟，为车八岭建设发展提供了强有力的支持。在他主政始兴期间，始兴林业越来越受到各级的重视，1989年始兴县被国家林业部列为全国唯一的南方集体林区资源管理示范点，后又列为全国林业综合改革示范县，在这一时期，始兴林业成了全省全国的标杆，活立木蓄积量、森林覆盖率、林木连年增长量、年商品木材生产量，连年稳居全省第一！1992年8月，始兴县政府和车八岭保护区还承办了"中美自然保护区和国家公园管理研讨会"，车八岭自然保护区由此闻名世界。2014年初春，已从韶关市政协副主席职位退休多年的罗继胜，应他在始兴任职时的县委办老下属之邀，率领老县委办原班人马，重游车八岭，看到车八岭的发展新面貌，老人家十分欣慰。当我以车八岭自然保护区管理者的角色，由衷感谢他对车八岭的厚爱时，罗继胜谦虚地说：我就是一名接力赛的运动员，从前任接过接力棒，然后传给下一任，还好，在接力传递的过程中没有出差错，跑的速度也算快，跑的姿势也算标准，始兴人和车八岭保护区的人能记得曾经有罗继胜这么一个人，我也就很知足了，也算是对得起父母给我的名字——继续胜利，很感谢大家对我的认可。衷心希望车八岭继续胜利，从胜利走向胜利。罗继胜一席动情的言辞，引来大家热烈的掌声。

冯寿宗，也是在历任县委书记中，让车八岭人时常提及的一位关心支持车八岭的始兴县委当家人。在他主政始兴时，全面停止了当时车八岭林场极少量的、林场自种自营的人工林年度采伐，对全县的林业产业实行调整，将全县商品木材采伐指标从8万立方米调减到5万立方米，在全县禁止采伐天然阔叶林，在全县开展了持续性的严打破坏森林资源的专项行动，并在1999年的中共始兴县委全委会议上的县委工作报告中，提出创建"始兴现代生态县"的战略目标，明确了生态立县的发展战略。2002年，车八岭自然保护区从始兴县林业分离出来，直接列入始兴县政府的直属单位。2004年底，车八岭自然保护区划归广东省林业厅（局），保护区管理机构由副处级管理处晋升为正处级管理局。谈到对车八岭自然保护区的关心支持，冯寿宗说，老一辈领导打下始兴林业的良好基础，把车八岭打造成始兴的"名片"和"王牌"，不能在我任上丢了毁了，虽然守业艰难，但也要竭尽全力顶硬上。

2002年，在车八岭建区20周年时，作为始兴县委机关报《今日始兴》的主编，我曾分别采访过分管财政和分管林业的始兴县政府的两位副县长，从中获悉车八岭保护区自建立至2001年底，始兴县政府不但没有从车八岭收取任何税费，还陆续累计投入了约3600万元。当此消息见报时，全县上下为之哗然。其时，始兴全县一年的本级财政总收入也就3500万元，但当读者细读完全篇报道，了解到车八岭建区以来20年所取得的保护成效时，绝大多数人都普遍认为，这一投入是值得也是必须的。

4

保护区的工作并不仅仅是看山护林防火防盗那么简单。

诚然，保护是保护区的第一要务。但如何有效地抓好保护，并将保护工作做出成效，却是需要下足力气去做的。

保护区的人知道,保护的重中之重,就是森林防火。一粒火种对森林的危害多大,大到有多大,保护区和林区的工作人员都清楚,保护区和林区里的老百姓也很清楚,聪明的读者当然也十分清楚。一粒火种能烧掉万亩森林的道理,说起来大家都是懂的,你懂我懂大家都懂!

可就是这样清楚明白的事情,有些人做起来却是糊涂加愚蠢的。据各级各地的森林防火部门统计分析,林区里的森林山火,90%以上都是人为的。看清楚了吗?90%以上!是的,现实的日常工作与生活中,抱侥幸心理的人,总是做出一些与其所期盼的后果背道而驰的行为,实际上,他也知道有"万一",但他也总是认为"万一"是别人的,自己都是"一万"以内的。就在车八岭保护事业正当如火如荼的建设进程中,车八岭所在的始兴的其他林区的森林,不时地遭受到山火的袭击,其中的好几场大面积的山火,就是在秋冬炼山时,因当事人违反森林防火的相关管理制度和操作规程,在侥幸中点火而一发不可收拾,让事发地的周遭森林及森林里的生物遭受到毁灭性破坏!

森林山火的引发,除了是当事人侥幸心理作祟下的有意"操作"造成,更多的是当事人的无意识行为所致。一个烟头毁坏一片森林的案例层出不穷,不时地见之于各级各地各类媒体,读来令人扼腕而心痛。

他山之石可以攻玉,前车之鉴更应引以为戒。车八岭自1983年春因西侧边界起火入侵而导致一场山火后,对山火就有了强迫症性的过敏性反应,从而有了非常严格的森林防火措施,始终以森林防火警钟长鸣的高压态势戒备着"万一"。车八岭森林防火措施的关键在于"防",保护区管理局从宣传着手,在保护区及其周边开展了广泛而深入的宣传,在保护区大门入口及区内的村头、路口、道旁、屋旁等醒目位置,刷满了森林防火的宣传标语,每到森林防火季节更是利用宣传车开展巡护宣传,甚至把宣传车开到区外的周边村寨巡回宣传,并创造性地开展了与县文艺团体合作联办森林防火专题文艺晚会的宣传方式,让更多的人参与到森林防火中来,让森林防火深入到区内的每一个角落,深入到每一户每一人,达到家喻户晓深入人心的目的。对于心存侥幸而违反森林防火条例规定的行为,车八岭的管护人员则通过见烟就查、违章必罚、执法从严的手段,把在区内偷偷焚烧田基草、野外烧烤、林内吸烟、燃放烟花爆竹等等涉火行为，进行强力抑制与打击，让山火的危害远离车八岭。至今，车八岭保护区已实现了连续33年无森林火灾的管理目标。

防偷防盗防猎是保护区保护生物多样性的工作重心。靠山耕山吃山是山民的传统经济模式，也是历史上山民赖以繁衍生息的生存方式。突然之间，盖着县政府红色大印的一纸文件下来，原本属于自家的山林被纳入了自然保护区之中，靠山吃山的传统成了被保护区管理机构限制和打击的行为，木材不能采伐变钱了，猎枪被收缴了，下套子也不许可了，就是砍木放种香菇木耳灵芝的"温和性"行为也被禁止了。

怎么办？偷！保护区的人管得了白天还管得了黑夜？

于是，在公开反对反抗与抵触无效的情况下，山民过去光明正大的行为，变行了部分山民的黑暗勾当。对于黑暗的勾当，起初车八岭保护区的管理者依据国家《森林法》《自然保护区条例》等法律法规，实施严厉的打击。但在一次又一次"猫捉老鼠"的游戏中，违法的人抓了不少，可消停不了多久，各种破坏森林资源的行为像割后的韭菜又长了出来，新违法者又再次出现。在保护区建立之初的头几年，几经反复的较量，车八岭的管理者悟出了纵使有"尚方宝剑"，也不能尽是靠硬打硬的"遵旨执法"的严打来稳定林区秩序，封建社会也还有"怀柔政策"呢。因此，要根治化解这一痼疾，还必须有亲民助民惠民的举措，把禁止与疏导有机结合起来，才能从根本上消除"黑暗的勾当"。

由此，车八岭保护区的管理者调整了管理策略，开始实施亲民助民惠民的"温和政策"，更多的是从解决社区的生产生活出路、改善生存条件、提高生活质量着眼，着手于社区的和睦共处。自建立保护区以来，车八岭保护区管理者积极争取县委县政府和上级有关部门的支持，帮扶和协助社区先后解决了通电、通讯、通路、通广播电视信号、网络信号、道路硬化、兴修水利、道路照明等"硬件"，同时，实施农业良种良法的推广、有机蔬菜种植、水果种植技术培训、养蜂技术培训等"软件"工程，让身处深山的山民，也能与时俱进地跟上时代的发展步伐。

最让山民们铭记在心的，是在保护区管理处的奔走游说和积极筹资下，在大山深处办起了有一至六年级的高标准校园校舍、配备运动场和老师独居套房的完全小学——车八岭瑶族生态村希望小学。这是当时始兴县最高配置的山村小学，兴盛时期有教职员工近12人、学生达226人之多。虽然因生源和师资的原因，该学校已于2015年停办关闭，但山民们仍然认为这实在是一件造福民众惠及子孙的善事好事。

现在，车八岭的村民都用上了由保护区管理局赞助的太阳能热水器，不少的村民通过保护区的帮助成了养蜂专业户，还有几十户曾经贫困的村民，在管理局实施"结对帮扶"的扶贫帮困中，走出了困境，成了保护区管理者的"亲戚"。

"都是亲戚了，都一家人了，谁还好意思去偷木盗猎给亲戚添麻烦呀？再说，你们所保护的是我们的家园，是我们后代的饭碗，应该讲，你们是来帮助我们的。"家住保护区核心区仙人洞村的小池，在与我聊到社区共建时说，"我们现在的生活虽然与山外的村民还有差距，但比以前强得多了，办保护区的确为我们带来了好处，你们也帮我们做了许多好事。生活好了，也犯不着去做偷鸡摸狗的事了。"小池的话很实在，也很有代表性。过去是饥寒交迫起盗心，现在温饱解决了，吃穿不愁了，对多数安分守己的本分山民来说，确实是犯不着铤而走险了。

5

车八岭保护区"温和策略"的实施，换来了保护区社区的共建共荣的双赢局面，也为保护区的建设与保护赢得了和平发展的空间，促进了保护区的持续而长足的发展。

但在保护区靠近江西省全南县南迳镇的边界却始终难以安定下来，矛盾的起因是"插花山"。车八岭自然保护区内的江西"插花山林"，是历史上车八岭村民与相邻的江西村民互通婚姻，以山作"嫁妆"而形成的。当年创办保护区时，是以粤赣边界划的保护区边界，把其中的一万多亩村民已送给江西亲戚的"嫁妆山"也划了进来，起初，因江西村民和本地村民所认定的面积差距较大，没有谈妥，所以江西的"林权队"（在车八岭保护区有山林权属的生产大队或小队，现称村委会或村民小组），就没有像区内的广东所辖其他的"林权队"那样签订山林租赁合同，此事就一直拖了下来。当时，山林还是集体所有，江西的林农也没有很大的意见，林农认为即使有补偿也可能给大队干部吃了花了。近邻的3个村委的干部则每年都会来几次车八岭，一是看看保护区有没有管好他们的山，二是来享受下保护区给的"贵宾礼遇"。车八岭当时的当家人也希望以此种方式把边界的林区秩序稳定下来，但仍有少部分江西的村民借没有签订租赁协议为由，时常到这片山林偷盗林木，盗猎的现象也时有发生，成为车八岭自然保护区管理者的心头之痛。

1991年冬，江西省全南县的五指山林场竟然组织采伐民工，进驻到车八岭自然保护区内的"江西插花山"，开展经营性的商品林林木采伐。当年，《羊城晚报》在头版位置以题为《大胆，竟敢在车八岭动刀斧》的文章对此事进行了及时报道。这一过激行为，惊动了国家林业部，惊动了国务院。国务院责令林业部立即把在保护区的采伐行为停止下来。在国家林业部的调停下，粤赣两省达成了"车八岭是国家级自然保护区，保护区域可以跨越省界，根据一方主管其他方协管的原则，车八岭国家级自然保护区90%的山林为广东所有，由广东省主管"的共识，从而把车八岭的边界稳定下来。这一事件平息后，江西村民到保护区偷木打猎的现象少了，保护区管理者对这一区域的管理也理顺了。

可是，边界的认定，并没有论及其"插花山"面积的认定，租赁山林的协议还是没能签订下来，没有得到山林租金的村民又想方设法"向山林要补偿"，渐渐地，小范围的偷盗行为又在这片区域不时出现，令保护区的管理者不胜其扰不胜其烦，"猫与老鼠"的游戏不时上演。到2002年广东省政府开始实施生态公益林补偿时，江西村民对车八岭自然保护区的意见日益增大，他们认为同属于车八岭自然保护区的"林权队"，区内村民享有的生态公益林补偿，他们也应享有同等的"区民待遇"。应该说，江西村民的诉求是合理的，把他们的山林划入保护区，也理应补偿，但因为双方对面积认定的差距，在没有签订租赁协议的情况下，保护区也无法实施补偿。

我自2007年开始与江西方协商如何对插花山实施补偿的事宜。每次协商，对方都坚持要按他们认定的1.9万亩来签订租赁协议，而我方则根据地形图所勾绘的1.4万亩面积，要按这一面积来签订。"我们是按生态公益林面积给他们补偿，多出的面积我们从哪里来钱给他们？"当时的管理局局长坚持补偿的面积必须按保护区勾绘的面积来谈，并强调说这是协商的前提，同时还强调了另一个前提：哪一年签了协议，就从哪一年开始参照广东省的生态公益林补偿办法实施补偿。

这两个前提，都是车八岭保护区从自身的角度出发设定的，也有点属于无奈之举。一来多出的面积怎么办，二是签约之前年份的补偿从何而来？而这两个前提，江西村民代表都不接受，协商就这样卡住了。官方的协商，每年谈每年都没有谈成，好在通过协商沟通了双方的密切联系，双方的干部联系多了，对保护区的管理就好很多，边界上发生了涉林方面的事，我跟南迳镇的领导通报一下，他们也会及时地给予处置和回复，特别是对山火的防控，双方都很及时地通报相关的信息。

官方的友好往来，并不能杜绝部分村民"到自家山林砍柴打猎"的行为，不时有村民用他们的违法行为冒险地提醒我们：这片山林并没有给山主任何的补偿！为彻底解决这一问题，我凭借以前在始兴县委机关工作与全南县委机关常有往来交流的人脉，多次到全南县政府和全南林业局，深层次地了解问题的症结所在。我反复对照了双方勾绘的林班图，发现其中并无太大的出入，面积所出现的差距，在于涉林的各村委会所持有的林权证标示的面积为斜面积，而现在所勾出的面积是投影面积（水平面积），而村民却不认可什么投影面积：我们原来是多少就是多少，少一亩也不行！而且一谈补偿，村民就坚持要从办车八岭自然保护区以来补起，"最低也要从广东有了生态公益林补偿的年份开始补"。

2014年，车八岭自然保护区管理局通过申请，获得了国家有关项目支持，决定用其中的一部分资金用以支付"车八岭区内江西山林"的历史债务的补偿。这一次，手中有了钱，我又立即与江西方面启动了实质性的"谈判"。这一年，我带着保护管理科和森林公安派出所的同志，多次到全南县林业局、全南县南迳镇，以及所涉及的分水村、古家营村、黄李村，与各个层面的领导干部及村民代表协商。在调研的基础上，对于面积差距的争议，我提出了认定补偿面积的观点：即双方各自认定原有的面积不变，在此基础上商定一个双方认可的补偿面积。我的提议获得了管理局班子的同意并得到了省林业厅的认可，也得到了江西方面特别是全南县林业局的认可——因为他们知道，要是重新勾绘林班图，面积确实没有那么大，双方的差距不会超过2000亩。

在实际谈判上，我们主动作出了让步，把区内除去省内村民已确权发证的山林面积外，剩下的16 032亩，全部算入用于补偿江西插花山林的面积。我们的诚意，得到了全南林业局和南迳镇政府的积极回应，他们认为这个数字的面积，应很接近实际面积了，村民们应该能接受。因此，他们派出山林调处办的同志，到涉及的3个村，向林农做耐心细致的宣传工作，把斜面积和投影面积不同计算方式而产生差距的道理，三番五次地向林农作讲解，让林农认识到不是车八岭的人有意要少算面积，而是国家对土地面积（包括山林面积）计算方法的改变所致，村民代表的意见终于统一了，就按16 032亩的面积申请补偿。

2014年12月，广东省林业厅和省财政厅要求车八岭保护区管理局与全南县南迳镇政府签订《解决车八岭区内江西山林协议的意向书》，要以此为凭证作为认可拨出专项资金解决历史遗留问题的要件。那天，我带着4个同事又一次来到全南县林业局，经过一番协商，在该县林业局及山林调处办的见证下，我与南迳镇的李镇长签署了意向书，意向书的主要内容为：补偿时间从广东省实施生态公益林补偿的2002年开始，参照广东生态公益林各年度当年的补偿标准，补偿面积按双方认定的16 032亩计算，对2015年之前的补偿实行一次性补清，计约183万元。自2015年起，按年度参照当年广东生态公益林补偿金的标准，进行补偿。

签约前，李镇长和他的随行人员仔细看了几遍文本，然后专门到县政府去找分管的县领导汇报请示，回来后又带来分管领导的意见：面积能否再增加到17 000亩？我说16 032亩是车八岭保护区除本省林农持证山林面积外的总面积，没办法再增加一亩了。再说，根据我们的勾绘，江西山林的面积确实还不到15 000亩。议了好一会儿，李镇长又跑到县政府去了，回来后说，领导原则同意了。林业局的叶局长这才让工作人员把协议打印出来，由我和李镇长轮换着签了一式五份的协议意向书。李镇长签名时显得很沉重，还嘀咕了一句："但愿这一签没成为'卖省贼'。"而我在签名时却十分的开心，这一签，车八岭三十多年

车八岭保护区内江西插花山林补偿协议和《租赁协议书》终于洽谈成功，保护区管理局和南迳镇的古家营村、分水村、黄李村3个村委会，经南迳镇党委政府及全南县林业局、全南县山林调处办的监证，于2015年10月30日上午，在南迳镇政府会议室签约。

的历史遗留问题就算解决了！这一协议意向的签订，为之后签订《租赁协议书》打下了坚实的基础。

曾经困惑了车八岭保护区三十多年的"车八岭国家级自然保护区内江西插花山林"的问题，终于在2015年10月30日签订了《租赁协议书》，对以前的年份按双方协商认定的16032万亩山林补偿了183万元，并从2015年起参照广东生态公益的补偿办法和标准实施补偿，从而化解了江西山林主对车八岭保护区的矛盾与冲突，从根本上解决了保护区森林资源的安全。这一问题的解决，除了车八岭自身的努力，关键是得到了国家林业局和广东省财政厅、林业厅的大力支持。

6

保护区管理局与社区的共建共荣的双赢局面，为保护区建设管理的各项事业带来了稳定的发展机会。尤其突出的就是为需要连年持续开展的科研及科普推广工作，带来了良好的发展空间。对自然保护区而言，科研宣教工作是保护区的灵魂，是一个保护区存在的价值体现，也是让外界认识保护区重要性的主要手段。

车八岭保护区自1981年建区以来，就在徐燕千教授等专家学者的悉心指导下，开展起或是综合性的科考或是专题性的课题科研。车八岭晋升为国家级保护区后，前往车八岭保护区开展科考活动和科研课题的专家学者越来越多，保护区所涉及的各个学科，都有专家学者率领自己的团队到车八岭开展科研活动。华南濒危动物研究所、微生物研究所等科研部门纷纷在车八岭建立野外工作台站，中山大学、暨南大学、华南农业大学、韶关学院等院校更是把车八岭当成教学实习基地，这些大学的林学专业、生物专业的许多届的学生都到车八岭实习过，不少学生还以车八岭的物种或生态生境为题，完成了本科或硕士毕业论文。据不完全统计，三十多年来，车八岭所开展的科考活动近百次，批准立项的科研项目几十个，完成了综合性大型科考项目"车八岭本底资源调查"，出版了《车八岭国家级自然保护区调查研究论文集》及《车八岭国家级自然保护区调查研究论文集》，有100多篇论文在国家级及省市级的专业学刊上发表，并有几十个课题获得省、市、县的科技进步奖，并由此打造出一支保护区管理者组成的科研团队，多名管理局的工作人员通过长期地参与科研课题而成为某一领域的专家。

肖荣高就是这样的一位自学成才者。他高中毕业后就到了车八岭，在保护区工作了三十多年，把青春献给了车八岭的保护事业，从最初的"学徒工"成了今天拥有大专文凭的林业工程师，成了车八岭自然博物馆生态标本制作的首席专家，成了车八岭植物分类、鸟类识别的行家。而这其中，所受的苦与累，所流的血与泪，所耗费的心血与汗水，只他自己心里清楚。像他这样自学成才的人，车八岭还有好几个，官海城、束祖飞、张应明等一批年轻人，不仅通过函授自学取得了本科文凭，提升了文化水平和专业理论知识，更在实际工作中成为车八岭的中坚力量，成为科室部门的负责人，每个人都有各自的精彩。

当年，我从县委机关调到保护区工作后，许多同事朋友都想当然地认为我的工作是十分轻松的，甚至有好友认为我从任务繁重压力巨大的县委机关调到无所事事的保护区会有"失重感"。因为在他们看来，保护区的工作就是巡山护林，保护区的管理局的负责人只不过是管着一群护林员的管理者。我对朋友们说，单纯的巡山护林的话，国家是不需要设置正处级级别的管理机构，保护区不同于林场，能建立国家级保护区的地方，除生物多样性丰富外，还应有别于其他保护区的自身的特点与特色，而且，保护区的管理者在有效保护资源的前提下，除对区内森林资源的消长进行掌控外，还要对所保护的对象进行监测、跟踪、调查、研究、分析，从中找出其在当地繁衍生息演替的规律，特别是对濒临灭绝的濒危物种，更是要通过先进的技术和科学的手段来实施有效的抢救性保护。

因此，在保护区工作，只要你有足够的上进心进取心和责任心，你就闲不下来，你就能找准方向忙而有为。

7

在全球性的生态旅游热中，到林区到森林里到自然保护区去认识自然回归自然的观念，越来越为大众所接受，于是乎，越来越多的人，把到保护区吸收新鲜空气，作为洗心洗肺的首选。特别是在国家推出"五一""国庆"长假和大力提倡休年薪假后，到林区旅游观光的人更是络绎不绝——古朴原始的生态旅游竟然成了新时期的时尚活动。

生态旅游热潮兴起之初，因车八岭保护区的道路建设滞后，从始兴县城进入车八岭的路好长一段还是泥沙路，后来虽然铺了水泥路面成了硬化路，但因其是在原有的路模的基础上硬化的，既未扩宽更未截弯取直，道路的弯陡险之状况并未从根本上解决，因此从县城到车八岭45公里的路程仍需一个多小时，故而到车八岭旅游观光的人还不多。

随着车八岭自然保护区事业的快速发展，车八岭的各项基础设施有了极大的改善。在省公路交通部门的大力支持下，车八岭的道路重新进行了硬化整治修改完善，弯道少了，陡坡降低了，路面扩宽了，旅游大客车也可以会车了，路好走了，到车八岭走走看看的人渐渐地一年比一年多了起来。

游客日益增多，而保护区的管护力量却没有增加一兵一卒，这给保护区的管理增加了巨大的压力。而且，由于保护区并不是旅游区，没有相应的旅游娱乐设施，游客到了车八岭后，除了欣赏优美的自然风光外，并没有其他配套的游乐消遣项目，令许多游客大感失望，免不了会有抱怨，甚至有投诉——当然，这并不是车八岭的错，因为车八岭保护区的管理者也知道车八岭不是旅游景区，所以并没有按旅游景区的票价来卖票，收的门票是资源管理费，不及同类型的已开发成旅游景区的保护区的票价的四分之一。

十年前的一个周末，我接到一个中年男子的投诉，说客房里的电话通话质量不好，电流声太大，电视只能收到三个频道，且雪花点多，热水器水温不恒定，时冷时热……我极耐心地听完他重复了三次长约二十分钟的投诉，然后问他时冷时热的热水器有没有烫伤他。游客说，那倒没有烫伤，也不可能烫伤，因为最高的水温还不到60摄氏度。我听罢，松了口气，又问那你住的客房是多少钱一天呢？游客说房费倒不算贵，40元一晚。

我接着说："兄弟，你刚才说的那些，都是实话，我也知道是我们的现状，这些我们都将逐步地改善，我们计划按三星级酒店的标准对你所住的招待所进行改造，将开通网络电视、加大移动电话的信号发射功率、开通光缆电话，同时，对整个招待所进行重新装修，改造后将会重新安装新的有恒温功能的热水器。

"当然，这些我们都做到了的话，我们所收的房费应该是你现在所交的十倍，也就是400元一天了。400元一天的房费标准是目前景区里达到三星级标准酒店的挂牌价。所以，在前面我所讲的那些，在目前我们都没有做到之前，就只好收你一天40元的房费。你看，你还有什么意见吗？"我总结似地表达了自己的观点。

"原来是这样呀，那我也是理解的，希望你们的改造早日完成。"游客说，"车八岭的自然环境这么优美，以后还会和朋友们再来。"

我打趣地说："好，也希望你早日来这住400元一天的客房。"

类似的投诉，不时会收到，当投诉者搞清楚了保护区与风景旅游区的区别后，一般都表示理解。但作为保护区的管理者，当然不能停留在要求游客给予理解的层面，因此，管理局在资金紧缺的情况下，挤出钱来逐步地完善基础设施，到了2012年国庆前，车八岭已完成了对招待所的改造装修，将其改建成一座三星标准的小宾馆，网络电视的频道达到100多个，不但有线电话信号畅通，而且区内建有四座移动电话基站，移动、电信、联通等无线电话信号覆盖了整个车八岭保护区。

游客的投诉可以通过对话解释，让游客理解，基础设施的建设也可逐年推进完善，但对于不配合不服从保护区管理的游客，却让保护区的管理者伤透了脑筋。特别是所谓的驴友出现后，保护区的管理者对此更是防不胜防，并为此耗费了大量的人力物力与精力。

这些驴友，大多都自驾车到保护区。一般而言，他们除了在大门口买门票，进区后就一文不花了，吃的用的住的都有自备，进门停放好车后就背着装备进山。这些背包客会想办法避开工作人员的监管，极不配合保护区工作人员的对环境保护与生态资源的管理，你说不能烧烤野炊，他就偏要弄——管理人员前脚走，他后脚就起炉生火；你说哪个区域哪座山那条溪谷不准进入，他们就偏偏要去，还振振有词地说，驴友，就是要走没有人走过的路，要去没有人去过的地方。

2008年10月5日中午，一帮广州客自驾车来到车八岭休假，他们一行共有4辆车9个人和11条狗。那些狗有大型犬中型犬小型犬，带着这么多名贵的狗来休假的，一看就是有钱的土豪。那十多条狗一下车，就在保护区的球场上追逐并高声大叫，就像是比赛似的，把保护区的整个管理局搞得鸡飞狗跳，吓得其他旅客四处躲闪，令许多人都不敢久留。好在这帮人稍作休整就背着背包，牵着大狗小狗往山里去了。

下午5时，在管理局带班值班的我接到护林员的电话，说是在三角塘的溪边发现有游客在搭帐篷，他们前去制止，对方非但不听劝阻，还放任大狗小狗来吓唬他们。三角塘位于保护区的缓冲区域，是不允许游客进入的地方，这帮人不但进去了还要在那安营扎寨，这可如何得了！我立即增派了2名管理人员带着保护区的狼狗，进山前去增援。20分钟后，增援的人打电话回来说，对方态度有所改变，没有刚才那么恶了，但还是不愿意搬走。闻此，我决定再带一名值班的同志亲自到现场去。就在行进的路上，接到了新任始兴县县长刘锋同志的电话，说是他的几个广州朋友，想在车八岭露营，希望能给予方便。

这个电话真是太及时了！我正愁找不着对方的来路呢，这下心里有底了。我对刘锋说：你的朋友现在在保护区的缓冲区安营扎寨了，我正要进山去劝他们出来，缓冲区是不允许游客进入的，再说他们带了那么多狗进山，对那里的野生动物将造成严重的影响，希望县长同志能支持保护区的管理工作，帮我劝说他们回到保护区管理局来，车八岭目前没有开发露营的项目，看在你县长的面上，就特许他们今晚在保护区博物馆门前的草坪上住一晚吧，但他们要写一份服从保护区管理人员管理并对露营可能发生的后果自行负责的承诺书给我。我一边走一边说，一路上几番电话往返，把道理和情况讲清了，我也就快到现场了。见到我，他们的带队说："好吧，局长都来了，我们就撤了吧。"

我说天要黑了，为着你们的安全，就特许你们在博物馆门前的草坪上住一晚吧，但明天早上八点前必须撤走，同时你还要写一份承诺书给我。对方一一应允后，管理人员就帮手将已搭好的六顶帐篷拆了下来。我知道，对方能听从我们的管理，主要是刘县长帮我们做了说服劝说工作。后来在年底的时候，刘锋县长和我们到北京人民大会堂出席"车八岭世界生物圈保护区"颁牌会议时，我还聊起此事，真心感谢地方行政长官对车八岭保护工作的大力支持。刘锋说："是你给我上了一课，让我知道如何支持保护区的工作，虽然事后朋友说找我帮忙我却帮了个倒忙，但他们还是理解的。车八岭这么美，需要我们大家的共同呵护。"这县长，也是美丽车八岭的保护者！

　　然而，许多时候就没有那么幸运能请到县长来帮忙劝说游客遵守和服从保护区的管理。一些旅游者到了保护区后有意地避开保护区工作人员的管理，甚至有些游客专门要去保护区不允许进入的地方，跟保护区的工作人员捉迷藏打游击，令保护区的管理者不胜其扰。管理人员在发现游客的违法行为后，都会及时制止，但在反复劝说无效的情况下，就只好请公安部门来助阵化解了。当然，公安派出所的干警来了，就不是劝说了，他们从区外几十公里心急火燎地赶过来，是来执法的了，而那些驴友也就只得认罚了——你以为警车是免费的！

　　由于原来由始兴县森林公安分局设在车八岭的森林公安派出所，在2002年保护区从县林业局剥离分家后被县林业局撤走了，车八岭保护区很长一段时间没有自己的派出所，需要警力时要从邻近的两个乡镇派出所求援，虽然派出所的干警对保护区的求援基本上是有求必应，但毕竟路程太远，让一些违法者得以侥幸逃脱处罚，因此常有鞭长莫及的遗憾。后来，在车八岭保护区管理局的一再要求下，广东省森林公安局积极争取编制，于2011年2月底在车八岭设立了直属省局管理的有六名干警编制的车八岭森林公安派出所，结束了车八岭近十年无森林公安派出所的状况，且警力是原来的两三倍。

　　车八岭森林公安派出所的设立，让车八岭对所谓的驴友有了说"不"的底气，基本上制止了那些无绳无笼的脱缰之驴。因此，近年来在周边的保护区发生驴友失踪甚至丧命事件时，车八岭这一方美丽的山水是平和与宁静的，让车八岭保护区的生物有了更好的生存环境。

8

2016年11月17日11点52分，中央电视台新闻频道播出一则关于在车八岭发现国宝"四不像"中华鬣羚的消息：一种似驴非驴似鹿非鹿的奇怪动物，近日突然出现在广东韶关车八岭国家级自然保护区的原始森林中。记者从保护区获悉，科研人员利用安装在密林的红外线自动拍摄相机，初步确定是在民间与麋鹿同称"四不像"的国家重点保护野生动物——中华鬣羚。据介绍，近日工作人员在整理红外相机拍摄的视频照片时，发现镜头中出现了一种小牛般大小的动物。记者从保护区公布的视频中看到，当时为凌晨3点多，该动物悠闲地出现在一片小树林中。从外形来看，它的体形有点像驴，但又长着一对短而尖的角，有点像羊。消息一经播出，车八岭保护区又一次成为社会各界的关注热点。

中华鬣羚又称苏门羚，车八岭的山民叫它为石羊，是一种生长在深山石岩地带的动物，是车八岭50种国家重点保护野生动物的一种。中华鬣羚的出现，用华南濒危动物研究所教授袁喜才研究员的话来讲，就是车八岭生态环境保护得好，保护了中华鬣羚生存所需的环境，这既是车八岭科研成果的体现，也是车八岭保护区保护生物多样性保护成果的体现。

的确，车八岭保护区的保护是卓有成效的，对比建区之初，林木蓄积量由60多立方米增加到100多万立方米，森林覆盖率由70%增长到90%以上。区内的物种数量也有了显著的增加，其中鸟类由176种增加到235种，蝙蝠由1种增加到16种。种群的数量也有了明显的壮大，其中，车八岭的水鹿由15头增加到60多头……

看到中华鬣羚，车八岭工作人员更期盼的，是希望有一天能在红外相机里见到华南虎的踪影——毕竟，车八岭是曾经闻名世界的虎山，历史上是华南虎的重要分布区。

其实，由于管理机构的晋升、保护手段的升级更新和保护成效的突出，车八岭自然保护区近年来已多次成为公众关注的热点。2005年1月，车八岭国家级自然保护区正式成为广东省林业局（厅）的直属单位；2007年9月，车八岭被联合国教科文卫组织批准，加入世界生物圈网络，成为我国第27个世界生物圈保护区；2009年9月，投资500多万元的二期建设项目"车八岭自然保护区管理局新局址"落成启用，进一步改善和提升了车八岭的工作条件……

红外相机野外监测技术的运用，更让车八岭不断发出让世人惊喜与惊奇的声音。2014年发现已在国内失踪N年的白眉山鹧鸪，2015年发现蝴蝶类唯一的国家一级保护动物、珍贵而稀少、被誉为"国蝶"和"蝶之骄子"的、列入国家极度濒危的物种——金斑喙凤蝶……

车八岭保护区基础设施的建设与不断完善，以及红外监控、资源野外监测等资源保护新技术的运用，得益于党的十七大提出"建设生态文明"，以及党的十八大进一步明确"五位一体"，特别是最近习近平总书记提出"绿水青山就是金山银山"的"两山论"绿色发展理念后，从中央到地方各级党委政府更加关注生态文明建设，从国家到各级政府都加大了对自然保护区建设的财政投入。在这一重大的"利好"政治背景下，全国的自然保护区迎来了一个新的建设与发展高峰。车八岭也由此迎来一个全新的发展时期。

如今，总投资近700万元、分两期建设的"车八岭数字化保护区"项目正在紧张有序地推进中，并信心满满地要打造成全国一流的数字化示范保护区。现在，投入200多万元的生态教育径项目也将完工结题；车八岭自然博物馆的升级改造项目正在酝酿中，森林林火红外线远程监控系统项目也正在建设之中。

现在，无论是在车八岭，还是在始兴，或是中国任何一个地方，只要有网络信号，打开电脑，登录车八岭自然保护区资源管理分析平台，输入户名和密码，就可以看到车八岭保护区资源管护管理的实时状况，连资源管护员（护林员）在哪个位置巡护执法都一清二楚。

放眼今天，车八岭正乘着党十八大以来加大"生态文明建设"强劲的东风，谨记2012年时任广东省委书记的中央政治局委员汪洋同志在车八岭考察时，对车八岭人"要为全省人民看好山，牢牢守护好车八岭这颗生态一流的'绿色明珠'"的嘱托，努力打造新时期的数字化示范保护区。

9

车八岭是美丽的。无论是作为一名始兴县林业局的专业技术人员，还是作始兴这个林业山区县的县委机关工作人员，或是如今作为车八岭自然保护区的一名管理者，我对车八岭保护区的建设与发展都是熟悉的，对车八岭的成长历程也是熟悉的。而车八岭的美丽，是我对车八岭保护区不变的印记。

车八岭的春天是美丽的。其春天之美，美在妩媚。车八岭的春天来得早，因为这里有大片大片的亚热带原始次生林，这些常绿的阔叶林，在南方温暖的气候里，冬眠期极短，还有不少树种可能根本就没有冬眠期，只有生长节奏的快慢之分而已，所以，气温稍一回升，在林子蓄了一冬的嫩芽嫩梢嫩叶就迫不及待地冒了出来，满树满山的嫩芽嫩梢嫩叶竞相绽开，且因树种的繁多，其芽色或叶色不一，红的绿的白的紫的橙的都有，远远望去，就像开满了山花。而这个时候，山花还未完成最后的孕育，正静静地待在枝头上或躲在枝腋下，为开花积聚最后的正能量。

车八岭山花烂漫花开满山遍野的景象，要待到阳春三月。那时那花，可就不仅仅是别处的红得耀眼的杜鹃映山红了，车八岭还有更多的白的、紫的、黄的、粉的、绿的——五颜六色的花，开在高高的树干和树冠上的，木荷、米椎、深山含笑、梧桐、枫香、润楠、观光木、伯乐树、山桐子……数不清的树，都静静地绽放着展现着自己美丽的新春年华，装扮着车八岭明媚的春光。

车八岭春之媚，还媚在那若有若无的如纱巾般缥缈的春雾。那雾，薄而轻，随风而动，或盖山巅或绕山边或揽山腰，把连绵的山峦变幻成人间仙境，真是乐坏了天上的神仙。

车八岭的夏天是美而清凉的，美在那清澈透亮的溪水。车八岭森林覆盖率高达90%以上，且林分以阔叶林为主，有良好的储存和调节水的功能，就像一座巨型的水库，能保证溪流相对均等的流量，水里的鱼虾等生物不会担忧溪流涸歇。你若是在山外正是暑热难耐的盛夏来到车八岭的亚热带森林，那你就真是有福了——茂密的林冠把暑热隔断在林子外，林冠下凉风徐徐，那情形那景致那待遇，不是享福还会是什么呢？

我曾在夏日炎炎时候，穿一身迷彩服，着一双护腕的高腰胶鞋，沿着溪水溯源而上，一路上或走或爬或攀或滑，走走停停，左顾右看，间或还端起相机，追拍那些或飞或歇的豆娘和蝴蝶，不知不觉就到了溪流的源头——一条二十多米高的瀑布悬挂在眼前，那份惊喜，那份清凉，至今仍能忆起，不时让我心生再行之意。

当然，要是能和心爱的人乘坐着一叶小小皮艇，在烈日下的茂密林缘边的溪流里逍遥荡水，那更是让人向往的浪漫……车八岭樟栋水河的原始森林漂流，等着你与爱侣携手而来，让你感受水之旅的美妙。

车八岭的醉人秋色，是更让人醉心的景色。我于2012年深秋拍摄的一幅《醉美车八岭》，已成了车八岭的标志性景观。只是，枫叶年年红，年年红得不相同，有时深有时浅，有时密匝有时稀疏。其实，欣赏车八岭的秋色，赏的不只是枫叶，这是一片色彩斑斓的森林，红的除了枫香，还有杜英、乌桕、漆树等等，且它们的红有深浅淡之分；除了红，还有黄，银杏、朴树、南酸枣、盐肤木……还有果园里黄澄澄的橙子和橘子。秋天的车八岭森林，还有绿，还有青和紫。

要赏到醉心的秋色，还要看老天的造化。最好是在深秋时下场短暂的小雨，然后气温急剧下降三五天，接着气温回归常态，好了，有老天如此恩赐，我和你就有福气看到和拍摄到红而透亮的枫叶了。当然，你若能和心爱的人漫步在落满红叶黄叶的林间小道，追逐着夕阳的脚步……那么，即使枫香枝头的枫叶都落尽了，你又有什么好遗憾的呢？

冬天的车八岭仍有好景色，当山外的树林树木因冬寒而显得灰暗萧条时，车八岭的森林仍是那样的满目绿意葱茏。就是已经落尽树叶的枫香或乌桕，那伸展的树干和枝丫，在晨曦里或暮色中，也能渲染成写意的水墨画。

只要你有心寻找美，美就在你的眼前，车八岭的云，车八岭的水，车八岭的鱼、车八岭的鸟，车八岭的花、车八岭的蝴蝶、车八岭的星空……就是车八岭萤火虫，也是那样的美！车八岭什么时候都能找到美。

其实，当你在心情美美的靓靓的时候，即使是面对一面溅满污泥的斑驳之墙，或目睹浸染着水渍痕印的天花板，你都能幻化成一幅画，更何况你面对的是车八岭这样一片宽广的森林。森林里有飞鸟有走兽，有花香有果实，有蝶影有蜂鸣，有清风有山岚……而且，宽广的森林还能调节和优化人的情绪，让你原本或许有点郁闷的心情刹那间开朗起来。

你说，这山，这林，还能不美？

当年，我在县委机关工作时，常陪同有关领导或同行到车八岭参观考察，那时也不讲究什么季节和时段，什么时候客人来了，要去车八岭走走看看，立马就出发，每次客人都游得尽兴而归。记忆最深的一次，是一天内带着不同的客人三进车八岭，早餐后一批，午餐后一批，晚餐后还有一批——这批当然是要住在车八岭的了。那时从县城到车八岭的路小而弯多坡陡，单程需一个多小时，那个累可真不是一言能尽的。好在那时还年轻，经得起奔波受得住劳累。而这么多的人往车八岭奔去，当然是因为那里有美丽的风景。

车八岭的确是美丽的。这美丽，不只是春花秋月，不仅是青山绿水，更美在人与自然的和谐相处，美在自然生态的完好，美在乡风乡情的淳朴，美在管理者的执着，美在建设者的用心……在车八岭十二年，在参与和组织建设与保护管理自然保护区的历程中，我见证了车八岭的发展与成长，并沉浸在自然保护区的美丽事业中。

我，就是一名地道的名副其实的车八岭人。

所以，亲爱的朋友哟，你若来，我，就在车八岭，等你。

2016年11月24日深夜写于梧桐山居
2016年12月26日深夜定稿于晓得斋

附记

在此稿即将交付给出版社的2017年春的一个久雨初晴春光明媚的下午，我在始兴县城一朋友茶庄的门口，见到在独自街头散步的车八岭自然保护区的首任负责人——樟栋水林场的第一任场长张碌梅老先生，年近八十高龄的他步履稳健，气色尚好，耳聪目明。我邀他到朋友的茶庄喝茶聊天。品着茶，聊着天，张碌梅老场长缓缓打开了话匣，聊起当年创业的艰辛，聊起了初见成效时的喜悦，聊起了往昔的趣事。老先生当年是本邑有名的笑话大王，也是如今说的"段子手"，且他的"绝"在于他说个段子，把在场的人都笑到喘不过气来，他自己却能做到一点笑容都没有。

我衷心感谢老场长对车八岭的贡献，感谢他们老一辈为车八岭打下扎实的基础。老场长淡淡地说，那都是工作，吃苦也是工作的需要——那时就是那样的条件。临别时，老场长说，车八岭自然保护区是他牵挂和留恋的地方，待到春暖花开的好天气，要约几个退了休的当年的同事，去车八岭看看当年种的树，去看看那水潭里的鱼还在不在？……

哦，张碌梅老场长，车八岭的开荒牛，我在车八岭等着您和您的老伙伴们，车八岭的春天欢迎你们重游故地。

2017年2月28日深夜写于梧桐山居

2008年的第一场雪

车八岭下雪了！

下雪，看雪花纷飞，赏大山雪景，那是多么赏心悦目的美乐之事浪漫之事。其实，下雪，对粤北甚至整个岭南来说，也是常见的自然形态，只是没有出现过"广州雪花大如席"的壮观景观而已。但随着全球大气气温的变暖增高，雪，已成为岭南地区的稀客，特别是近二三十年来下雪更是因稀少而令南方人期盼，许多人不远千里到东北、新疆等地去看雪赏雪；听说本地某处下雪了，则有更多人蜂拥而去，许多人如打了鸡血似的兴奋，在雪地里滚打摸爬，玩个不亦乐乎。

可是，这场覆盖了车八岭、覆盖了粤北、覆盖了整个中国南方的雪，却让期盼下雪的南方人措手不及，无暇也无心赏雪，因为这是一场令人痛心的雪殇。

这就是2008年的第一场雪。

1

这是2008年1月29日早上，从车八岭保护区传来的消息，让我一宿的牵挂成了事实，心不觉紧了一下。昨晚，我在看央视晚间新闻时，看到京珠高速公路和广州火车站受雨雪冰灾严重影响的新闻报道，就一直担心着山里会不会也下雪，那些林木会不会也遭受到冰灾的危害——因为大气气候变暖，下雪越来越稀少，不下雪的年份在南方成了常态，使生长在南方的森林渐渐地减弱了对雪的抗御能力，雪对南方森林的伤害则在渐次加大。

一大早起来，我便打通单位值班同志小束的电话，询问山里的情况。小束说，山里昨晚下雪了，现在山腰以上都还是白的，大雪压断了山上很多的林木。

放下电话，我立即打通办公室小张的电话，叫他准备好等会和我一块进山去。

其时，单位已经放假，除值班的人员，其他人都已回家准备过年了。而且，单位的一把手老饶已于前天飞往瑞典，去参加联合国教科文组织的"人与生物圈"世界生物圈保护区网络成员大会，一去约十几天。在此期间，我被省局领导和省保护区办主任口授为单位"临时大掌柜"，而我也是到省局公干昨天刚刚从广州回到始兴，没想到山里还真是下雪了，而且还造成了林木受毁。

匆忙吃过早餐，我与带着照相机和摄像机的小张在我家楼下会合，并把自己的相机和望远镜等设备装好，便驱车驶出县城，心急火燎地向九十里外的车八岭保护区赶去。

车子一进入山区，就能感觉到一阵一阵的寒意扑面而来——极目所至，山腰以上的林木都挂着冰，山顶上盖着白白的雪，而路面上的薄冰，则让我不得不小心驾驶。车内尽管开着暖气，但视觉的传感还是让我感到冰雪的寒冷，特别是脚部的冷。紧赶慢赶，经过一个多小时的奔波，我们终于在上午十点进入了车八岭保护区的北大门。

天色灰灰的，下着纷飞的小雨，气温在零下1摄氏度，正宗的低温阴雨哟。咦，这山野怎还是一片葱茏的南国森林冬日景象呢？路面上也不见积雪，难道灾情并没有想象的那么严重？我在大门口的樟栋水保护区管理站，向值班的同志了解情况，他们说，昨夜上半夜下一场像白糖一样的雪了，夜深时能听到雪压断树枝的声音，站长阿梁说："我们这边总的情况还不算很严重，不过听说车八岭站和企岭下站比较严重。"我想，樟栋水保护区位于海拔约330米的山谷边，窄小的空间令视野受限，并不能看到山上的雪情，所以他们认为一场多年没见过的雪并不会带来多大的危害，但全区的情况肯定会比他们看到的要严重。

我来到管理局的办公室，值班负责人小束立即把全区的雪情作了简要的汇报。小束说，从大前天出现雨雪低温天气起，他就带着留守单位的值班人员，按照管理局的安排，加强了巡查和与各保护区值班人员的联系，现在雪情比较严重的地方，是细坝以南的车八岭至坪岗坳一带的山林。小束是单位春节假期在车八岭值班的带班负责人，还不到三十岁，工作热情很高，且能认真做事。听过汇报，我马上打通了车八岭保护区所在的车八岭瑶族生态村书记老戴的电话，询问有没有村民受冻受伤，有没有村民的房屋被冰雪压倒。老戴说，没有村民受冻受伤，也没有村民的房屋被雪压倒，大家都待在家里烤火呢。老戴说待会他还会组织村干部和各村民小组组长，到各自的村小组的村民家走动走动，看看有没有新的情况。老戴的话，让我悬着的心放下了不少。

我登上管理局楼顶，冒着阴冷的细雨，用望远镜向四处细看，但见五指山、乌梅山等山顶都有积雪，山腰上林木都结了冰挂，便吩咐小张把这雪情用相机和摄像机拍了下来。我们随即赶往车八岭站，车到细坝村，就看到路对面的山上，成片成片的树林，结挂着一串串的冰雪，不断地有承受不了冰挂重压的树枝被折断，有的树甚至被冰雪整棵掀翻……我们立即停车，沿着公路边走边察看雪情。见到我们在观看和拍摄雪灾的情况，有七八个瑶民围了上来，一位60多岁的大叔说："这样的树林被雪压断的情况，有三四十年没见过了。"

然而，细坝的情况还不是最严重。我们继续前行，边走边看边拍，遇到路上有被冰雪压倒的树干树枝拦卧时，还得下车来收拾清理。随着海拔的增高，气温更低了，达到了零下2摄氏度，我们呼出的每一口气，都像是从嘴里喷出的白烟，公路上除了我们并无其他行人，连狗都不见一只——还真是打狗都不出门呢。寂静的山野，不时有树枝被折断的声音在山谷中回响，咔咔嚓嚓的声音，听得我们都心沉沉的。在车八岭保护站值班室，我们见到了正在烤火的老吴老许夫妇。他们是保护区的老职工，长期住在车八岭保护站。老许说，昨夜一夜都听到雪压断树木的声音，开始以为是有人放爆竹，后来才搞清楚是雪压断树的声音，"噼里啪啦地响了一夜哟，听到都心痛"。我问："像这样冰雪压断这么多树木的情况，以前有过吗？"老吴说："从来没有过，我到保护区以来从来没有见过这种情况！"

出了车八岭保护站不远，一棵胸径约四十厘米的松树横卧在公路上。我们三人下车拍了现场后，合力将树挪到路边，并打电话叫老吴夫妇带刀过来，将其清理好，以防影响交通。

坪岗坳是车八岭区内公路海拔最高的路段，有400多米，路面上还积着约三四厘米厚的冰雪。我把车慢慢地停在路边，叫小张把远近林木受灾的情况拍了下来，我则打开地图，圈划着被冰雪袭击的森林，测算受害的情况。路边一棵挺拔的松树，树枝上挂满了冰雪，很有点傲雪的味道，只可惜，有五六条粗壮的枝干被冰雪重压之下折断在地下了。

中午时分，我们来到了车八岭保护区的南大门企岭下保护管理站，站里值班的同志都在围着火盆烤火。我仔细询问了企岭下的雪情，随后又爬上保护站楼顶，用望远镜把远近的林相看了一遍，对着地图，目测受灾的情况。

回到站值班室，我召集大家一块碰了碰所看到的情况，开了个短会。我说，这场冰雪已给车八岭保护区的森林造成了灾害，受害的主要是山里的树木和林子里的野生动物。灾害既已成事实，现在最重要的是要确保人的安全，大家要密切注意气候变化的情况，要派人到村里跟村民做好宣传教育工作，不得出现村民擅自上山清理雪压树木或捡拾冻死冻伤野生动物的情况，特别是天气好转后，更要立即进村入户去做好宣传。同时，所有值班人员要注意做好自身的保暖防寒工作；此外，两边大门对要进区的游客，特别是要进区来拍摄雪景的旅客，要做好不许入区的解释和劝说工作，以防造成人员失踪或伤亡事故，"办公室从加强和确保人民生命财产安全和森林生态安全的角度，依据自然保护区条例和森林法，以管理局的名义发出禁止游客进区和禁止任何人上山清理雪压木的通告"。

回到保护区管理局后，我再次打通车八岭瑶族生态村村支书老戴的电话，问他后来村干部进村入户所了解的村里遭受冰雪灾害的情况。老戴说，这是一场三四十年没有遭遇过的冰雪灾害，但因这冰雪灾害是慢慢加重的，村民都提前有了防范，所以没有村民因冰雪灾害受冻受伤；另因山里农田冬天休闲，冰雪除了压坏部分村民田边的蔬菜，也没有其他作物受灾，村民的房屋也没有被压垮的，村里的供电线路也还能正常供电，村民的日常生活没有受到太大的影响。戴书记的话，让我轻轻地缓了口气，我告诉他，这冰雪天气还会持续几天，村里的干部要继续关注和关心村民的生活和防灾的情况，特别要防止出现村民断粮受冻的情况，同时要把宣传工作做在前面，不能出现村民擅自上山清理雪压木的现象，也不能上山去收拾被冻死冻伤的野生动物。

　　这的确是一场慢慢加重的冰雪灾害。自24日起，受北方冷空气的影响，我国南方出现了大面积的持续雨雪及低温冰冻天气，各地都不同程度地受到这场冰雪灾害影响，其中最令人关注和揪心的，是京珠高速公路的雪灾、因雪灾中断的铁路京广线交通，以及因公路、铁路交通中断，广州火车站滞留的40万急着回家过年的旅客，这当中，大部分是在广东打工的外省农民工。

2008年1月29日，车八岭大雪，林木受灾严重

2

　　当然，作为一名单位的负责人，一个森林生态系统的国家级自然保护区的"临时大掌柜"，我更关注的，还是区内村民和保护区森林生态的安全。根据我在县委机关十几年的工作经验，这么大的灾情必须立即向上级和当地政府报告，我将看到的情况梳理了一遍，又对着地图很细致地浏览了一遍。我发现，保护区受灾最严重的是海拔500米至900米之间的林木，其中以海拔600米处的林木受灾最严重，可以说是毁灭性的灾害。

很快，小张就将一份由我口述的、拟向上级和当地政府及当地林业部门报告车八岭自然保护区森林资源受灾情况的报告《关于车八岭国家级自然保护区森林资源遭受冰冻灾害的情况汇报》起草好了：初步调查全区受灾森林面积达6万亩以上，已造成严重灾害的达2万多亩，受灾的森林资源中，除亚热带常绿阔叶林，还有针叶林500多立方米，毛竹2万多条。

在将汇报灾情的文稿发传真前，我打通了在国外考察的饶局长电话，简要地报告了车八岭受灾的情况，并告知此种情况必须书面汇报到省林业局和当地政府。老饶说你曾是县委办的领导，我相信你处理应急事件的能力，你就按规定处理好吧。接着，我又打通了省保护区办领导的电话，向他报告了车八岭遭受雨雪冰灾的情况。

学者型的保护区办何主任刚从副主任转正不久，也许是还没有接到过报告灾情的汇报，他说："这种自然灾害的情况不是报给政府吗？"我说："我们也会报当地政府的，但您是我们的上级主管部门领导，当然得向您汇报；另外，我只是第一个向您报告灾情的保护区，接下来肯定还有其他保护区会陆续将情况报上来，因为受这次灾害影响的不光是车八岭，恐怕是全省的保护区都不同程度地受灾了。"何主任说："好，你马上传真过来，明天我请示分管厅长后会发通知到各省级以上保护区，叫他们都把受灾的情况报上来。"

冷空气在持续南下，雨雪低温冰冻天气仍在持续，灾情仍在我们眼睁睁的注视中加重，截至2月1日，车八岭保护区内80%的山林出现了积雪和冰冻，受灾面积增至近9万亩，被冰雪压断压倒的林木达5000多立方米，毛竹5万多条，公路塌方1处约500立方米。2月2日，我将新调研核实的灾情，再次向上级和当地政府报告，并汇报了我区应对灾情的防范措施：一是进一步加强值班工作，实行24小时值班制度；二是停止接待所有游客，特别是观赏拍摄雪景的游客；三是对已进入保护区的游客，劝说他们离境出区；四是加强对过境车辆的检查，提醒司机安全驾驶；五是要求有关部门对区内的通信线路进行全面的检修，保证信息畅通；六是加强了与区内生态村村委会的联系，互通情况。

车八岭保护区工作人员冒险进山开展雪后资源保护宣传

同时，我还再次报告了保护区内人心稳定，秩序稳定，无人员因灾造成伤亡，也无耕牛冻死的情况。省保护区办对我们的防范措施也给予肯定，认为我们处置得当，处置及时，值得其他保护区学习；始兴县政府还将我们的防范救灾措施在全县各灾区推广。

3

长达半月之久的低温阴雨天气终于在农历猪年的最后一天歇住脚，气温从2008年2月7日的鼠年初一开始回升。直到大年三十都仍在忙碌组织应对雨雪冰冻灾害的我及单位值班的同事们，终于可以歇口气，安心过大年了。

春节后上班的第一周，我们立即开展了灾情调研——由管理局领导带队，分组分区域对全区森林资源进行了长达10天的灾情巡查。在这场持续的低温阴雨冰冻灾害中，车八岭保护区被毁的森林面积近6.5万亩，占保护区面积的57%，被冰雪压断的林木蓄积达24万立方米，受毁毛竹10万条，其中，海拔600米至900米的林木遭到了毁灭性的灾害，这一高度的林木90%以上都折断了，大部分都只剩下一根断了梢顶的光杆杆在那儿，远远望去，那断茬口泛着白森森的光，就像一根根牙签插在山上，成了令人痛心的"牙签林"。

雨雪冰冻灾害使郁郁葱葱的森林变成"牙签林"

这场灾害，使车八岭保护区的伯乐树、伞花木、闽楠、观光木等国家重点保护树种也遭受到严重损毁，其中观光木种群基本上都被损伤，享有"广东第一杉"的"杉树王"也惨遭冰雪毁容。由于森林被毁严重，动物的栖息环境受到严重破坏，加上冰冻积雪覆盖，导致野生动物觅食困难，生存和生命也受到了严重威胁（雪后调查时发现，国家重点保护的野生动物被冻死的有水鹿1头、白鹇50多只）。

灾害还给车八岭的设施造成损毁，除道路塌方交通一度中断外，华南虎野外监测设施全部被毁坏，森林防火监控设施也被毁无踪。这一场突如其来的雨雪冰灾，让车八岭的直接经济缺失达1亿多元人民币。

实际上，地处粤北大山深处的车八岭，下雪并不是十分稀奇的事，降雪量比这场雪大得多，当地的气象资料也有记载，但历史上的那些大雪，都是匆匆而来匆匆而去，没有形成长时间的冰挂现象，因而也就没给森林造成很大的伤害。这次灾害的生成，主要是由于有半月之久的持续性低温阴雨，造成凝结在树木枝叶上的水汽结冰，且结冰持续加厚加重，久结不化，最终树木因不堪重负而折断或撕裂。这种由水汽化成的雨雾，主要集中在海拔500米到900米的垂直空间的森林，而这一空间，又以600米高度雨雾最浓，这也就成了这一空间受灾最严重的原因。

这场冰雪，不仅给车八岭保护区带来严重的灾害，而且整个华南地区受其影响都不同程度受灾，以岭南地区为重。雪灾过后，我曾到近邻的井冈山、南岭等国家级保护区了解受灾的情况，那些地方的"牙签林"比我们还多和更严重。

春节后，国家林业局、省林业局（厅）及省市县各级党委政府，都先后发出通知，指出在受灾的国家级自然保护区中，要贯彻落实"以自然恢复为主，人工促进为辅"的自然生态修复方针，保护区管理机构要积极开展有利于森林自然恢复的保护管理；同时强调，保护区核心区和缓冲区的雪压木不得清理——让森林在雪灾后不受人为影响地自然恢复，也是自然保护区的重要建设与管理内容。由此，车八岭的大部分森林，特别是核心区的森林，开始了无人为干扰的自然修复的管理。

4

《2002年的第一场雪》这首歌，让西部歌手刀郎一歌成名，那雪景很有些令人向往和憧憬。可车八岭2008年的第一场雪，给我们带来的，却是不忍目睹的森林受灾的惨状，留给车八岭人的，是心里难以磨灭的锥心之痛。

忘不了，车八岭的雪。

忘不了，2008年的第一场雪。

忘不了，与我一起在雨雪冰灾中奋战到大年三十的同事们。

哦，2008年的第一场雪。

那雪，不是浪漫，而是一场雪殇！

好在车八岭的森林有着强大的自我修复能力，在经过两年多的无人为干扰的严密封管下，灾痕已逐渐消退……当我在2011年1月下旬，在车八岭雨雪冰灾三周年之际的冬夜撰写这篇文章时，窗外的山林一片葱茏，森林已日渐恢复往日的生机，原来预计要十年才能恢复的森林自然生态系统，也已呈现出初愈康复的景象。

车八岭，是一座顽强的山，是一座不屈的大山！

2011年1月29日深夜写于梧桐山居
2011年2月9日子夜定稿于晓得斋

山里人的摇钱树

1

深秋的一天上午，我陪几位从广州来的植物学专家，在车八岭保护区考察野生观光木种群生长情况。在下山回管理局的半坡上，见到一老一少背着网兜的母子俩，妇人看上去有四十多岁，男孩有十五六岁，一问，果然是保护区内的村民，天一亮就起早进山来捡"莲马子"的，已捡到七八十斤了。"莲马子"是山里人对南酸枣的一种别称。

车八岭国家级自然保护区地处粤北大山深处。南酸枣是当地村民经济收入的重要组成部分，也可以说是山里人的"摇钱树"。每年立秋后，就陆续有村民上山去捡"莲马子"，一直捡到"小雪"时节。在车八岭近76平方公里的山林里，有一个村委会8个村民小组约1100人，除外出务工的青壮年，还有五六百人留守在山里。因此，每年南酸枣果熟时，很多人都会上山去拾捡，最多的时候每天有二三百人上山捡拾南酸枣果子，勤快的并且懂得"莲马子"习性的人家，一天就能捡到一二百斤，一秋半冬下来，也能捡到一二万元。而一般的人家，只要上了山，也能捡个几千元。收购南酸枣果子的，开始是山外的人在区内设点收购，近年来则多是村里头脑灵活的人做起了经纪人，在自己家里收购村民的果子后，再卖给山外的经销商。据不完全统计，车八岭每年收购的南酸枣果子七八十万斤，区内村民仅南酸枣的收入就有50万~60万元。

问及今年南酸枣的产果情况，男孩说不如大前年，但比前年和去年好一些。专家问其原因，妇人说是因为前年的雪灾造成的。我告诉专家，2008年春节期间，这里因持续低温阴雨和冰雪灾害，致使保护区内海拔600米以上到900米范围内的森林全部受到严重的灾害，许多树木被折断枝丫，远远望去，就像一支支牙签插在山上，形成令人心痛的"牙签林"。而南酸枣树，很大一部分就生长在这个范围，所以，前年的南酸枣只收获到长在海拔600米以下的林子里的，近两年通过人工促进的办法，受灾的森林逐渐恢复了生机，不少南酸枣又以顽强的生命力长出新枝，结出了果实。专家抬头四顾一番，说看来林相总体上恢复得还不错，这也可从"南酸枣果子今年比前年和大前年多"的说法里得到互证，因为南酸枣在全区分布的范围广而有代表性。

2

南酸枣在车八岭海拔1000米以下均有野生的种群，据村民估算，其中挂果的有1万株以上，每株平均挂果80斤左右，雪灾前，最高产的单株挂果有五六百斤，现在最高产的单株产果也有三百多斤。

南酸枣为落叶乔木，喜光及湿润的环境。因其花为杂性，且雌雄异株，因此当地村民分别称为公树和母树。南酸枣花期在四五月间，果熟期在9月至11月，其金黄色果实呈椭圆形，成熟后自动掉落，可鲜食，能存放二三十天，是森林里野猪及其他食草动物的美味食粮。据有关资料记载，南酸枣含有植物黄酮、天然果胶、膳食纤维、维生素、有机酸、微量元素等多种营养成分。特别是植物黄酮，黄酮是天然活性物质，人体不能直接合成，只能从食物中获得，它有抗氧化、延缓衰老、保护心血管、抗肿瘤、抗病毒、养心安神的作用；天然果胶也是在南酸枣中含量很高的天然物质，它是一种高分子碳水化合物，有润肠、防食滞、便秘、美容养颜的作用；膳食纤维是一种特殊的营养素，又称"第七营养素"。尤其是维生素C和P每100克鲜果分别高达1200毫克和2000毫克，比山楂高12.4倍，比猕猴桃高2倍，比苹果高几十倍。

同时，南酸枣仁含白样脂酸、白律肪酸酶、酸枣皂甙等，具有镇静、养心、敛汗、滋补等功效。民间有将果肉收集添加面粉或不添加晒干制成糕状，可消食。南酸枣的壳还可制活性炭，粉碎后可制无毒蚊香。而从叶子中提取酸叶酮，是治疗冠心病的良药，叶捣烂配麻油可调治疮疖。花是优质蜜源，南酸枣蜜在市场上很抢手。南酸枣实乃"宝树"也。

3

喜爱南酸枣，还因其果实顶端有5个眼，自古以来就象征着"五福临门"的吉祥之兆。加上其木材的纹理十分美观，可与桃花心木比美，我称其为中国桃花心木。10年前，县里鼓励创办个体股份林场时，我曾有过办一个三几百亩小林场，专门种植南酸枣的想法——栽后五年采果，在几十年后山地租期到期前取材用材，将是一种"果"与"材"相结合的极佳生产模式。但当时没找到合适的山场，所以这一从理论上看起来效益很好的模式只好留在蓝图里，还无法从实践中得到检验。

喜爱南酸枣，还因一种绿色食品"南酸枣糕"。我当年有办南酸枣林场的念头，也就想以此为示范基地，把当地的南酸枣都收起来，并通过引资的办法兴办"南酸枣糕"加工厂。如今，超市里的南酸枣糕，据说是选用赣南山区特有的天然野生南酸枣为原料而生产的，其南酸枣糕含鲜果固有的丰富的黄酮、果胶、维生素C、有机酸、氨基酸、钙、铁、锌等成分。不添加任何色素和防腐剂，是纯正天然营养健康食品。我到车八岭任职后，从到车八岭收购南酸枣的商贩中了解到，产自车八岭及始兴的南酸枣，最后都流入赣南，成了厂家和商家"原料采用自原始森林的百年南酸枣树所结野生南酸枣果，充分保留了天然野生的风味和原始森林的清香，入口由酸而甜，纯滑柔韧，风味独特，野趣盎然"的最佳卖点。

时至今日，我原来种植南酸枣林的梦想，在车八岭或许有了实践的园地——区内有好几户人家的橘园被"黄龙病"毁掉，在我的推介下，试种起南酸枣。我试着引导他们如何育苗，如何培育砧木，如何选取优良母树取接穗进行嫁接——嫁接苗三年就可挂果，五年后进入盛果期。可村民们不愿意花这样的心神和力气来种南酸枣，他们多采用既原始且简单的办法，就是在山野把长在南酸枣树下的小苗挖取回来做种苗。山里挖回来的苗木，极难辨别出雌雄，如果种的是雄树，待到五六年后开花时发现是雄树再施行嫁接术，那就等于迟种了五六年，其损失不可估量——这就是知识的力量！而且，他们的橘园之所以被"黄龙病"毁灭，主要的原因就是当初栽种时没有选好种苗！可这么浅显的道理，村民是心里明白却不愿花力气和精神来做，他们愿意"碰运气"。近日与一名家在车八岭保护区外约七公里远的蓝姓村民聊起种莲马子的事，这位头脑灵活的年轻人说，他种了有近三百株的莲马子，是去年在江西买的优质嫁接苗，现在长势不错，栽后三年就可以挂果了。这是一个好消息，只是果苗太贵了，一株小苗要四五元钱。因此，当我把这信息告知区内的村民时，山里的村民却还是选择就近挖取实生小苗来种植——既不愿花气力自己嫁接育苗，也不愿出钱投资购买优质果苗。

由此，我想到了扶贫的难度。我曾在始兴县委机关工作十多年，接访过不少因生活贫困前来祈求救济和解决困难的人，他们致贫的原因多种多样。但总有那么一部分人，特别是对于懒惰的人来说，他不是不明白要怎么做才能致富，而是不愿意花力气去致富，老是抱着等"天上落炮腌"（"炮腌"，始兴客家语，特指板鸭或腊鸭）的侥幸心理。始兴有句老话讲"捡狗屎也要起早头"，或者说"天上落炮腌也要起早去捡"，而外国人也说"天上不会掉下馅饼来"，说的都是勤劳致富的道理。但却有一部分人想富又不花力气，这就是始兴人说的"烂泥扶不上壁"。就像这拾捡南酸枣，勤快的人天天一早就进山，懒散的人几天才进一次山，还有好些人根本就不进山——因为平时懒惰，连哪里有南酸枣树都不晓得如何进山呢？

因为上面的原因，所以我不敢说南酸枣林场的梦想能否在此找到实践的园地，只能说或许有那么一点希望。但植物专家由南酸枣果实产量逐年增加的事实，而判断车八岭保护区的森林在近两年恢复得较快较好，却是准确的。

沐浴着金秋醉人的而略带寒意的晨风，我来到居所附近的林子里转悠，在林缘的南酸枣树下拾几枚黄澄澄还沾着甘露的南酸枣，轻轻地剥开，那清新带酸的气味便立即冲鼻而入，放入口中，那微酸而黏滑的感觉瞬时充盈口舌，细细品味，其滋味酸中沁甜，沁入肺腑，令人神清气爽。在林子的深处，有五六个捡拾南酸枣的身影在晨曦里忙活着，不时传来他们的欢笑声——天道酬勤啊！准是林子里的南酸枣在清风的摇曳下又下了一窝窝让他们欣喜的"金蛋蛋"。

哦，南酸枣，这一检验车八岭森林植被恢复的"样板树"，也成了车八岭村民勤劳致富的"试金树"。

南酸枣，你能成为山里人的摇钱树吗?

2011年11月9日深夜写于梧桐山居

车八岭的南酸枣果实

远去的虎啸

在车八岭国家级自然保护区工作有十多年了，常有人问我，车八岭有华南虎吗？你见过华南虎吗？

的确，车八岭国家级自然保护区自20世纪80年代初建区以来，就以多次发现野生华南虎踪迹而闻名，特别是美联社刊发了关于在广东始兴车八岭发现华南虎的新闻报道，及后来美国猫科专家科勒夫妇到车八岭作了实地调研、发布在中国车八岭有一个虎的部落的消息后，车八岭更成了世人心目中最后的虎山。

1

野生华南虎，我曾目睹过，但不是在车八岭，而是在车八岭所在的始兴县的另一个林区。那是20世纪70年代初的事了，那年我八九岁，跟着做老师的母亲在始兴县城近郊约4公里远的杨公岭小学读书。

这年9月新学年开学不久的一个星期三，学校组织老师和四五年级的高年级学生，到毗邻的胆源山区去寻柴（砍柴），以解决学校饭堂一学期的柴火燃料问题。那天，到了下午三点多钟的时候，砍柴的同学扛着柴火陆陆续续回来了，有好几个同学都说在山上听到老虎叫了，吓得赶紧砍了柴就走。到了五点钟的时候，仍有一个老师带的十几个同学没有回来，校长有些焦急，想到同学们说的老虎叫声，连忙叫了先回来的几个老师和七八个大个子的同学，带着脸盆、铁桶、柴刀、茅杠等工具，迎着砍柴的回路，急急地向前赶去。正在校门口玩的我，听到他们说要去打老虎，也蹦蹦跳跳地跟上了队伍。

当我们急匆匆地走了三四公里远的山路，进入到茂密山林时，就隐隐约约听见前面有一群人在大声呐喊，校长便示意大伙悄悄地赶了过去。近前一看，便见到了一只毛色黄中带条斑的大家伙蹲坐在前方三十米远的路中间，头朝着喊声的方向——还好，老虎没有发现我们，我们便赶紧藏匿在树丛中。那喊声的人群距老虎也有三十来米，就是学校砍柴未归的那群同学，有男同学也有女同学，他们都攀爬在树枝上，藏身在树林里，时不时地向老虎呼喊一两声，只是那声音短促而无力，显然是喊累了，而老虎则坐地上守着——真正的拦路虎，虎视眈眈地望着声响处，看来，它是想等着有人从树上掉下来时捡来做晚餐吧。

校长看见同学们都在树上，便叫我们把带来的工具操演起来。随着校长的一声令下，面盆、铁桶、柴刀等金属的撞击声瞬间响遍山谷。老虎明显地吓了一跳，扭过头对着我们这边望了一眼——那目光可真是炯炯有神如电如炬！它只愣了一秒钟，马上把头抵在地上，"呜——"地长吼一声，向我方发出警告，然后抬起头，又望了一眼前方的树林，"呵——"地叫了一声，便大摇大摆地从路旁树林隐身而去，一会就不见了踪影。校长叫我们又使劲地敲打了十多分钟，确信老虎已经远去，才率领大伙越过老虎蹲趴过的地方，叫对面树林里的老师和同学赶快下树来。

校长清点齐人数后，问那带队的老师为啥不用石头敲击柴刀来驱赶老虎。那老师和同学们说来不及呀，一见到老虎大家就赶快爬上树。这些树都不大，一棵就只能爬一个人，大家上到树上就不敢下来捡石头了。还好，一起的四个女同学也会爬树。这是我第一次见到野生的华南虎，也是最后一次见到野生老虎的活体，那一身黄澄澄的斑斓皮毛给我留下了极深的印象。

那时，遇见老虎看到老虎，在始兴这个粤北山区小县还是不以为鲜的事，即使是遇见了老虎，也不是什么新闻，山里人也有一套敲铜锣打面盆放爆竹驱赶老虎的办法，当然，有猎枪的山民，更是直接用枪来打老虎了。那时，大概因人类对山上资源持续不断掠夺性的索取，老虎的食物大幅减少，致使多地山区出现老虎下山进村入户吃猪啃牛的事件，老虎由此成为谈虎色变的害兽，许多山村甚至成立了打虎队，组织村民进山打虎或在村边伏击老虎。

老虎，在我们小时候，还是大人吓唬不听话的小孩的怪兽，许多闹腾的小伙伴一听大人说老虎来了，便立即乖巧听话了。同是始兴籍作家的饶欠林先生，在他的作品里，就不止一次地写到他小时候看见村民捕获的老虎。

也就在20世纪70年代初的初冬的一天傍晚，文友阿斌在始兴县城的墨江大桥桥头见到有山民在卖老虎肉，"一整只的老虎摆在手推车上，有头有尾有脚有爪，剐开皮切开来卖肉卖骨头，有好多人围着看……听围观的大人说老虎肉比猪肉还便宜，老虎骨头却很贵，1斤就要五六十元，但买的人不多，那时大家都没什么钱哟，五六十元钱那是当时普通职工约两个月的工资呢"。说起往事，阿斌还一直恨自己当时年纪小口袋没有一分钱，也不知道去讨一颗虎牙或拔根虎须什么的来玩玩。

广东粤北华南虎省级自然保护区圈养的华南虎

2

就在这一时期，距始兴三百里远同是粤北山区的阳山县，出了个打虎英雄邓仕房。邓仕房的祖父、父亲都是方圆百里顶呱呱的好猎手，打猎是邓家的"家传手艺"。邓仕房因打老虎有经验，被当地的各村山民请去打老虎"为民除害"，而受到政府的表彰。据有关新闻报道称，自20世纪50年代起到70年代初，经他父子及其所率领的打虎队打死的老虎多达106只，人称"老虎邓"。"老虎邓"自豪地说，其祖父和父亲过去打猎是为生计所迫，而他打虎是为民除害，有政府颁发的奖状、证书及老百姓赠送的锦旗为证。

其时，政府的默许甚至鼓励，使许多地方的山民把打虎作为"除害"的行为。而鼓励打虎的政府和那些上山打虎的人，从未深究过为何老虎以前很少下山啃吃家畜家禽，伤人的事就更少；更没有反省是自己对山林资源的过度掠取——滥伐、打猎，甚至毁林开荒，是人类自己的贪婪，把老虎从安乐窝里赶了出来！

据权威部门的不完全统计，直到20世纪40年代末，野生的中国虎——也就是我们说的老虎，在全国仍有2万之众，分布于除东北、新疆、西藏以外的中国大部分省（市）；而到了"全民打虎"、"打虎英雄"辈出的20世纪50、60年代，野生老虎的存活量则呈现断崖式的急剧下降。据不完全统计，湖南省1952—1953年捕获老虎170只，与之相邻的江西省在1955—1956年捕获老虎171只……而在全国范围，仅1956年，全国就收购野生虎皮1750张。在接下来的大跃进大炼钢铁对森林资源的毁灭性破坏，失去家园庇护的老虎更是苦无藏身之所，屡屡惨遭猎杀，老虎的踪影渐渐稀少……曾经的打虎大省江西省在1975年后就再也没有捕到野生老虎了，而湖南省在1976年后也没再捕到过野生老虎；到1979年，全国全年仅收购到1张野生老虎皮！老虎的活动范围也缩小到长江流域以南的华南地区，缩小了五分之三。动物学家为了区分活动在东北新疆等地的东北虎和新疆虎，而把中国虎这一中国特有的虎之亚种，称之为华南虎或南中国虎。

华南虎，在20世纪70年代末，在全国范围而言，就已陷入了濒临绝迹的险境。

3

始兴历史上也是中国虎的重要分布区域，车八岭位于始兴的东南部山区，当然有老虎出没。车八岭建立保护区后，在南北两边大门的入口处各竖了一块用混凝土预制件做的永久性宣传牌——"保护老虎有功！伤害老虎犯罪！"让进入保护区的人一进门就感受到保护老虎的迫切性。后来，又在始兴县城东前往车八岭的山塘头（地名）路口，也竖起了一块同规格同内容的宣传牌，把保护华南虎的宣传延伸到县城。

华南虎什么时候从害兽变身为被保护者，这一角色的转换，没有明显的年份界限，大约也就在20世纪80年代初。改革开放初期，当国人蓦然发现曾经的山大王已好久没有显现身影时，才感觉到老虎似乎并不那么可怕可恶。而老虎的缺失，却让山野的野猪成了山大王。有一年，驻守当地的北山部队战士在帮山民护秋时，不幸被一头野猪撕咬成重伤，以致在当地医院无法实施手术的情况下，部队首长从广州派出直升机飞到始兴来接运伤员。说起来，那飞机还是首降始兴的飞机呢——直到如今，也还没有第二架飞机降临过始兴。

而处于大山深处的车八岭，因人迹稀少，交通不便等原因，在20世纪80、90年代，还有多名山民目睹到山大王华南虎的尊容，而且，在车八岭还有一处地名叫作老虎坳。1986年5月，美联社一则关于"在中国广东省北部的始兴县车八岭，发现了珍稀的华南虎……"的报道，引起了世人对华南虎和车八岭的关注，也许就从这个时候起，华南虎才算正式逃脱了被追杀的困境，脱下"害兽"的外衣，披上了被保护的外套。

自20世纪90年代初起，我曾多次到车八岭采访，保护区的工作人员在接受采访时，都会谈到他们寻觅华南虎踪迹的事，保护区的管理者通过自己的调查研究，给出的结论是年年闻虎啸，岁岁见虎踪。的确，闻虎啸在车八岭算不上新鲜事，保护区的工作人员有多人听到过，1991—1992年更是连年在车八岭的天平架、蜡树园、凉桥坑等地，多次发现华南虎挂爪等虎踪；车八岭村民戴金彪在一次上山采灵芝时，与华南虎"直接撞面"——相距不到20米！与老虎当面对峙足足有一分钟！这生死攸关的一分钟，被吓呆了的戴金彪像树桩一样地栽在那里一动不动，"好像连气息都没有了"，事后戴金彪说："命大，老虎竟然没有扑过来，呜地叫了一声就转身走了。""可能那是一只吃饱了的老虎。老虎一般不主动攻击人，除非是生命安全受到威胁，或是饿极之时，才会冒险作出攻击。"十年前，我曾就此事请教于华南濒危动物研究所的华南虎研究专家袁喜才教授，袁教授如此分析说。

车八岭北门宣传牌

这期间，车八岭保护区还因华南虎闹出一则趣事：邻县的何志水承包了车八岭林场的松脂采割。有一天晚上，住在山林里的他起夜小便，在朦胧的月光下，竟然看到两只老虎（按"一山不容二虎论"推断，应是一雄一雌），正俯下身子在他们开挖的蓄水池饮水。他差点被吓死，尿直接就自流在裤子里了。

第二天，逃出生天的何志水三人气冲冲地赶到保护区管理处，坚决要求退出承包，说："你们怎么能把老虎放出来呢，吓死人了。要不你们把老虎关好，要不我退包，你们把押金退回给我，再补偿我一些损失也行。"

这事，日后在车八岭被传为笑谈——何志水竟然认为华南虎是保护区的人放出来的。当时，这事由车八岭保护区同意何志水等人退租退包而解决，车八岭的负责人事后在接受记者采访时说，我们不仅要顾及采脂民工的生命财产安全，也要保护华南虎的生命安全，保护华南虎栖息地的生态平衡。这事经报道后在社会各界乃至世界都引起轰动，美国著名猫科动物专家科勒夫妇受世界野生动物基金会的委托，来到车八岭考察华南虎的生存环境，并在车八岭考察期间发现了两处新鲜的华南虎挂爪，由此推断车八岭有一个有两到三头华南虎的"虎部落"。

更被外界认可的，是广东省地勘队的袁工程师与华南虎的不期而遇。这年夏天，袁工程师与同事到车八岭搞地质勘测，在林区搞过野外作业的人都知道，进山作业都是早出晚归，出门时都会背一大包东西——用的、吃的、喝的，东西太多，一般到了作业点后会选一处地方，把暂时用不上的东西放置在一处，中午野餐歇脚时再来取。有一天中午，当他们像往日一样到放置器物的地方取东西时，看到在离他们的背包约10米远的地方半卧着一只华南虎。吓得他们跌跌撞撞地逃回保护区管理处，央求保护区的工作人员上山去帮他们把东西收拾回来——那都是国家的贵重器材啊。

保护区的人获悉有华南虎活动踪迹后，立即组织华南虎调查小组的人赶赴现场，他们很快就到达了袁工程师发现华南虎的地方，还好，透过树丛远远地见华南虎还在，只是四周都是芒草遮挡着，无法拍取照片，调查队的小李便背着照相机，攀爬到一棵大树上想居高拍摄，没想到爬树的动静惊动了华南虎，华南虎立即站直身子，回头冲小李这边"呜——"大吼一声，吓得刚刚爬上树干的小李失手掉了下来，而华南虎在大吼一声之后，随即大摇大摆地扬长而去。

据说，这是保护区工作者唯一的一次目睹华南虎尊容的经历。遗憾的是带着相机竟没能拍到照片！

4

1998年10月下旬，我获悉与车八岭一山之隔的罗坝镇上岗村发现虎踪，立即约请《南方日报》韶关记者站的曾站长与粤北华南虎保护站的李站长，一同前往采访。

最先发现华南虎踪迹的地方在上岗村一处偏僻的山窝，那里四面环山，东边不远处就是车八岭国家级自然保护区的核心区天平架。发现老虎的是一对在此租山种果的老夫妇，男主人叫刘华湘，女主人叫谭少贞。果园旁有一间用杉树皮搭建的简易住所，老两口平时就住在这里。

谭少贞向我们讲述了她家一条二三十斤重的大黄狗被老虎叼走的经过：8月4日傍晚，天还没有完全黑透，他们刚刚吃过晚饭，突然看见家养的两只大黄狗从外面跑了进来，浑身发抖。这两只狗一向都很凶猛，是看家护场的好帮手，这天的表现令他们大感异常。两只狗进来后，雌狗就沿墙壁四周打转，雄狗则叼住男主人老刘的裤脚往外拖，一连拖了三次，老刘只好拿起手电筒吆喝着大黄狗走出了住所。仗着人势的大黄狗朝东边的小山沟吠着跑去，不久传来两声凄厉的叫声，老刘立即用手电光照射过去，但见一道黄影一闪而过——是老虎！

老刘赶紧跑回住所，用木棒把门顶实，夫妇俩胆战心惊地过了一晚。次日一早，他们在住所的四周和菜地上，看到一串串比拳头还大的老虎脚印，在水沟边的木桥上看到几撮黄狗毛。

此后三天，老虎又连续两个晚上来"光顾"果园，后来听来果园帮工的人说狗会招惹老虎，他们便赶紧把雌狗送走，果然，老虎就不再来了。因果园挨近车八岭边界，老两口一直以为老虎是车八岭保护区养的，所以发现老虎踪迹后并没有向有关部门报告。

直到10月中旬，罗坝镇上岗村的护林员刘远桥在附近山上巡山时，亲眼看见一只老虎一路长啸着朝天平架方向而去，华南虎出没的消息才传了开来，才引出了我与曾站长、李站长的访虎之行。刘远桥在接受我们采访时说，老虎的叫声就像是油锯伐木时的声音，"呜——呜——"，连续的长音。

粤北华南虎保护站的李站长在听了老刘老两口的讲述后，又细心地察看了周边的环境，推断叼走大黄狗的应是一只约六七十公斤的华南虎：猫科动物是肯定的，但本地较常出没的云豹是不可能叼走这么大的狗的。

就在我们报道车八岭再次发现华南虎出没踪迹的一周后，距车八岭四五十公里远的始兴县澄江镇的村民，又在当地的南石岩山林内发生了与华南虎相遇而对峙的事，老虎在与人对视后将头抵在地上，长久地"呜——"了一声，便先行退隐山林深处。事后的第二天，遇虎的山民邀了几个村民结伴上山寻虎，老虎没再现身，但他们却在一处洞穴里发现了华南虎曾经落窝的痕迹。

始兴，车八岭国家级自然保护区，相继发现野生华南虎踪迹的新闻报道，又一次引发了公众对野生华南虎的关注。

5

车八岭国家级自然保护区持续发现华南虎踪迹的消息，以事实回击了华南虎已经灭绝的论调，犹如一剂强心剂，让仍在关心关注华南虎生存现状的专家学者重拾信心，将野生华南虎的研究坚持开展下来，开启了新一轮的"梦虎之旅"。

然而，梦想很美好，现实很骨感。实际上，20世纪90年代后，野生华南虎在全国的活动范围又进一步缩小——这一时期新闻报道发现华南虎出没的区域压缩在江西、湖南、广东、广西、福建，曾经的中国虎成了真正的"华南虎"（因而有动物专家抱怨说，把中国虎叫成华南虎叫错了）。这其中，华南虎较常出没的地方是粤赣湘交界处，而车八岭所处的粤北韶关地区，正是位于这一三省交界之地，因此，在20世纪90年代，车八岭还能时不时发现华南虎出没的踪迹，也就不足为奇了。

保护华南虎的行动，在国内专家学者奔走呼吁及国际社会的关注下，在这一时期已逐渐成为民众的基本共识。早在1986年4月于美国召开的世界老虎战略保护学术会议上，华南虎就被列入红皮书E级（濒危级）保护物种，华南虎成为最需保护的濒危动物，由此引起全世界的关注。1988年，全国人大七届四次常委会议讨论通过并颁发了《中华人民共和国野生动物保护法》，华南虎和其他的野生动物由此正式受到了庄严的法律保护。

野生华南虎有了国字号的"护身符"，保护野生华南虎的有关部门也有了"尚方宝剑"，急剧减少的野生华南虎似乎迎来重拾"虎国江山"的良机，而华南虎在野外的现实状况又如何呢？这一"尚方宝剑"会否像古人学会了"屠龙术"后无龙可屠而无虎可保了呢？这一迟来的"补牢"之举，能否真正达到杜绝"亡虎"终极目标，让苟延残喘的"虎国公民"借此重振虎虎生威的雄风？这一切的一切，都有待实际的调研与实践的检验。

1991—1992年，国家林业部为摸清野生华南虎家底，与世界野生生物基金会联合开展"全国野生华南虎及其栖息地调查"，并发出悬赏寻找华南虎踪迹的通告：发现华南虎者奖励奖金3000元。这一通告，再次激发了世人对华南虎的关注，甚至有些山民在这一时期成了专业的寻虎人——3000元在当时的农村是许多家庭几年的收入！

后来，随着华南虎踪迹越来越罕见，国家林业部又发出了悬赏10万元寻找野生华南虎照片的通告，也正是通过这一系列的悬赏活动，使国家层面的有关部门基本搞清了华南虎在当时的活动范围和野生存活量，全国调查汇总的数字令国家林业部的官员大吃一惊：华南虎活动区域大大压缩，野生华南虎仅20~30头！一个曾经庞大的"虎国"，竟然只剩下30来头的区区之数！华南虎真正到了生死存亡的关头。在这样的背景之下，广东车八岭国家级自然保护区的山林里，仍有发现华南虎的消息，这对关注华南虎的各界人士来说，无异于天籁之音，也难怪那一时期的国家林业部的几任部长，都不辞舟车劳顿，从遥远的北京来到车八岭考察，检查和指导工作。

2000—2001年，国家林业局再次与世界野生生物基金会（WWF）联合开展全国野生华南虎及其栖息地的大规模调查，但在此次长达两年的搜索过程中，结果却令人大失所望，竟然没有看见一只野生华南虎的身影。看来，锻造"尚方宝剑"的时间实在是大大的晚矣，事后诸葛亮式的"护身符"，似乎也已无法扳转野生华南虎走向濒临灭绝的险境！

曾经让"虎粉"们重燃希冀的"虎山"车八岭，在进入21世纪后发现虎踪迹的消息也基本消停了。2005年，我到车八岭国家级自然保护区管理局任职后，也曾多次到区内及周边的村落、山林，寻访华南虎的踪迹，有三五个常上山捡拾灵芝、南酸枣的村民反映，曾听到过疑似老虎的啸叫声，但没有真正见到过老虎的踪影。待到2008年春的雨雪冰灾后，连疑似的虎啸也没人听到过了。

年逾古稀的华南虎研究专家袁喜才教授说，不是车八岭国家级自然保护区的环境变差了，车八岭的保护成效是有目共睹的，车八岭目前的环境仍然是华南虎的最宜居区域。但是，车八岭周边的林木稀疏了，森林被破坏了，而车八岭才76平方公里的山林，无法满足日行百里的华南虎的生存需求，加上2000年后高速路网建设的快速发展，把原本相邻相通相连的连片山林森林分割开来，华南虎日行百里的习性被约束限制了，雄虎和雌虎极可能因此被隔开而不得相见，更无法相亲，连牛郎织女都不如，这样的大环境下，无法繁衍后代的华南虎，很快就陷入了濒临灭绝的边缘了。再想见到虎踪，那真是比卫星上天还要难上十倍百倍！

　　2008年3月，作者（左一）率车八岭华南虎调查小组（3人），到始兴县北山山区的楠木洞林场调查华南虎踪迹。（张应明　摄）

　　2008年的雨雪冰灾，是否是压倒野生华南虎的"最后一根稻草"呢？2008年雨雪冰灾对野生华南虎踪影消失的"贡献率"有多大呢？华南濒危动物研究所的专家们说，这不是主要原因，或者说没有多大的影响，因为历史上像这样的雨雪冰灾不知有过多少次，华南虎一样生存繁衍下来，且就在2008年雨雪冰灾之后，云豹、水鹿、野猪等生物，仍能在车八岭看到。而且，在2008年雨雪冰灾前的2007年冬季，不甘于野生华南虎踪迹消失的华南濒危动物研究所，组织开展了大规模的"粤北野生华南虎野外调查"项目，数次深入到包括车八岭在内的、曾多次发现虎踪的粤北华南虎活动区域实地调查，但最终却因华南虎踪迹的"零发现"，而未能向公众宣布发现华南虎痕迹的消息。

　　我在车八岭工作的十几年间，也曾到过华南虎出没的地区考察调研关于华南虎在当地的情况。我足迹所到的广东的南岭、象头山、石门台，湖南的莽山，湖北的神农架，江西的齐云山、九连山、井冈山，福建的武夷山，浙江的天目山，贵州的茂兰、梵净山，河南的宝天幔，等等，这些国家级自然保护区，及南山、南昆山等广东省省级自然保护区，他们的领导和科研工作人员都几乎一致地表述：华南虎在当地已经十多年甚至二十多年未闻其声未见其影了。我也曾多次在中国人与生物圈网络大会期间，与有关的同行交流华南虎的情况，但所交流的情况都是十几年前的"过去进行时"——华南虎在全国范围确是早已不闻其声不见其影了！

　　华南虎踪的消失，是全国大环境生态失衡的原因所致。

　　或许，我当年采写的华南虎叼走大黄狗的新闻报道，竟成了全国乃至全世界报道野生华南虎踪迹的最后报道？这样的最后，我真心不愿看到！就像车八岭国家级自然保护区的工作人员，不甘愿此前唯一的一次目睹华南虎成为最后一次目睹华南虎！

　　华南虎，你，真的消失了吗？你那震撼人心惊天动地的虎啸，飘在了何方的远方，远方的何方？

6

就在"虎粉"们也将无奈接受野生华南虎消失的事实时，一则来自古老唐都的消息，激活了无数"虎粉"昏昏欲睡的神经，华南虎，野生华南虎在秦岭大地出现了！这消息，无异于一颗重量级的"原子弹"，震惊了世界！

2007年10月13日早上，一个来自广州的电话，打破了车八岭金秋清晨的宁静。对方是《羊城晚报》驻韶关记者站的彭卫先生。他问我，陕西镇坪县农民周正龙发现的华南虎是真的吗？你作为车八岭国家级自然保护区的管理者和负责人，如何看待这一发现呢？

哎哟，这是怎么回事呢？野生华南虎重现身影啦？记者要搞电话采访呀。我愣了一下，一时不知发生了什么。彭卫说："你快上网看看，昨天的新闻，陕西省林业厅宣布在镇坪县发现野生华南虎，并拍到有多张照片。"

那时，没有手机新闻，更没有微信，地处大山深处的车八岭也才刚刚通了有线网络，且信号极不稳定；而电视也因信号不良，看的都是"迷糊台"，所以，对于山外发生的这一爆炸新闻，山居在车八岭、节奏慢了半拍的我，对于这"重大发现"却还一无所知。

彭卫是老朋友了，我在始兴县委机关工作时常与他打交道，这次看到华南虎的消息，他便立即想到了曾多次写过发现华南虎踪迹报道，现又工作在有虎山之称的车八岭国家级自然保护区的我。

我拿着电话立即打开电脑上网，按他的提示找到了陕西发现华南虎的新闻，很细心地看了两遍，特别是认真地看了华南虎的照片，思忖了一番，说了自己的看法：虽然这是陕西省林业厅官方发布的新闻，作为"林家铺子"的一员，本应相信同行发布的消息，但经过细看所报道的消息和根据以往对华南虎资料的搜集整理，我认为这是一则失实新闻。一是在野外发现野生中国虎（华南虎）踪迹的报道，自20世纪80年代后就没有在长江流域以北区域出现过，更没有在镇坪县所在的秦岭区域出现过，且早在90年代就有动物学家经过调查，已断言华南虎在秦岭地区已于60年代绝迹；二是华南虎是嗅觉特别灵敏的动物，不可能让并不太熟悉摄影的农民伯伯周正龙，拍这么长的时间拍到这么多照片，而且图中的华南虎是没有睡着的，它会看着你让你不断地拍照片吗？三是新闻稿中所发布的照片，无论是远拍的还是近拍的，都是一个姿势，且每张照片其图中前景的植物与老虎的比例基本是一样，而在同一位置拍摄，长焦和广角所拍的照片前景是不一样的——此是常识，记者们应比我更懂；四是这些照片都拍得恰到好处——老虎的两只眼睛都拍到了，且拍得炯炯有神。因此，我觉得这华南虎的发现很可能是一则假新闻。

刚刚挂了电话，铃声又起，《南方日报》韶关站的记者也来询问陕西发现野生华南虎一事……这一天从上午到傍晚，我接到了十五六家各级主流新闻媒体记者的电话，他们都把我当成写发现野生华南虎踪迹的特稿专家了。媒体老友们的信任，让我更加谨慎。我在复述了与彭卫所谈的研判与看法后，建议他们去找真正的专家——华南濒危动物研究所的专家袁喜才教授。后来，彭卫告诉我，袁教授给他们的答复和我的说法很相似，基本上的观点是一致的。

与此同时，早已在20世纪70年代就放下猎枪、从打虎英雄变身为护虎使者、时年已近80岁的"老虎邓"邓仕房，也在阳山县的家中接受了同一问题的多家媒体采访，他同样认为这是一则"靠不住"的新闻。令记者意外的是，当问及"老虎邓"一生所打的老虎数量时，邓仕房和他的家人只承认亲手打死过4只华南虎，再问就答非所问了。也许，打了这么多老虎的"当年勇"，已从过去的荣耀转变为今天的罪过，"老虎邓"再也不愿提及"打虎英雄"的过往了。

或许正是有了这些广东媒体人务实的职业精神的缘故，广东的媒体在"周老虎"事件的报道中，没有渲染，没有炒作，更多的是质疑。后来的结果证明，这质疑是对的，"周老虎"就是假的！13名大小官员为此假新闻担责受到处理，"农民伯伯"周正龙则被追究刑事责任进了牢房。

可是，当我对"周老虎"假新闻的判断被证实是准确之时，当彭卫等一帮新闻媒体的老友们称赞我判断准确时，我却一点也高兴不起来，我真的希望自己的判断是错误的，希望陕西发现华南虎是真的，希望"周老虎"是真的！

因为，我不愿听到更不愿看到华南虎被证实绝种绝迹的消息。

　　沸沸扬扬的"周老虎"闹腾了半年之久后，野生华南虎踪迹的消息至今又消失了近十年。难道，华南虎就真失联失踪了吗？我，好期待，能再写一篇发现华南虎踪迹目睹华南虎尊容的报道。老天啊，请把奇迹降临！

　　啸声远去的华南虎啊，你可知道，我在车八岭等着你，期盼着与你相约于美丽的车八岭国家级自然保护区！

2016年9月29日子夜初稿于梧桐山居

2016年11月29日深夜二稿于晓得斋

2017年3月13日晚定稿于梧桐山居

第二章
智悦山水

诗意车八岭

1 倾听春天

春天，

悄然而至，

大山深处的森林里，

已是春意渐浓。

画眉与百灵亮开了嗓子，

还有那许多叫不出名的鸟雀，

也在云遮雾掩的密林深处欢歌……

听，

叽叽……

咕咕……

唧唧……

　或高或低，

　或近或远，

有的清脆嘹亮，

有的婉转低回，

春之赞歌在森林里交响回荡。

这美妙的天籁，

令人陶醉，

也令树木陶醉……

看，快看啊，

为着聆听春天的声音，

那树干上长出了好多好多的耳朵。

2016年3月17日深夜写于梧桐山居

2　山歌好比春江水

溪流淙淙叮咚，

邀我跋涉至溪边。

碧涧之清澈兮，

撩我起溯溪行摄之念头。

走一段兮就走一段，

于溪中拍摄的溪谷，

或因视角之变，

熟悉的景观或有别样的展现。

躬身弯腰，

探手拂水试试水温，

感觉在十八度之摄氏，

赤足涉水尚感微凉却也无妨矣——

正好，正好，

穿着高筒雨靴正好作跋涉之神器。
沿着溪边，
且探且行兮。
或攀枝越坎，
或驻足掠水，
或探石过河，
或捕捉美景。
清亮的水花，
青翠的枫树，
凝露的柳穗，
玩水的河蟹……
于且行且拍中，
——收入了寻觅的镜头，
汇成了春江水暖之山歌。

小憩于溪湾石上，
随手掬一把水兮，
捧到嘴边啜一口，
一股甘冽的清凉直入腔膛，
这大山之野的溪水，
原生态的山泉水，
浇我块垒兮，
畅我之情怀兮——
人说山歌好比春江水，
我道春江就是好山歌，
呵哟荷喂那个溜当，溜当。

2015年3月18日深夜写于梧桐山居

3 春天来了

今天上班了

在办公室的窗前坐着

看远山中

枫树已率先换上了鹅黄色的春衣

深山含笑也在春阳中绽放洁白的花朵

故乡的云于山那边徐徐飘来……

春天

春天就这样来了

虽然尚未东方风来满眼春

但春天的气息就这样扑面而来了

掐指细数

假期也就七八天而已

这山里的景色就换了季节……

唉

晚来的羊年春节

却让春天捷足先登了——

这春天来得

有点儿让人措手不及

2015年2月26日中午写于梧桐山居

4 晨 曦

一缕晨曦

柔柔地　轻轻地

漫进我的山居

如一束温柔的灯光

缓缓地　慢慢地

于熹微中

悄然地将山居点亮

晨光里的兰

沐浴在熹色中

是那样的妩媚

那样的清雅……

让我心动而满心欢喜

这阳光　正好

2016年10月9日清晨写于梧桐山居

5 望穿秋水

晨曦

弥漫于绿树掩映的水湾

若镜的水面

有云和霞光在轻柔起舞

涟漪

若思念之密码

一波接一波

连绵荡向牵挂的远方

远方

缥缈于晨光而安详

凝望的身姿

演绎望穿秋水的新章

2015年10月19日清晨写于梧桐山居

6 看山人呓语

清晨

我在车八岭　看

初夏晨阳照耀下的山峦

那光线那树影

那山的宁静鸟啼的悠长

让我萌生

告知山外朋友的

　冲　动

朋友甲说

美景哟山清水秀

世外桃源神仙居住的地方

朋友乙说
那空气一定超新鲜
若能打包快递到北京来就好

朋友丙说
是不是在山里待久了
连晨曦这个词都不会用了

哦呵哟
确是待久了
可这阳光明媚的景色
却不仅仅是晨曦
也不仅仅是世外桃源的新鲜空气

要不
我这久待深山的看山人
怎么还没有司空见惯麻木不仁呢
聪明的
你　告诉我喔

2015年5月6日清晨写于梧桐山居

7 杉树王

你的根正苗壮
使你从一片密密的时间幼苗中
　　脱颖而出
　　从再次植入土地的那一刻
你便承载着要成为
　　一棵挺拔的参天大树的使命

晨起迎着朝霞
黄昏送走夕阳
也曾有电闪雷鸣风雨交加
也曾有阳光灿烂星月相映
在刀斧声交错重叠的时光中
依赖守护者编织的神话与传说
躲过一次又一次的欲望之眼
在风雨兼程的百年岁月里
你　成长为一棵让人仰望的大树

你静静地
伫立在村南的山冈
默默地守护着
这个叫作黄竹坑的小山村
脉脉温情地遥望着
这片叫作车八岭的莽莽林海

当年和你一同入选

担负着同一使命的伙伴们
早已不知去向　他们
也许成了大厦的柱梁
也许成了江河的桥梁
也许成了姑娘的桄柜嫁妆
也许　也许走进了农家的灶膛

而你
初心不忘
依旧忠诚地
坚守在这葱茏的山冈

你　舒展着枝丫
让挺拔的身躯直达云霄
你汲吸着大地的营养
让丰满的腰身更加润圆

一个百年过去
又一个百年过去
三百载峥嵘岁月的磨砺
你已修炼成让人敬畏
　让后辈无法企及的南粤杉王

2011年7月9日深夜写于梧桐山居

注：在车八岭保护区有一棵树龄超三百年的大杉树，目前仍在生长，枝繁叶茂，被誉为"广东第一杉"。

8 观光木

当第四纪冰川的刀光暗箭

铺天盖地、恣意猎杀时

你，悄然藏身在中国车八岭

当异域的树木学者

只能在你同族前辈的硅化木上

探究你们族群的前世脉源时

你以不屈不挠的倔劲

依然顽强坚持

在车八岭无声地繁衍着自己的族群

哦

恐吴承恩也想象不出　当年

钟观光先生与你邂逅的惊讶惊喜

怕汤显祖也写不出

这个中国植物学家与你如何一见倾心

他对你的爱慕

如此无法分割的难舍蚀骨

于是

你便分享了他的名字

用他的名字行走于植物王国

车八岭这方神奇的山水

给了你，繁衍生息的宁静家园

让你以"活化石"的神采

书写着花香果硕子孙满堂的

"史前遗老"新篇章

2010年6月16日清晨写于梧桐山居

注：观光木，以中国植物学家钟观光先生名字命名的木兰科乔木。该树种在第四冰川后几乎灭绝，仅在两广和云贵地区有极小种群遗留分布，在广东车八岭保护区则有相对较大的种群分布，且得到了很好的保护，种群继续繁衍。

9 伯乐树

几番几近虚脱的跋涉

正气喘如牛的疲惫之际

只因挺拔的你不经意对我看了一眼

车八岭的传奇就此又添了新传主

伯乐树 你

静静地伫立于溪沿的岩畔

掩藏于葱茏的森林之中

让此前寻找你的无数足迹

一次又一次地无奈滑过

木秀于林

花灼如桃的你

这一次终于在春色明媚中

丰盈了看山人期待已久的视野

这一次
森林里的生物
看懂了欣喜若狂的最佳诠释
明白了如痴如醉是何等的沉迷

山桃花　钟萼木
是你随机切换的名字
"植物中的龙凤"之美誉
才是你中国特有树种身份与地位的认定

是你相中了植物学家
还是他恋上了你的风姿绰约
谁是伯乐　谁又是谁的伯乐
而你的名字让寻找你的我
变身为驰骋林海的千里马

从此
你的名字赫然列在
车八岭重点保护植物名录的最前面

2015年5月19日清晨写于梧桐山居

注：伯乐树，国家一级重点保护植物，是车八岭保护区目前植物名录中的唯一国家一级重点保护植物，在车八岭得到了良好的保护和繁衍。

10 半枫荷

一棵参天大树
乍看是挺拔的木荷
近前却又带着枫香的含羞
咦　这是枫还是荷

说你是枫
却有木荷的忠厚憨实
认你是荷
偏又有枫香的风姿绰约

好在
不论是刚直的木荷
还是秀美的枫香
都已属于金缕梅科家园的成员

许是木荷与枫香行了秦晋之礼
天作之合中诞生了这不枫不荷的新种
于是　就有了
　既是荷又是枫的半枫半荷

木荷花开满山的五月
你跟随着让繁花满树
枫叶红映山林的初冬
你也换上绿里透红的时装

只是

你那垂挂的果实

已不再是荷也不再是枫

而是

　　既有荷的木讷秉性

　　又有枫的妖娆炫丽

让植物学家既认为是荷又看成是枫的 半 枫 荷

2011年6月29日深夜写于梧桐山居

注：半枫荷，国家二级重点保护植物，系中国特有树种，有较高的药用价值，在全国已处于濒危状态，在车八岭保护区有小种群分布。

倾听春天

车八岭之春夏秋冬（短章十篇）

1 春行车八岭

春阳若金，似射似撒，点点缀缀，照得连绵山峦叠彩。禁不住春色诱，等不得春光老，手持长枪短炮，我又一次走进车八岭茂密的山林，看那多娇之春山。

春风拂面，若凉却暖。沿着弯曲的小道，且走且看。路旁及路边树干上的苔藓，在春光里明媚着，潺潺的山溪水，演奏着婉转舒缓的春曲，似在欢迎我的到来，令我不时驻足欣赏。春天，用神奇之手，把春山春林装扮得春意盎然，就是枝梢上的嫩芽，都娇艳胜花。而一夜间争相开放的各种各色、形状各异的山花，更是鲜得喜人，令我醉心。

有鸟从林间枝梢上掠过，却不待我举"枪"寻找，已隐没丛林深处。我一边搜寻，一边倾听，须臾，便有若远还近的鸟啼雀鸣，从密林中响起，起初，音调有点儿怯怯的，像是一两只在试声，不久，便有五六七八只陆续接唱，音调瞬时流畅明快起来……恍若天籁。

初春的林子里不时有枯枝落叶，从高处的树梢上悄然飘落，飘落的，还有让春风拂动的花瓣。车八岭保护区约12万亩的森林，其乔木主要树种的成分，由壳斗科、樟科、木兰科、杜英科、安息香科、金缕梅科等主要种子植物构成。在茂密的林子里穿行，常常会与那些几百年树龄的古树相遇，这些森林长辈，或苍老或苍翠，但都挺拔伟岸。即使因雷击或其他原因干枯了的老树，仍有葱茏藤蔓缠绕着攀爬而上，以另一种姿态，诠释着不息之生命。

阳光从林窗中照入，溪边一棵古枫的新叶，因光照而艳且炫，如粼粼金片在风中摇曳……

山谷里清风徐徐，一声悠长的鸟啼，在溪谷深处随风传来，而溪另一头随即响起热切高昂的呼应，林鸟，山中之精灵，山林，因它们而显得生动与灵动，它们才是真正的山歌王子与王后呢。

春天的脚步，在百鸟和鸣中，正轻盈地健行于车八岭，春天，春天，真的，真的来了。

车八岭的春天，你不来，她也在；你来，她更美。春天啊，从来不等那迟到者的脚步，心动的你，还等什么呢？

2016年3月1日午时写于梧桐山居

2 夏凉车八岭

初夏。

车八岭亚热带森林里的清晨。

风，带着一丝湿润的凉意，迎面而来，拂动树梢，轻轻摇曳绿玉滴翠的森林……一束曙光，透过密实的林冠，将斑斓印在眼前的绿丛；清澈的山泉，滑过形如龙骨的岩石，弹奏着水之清韵……一只已脱壳的蝉，在晨光里，似跳还攀，诠释着生命的不朽与新生。

路旁的一片正开着花的虎舌兰，把淡淡的馨香悄悄挥洒在晨曦里……几只闻香而来的蝶和蜂，围着兰丛，开始了美味的早餐。

我，漫步在初夏的车八岭，边走边看，沐浴着晨光，享受着森林里的醉心鲜氧，把林中的美景一一收入镜头。

哦，初夏的车八岭森林，真美！

2009年5月17日深夜写于听啸阁

3 秋醉车八岭

绯红的枫树，深红的杜英，浅红的乌桕，鲜红的野鸦椿，金黄的南酸枣，青翠的榉木……冬日的车八岭，热烈、多姿、多彩。

深秋，车八岭76平方公里的莽莽森林，是五彩斑斓的彩色森林，最抢眼的，当数那如旌旗般深红浅红鲜红赤红淡红……以红色为主色调，以枫树为主力军的红叶树。它们或一棵于绿林中挺拔而起，或二三棵结伴守护于村头寨尾，或五六棵相依倒映于涧边塘畔，或成线状或成块状几十棵成百上千分布于密林中，分布于连绵的山峦中……山风拂过，如旌旗招展，若红鲤腾浪，秋日的车八岭，美了，醉了。

漫步穿行于这片地处粤北东部、被誉为"物种宝库南岭明珠"的国家级保护区，于徜徉中深吸着这冬日森林特有的清新鲜氧，聆听那悠长的鸟啼和潺潺淙淙的溪涧，是那样的赏心悦目，那样的心旷神怡，如沉浸于仙境……我的心哟，也早已醉了，美了。

哦，醉美车八岭。

2011年11月12日深夜写于梧桐山居

4 冬林觅鸟

久雨初晴，虽未见暖人的冬阳，还是决定出去转一转，看看有什么可入镜的——新近添置了一套专业拍摄器材，还未正式拍过什么照片呢。

冬天的车八岭保护区茂密的森林，色彩仍是绿色调为主，红色和黄色也很是抢眼。路边的几棵大枫树，尚未落尽最后一片树叶——真正的枫韵犹存。而林子深处，鸟鸣若有若无，间或有疾飞的鸟儿，从林子这边飞翔到另一边，尚未容我立定瞄准，一掠而过的影子已隐藏于林中……天色不够明朗，风有点寒意。我且行且看。伫立在溪边，想找只鸟来试试80~400mm的远摄镜头的锐度，等了好久，才飞来一只小鸟——红尾水鸲，在约30米远的一块水中石上——跳跃，慢行，转动着头，打量着漂着几片枫叶的溪流，无语。

我也静立不语，闭住气，轻轻地托起"长枪"，旋转着微调，一连按了两下快门，嘿，抓拍到了……

在车八岭保护站的楼上50米开外的一丛树与藤的交织处，有一群白头翁，其中有两只紧挨在一块——像是在密聊，另有两只则分开来——一只还跳到另一枝条上，扭着头，或许刚刚吵了一架？而下面还有两只若隐若现，像是在玩耍……在没有脚架的支撑下，我用手持连拍了两张。

回到保护区管理局，远远看到楼前的水池边上，一只北红尾鸲在跳跃着，赶紧凑上前去，在约30米的距离立定，瞄准，连按两次快门……

还好，没有用脚架，手持远摄灵活调整角度，也能拍到不错的照片——当然，要是有脚架，就更好。可是，不用脚架，在有风的环境下，用双手也能把"长枪大炮"端稳持平，不亦乐乎！

2015年12月12日深夜写于梧桐山居

5 美哉，车八岭！

春深时节，我行走在广东车八岭国家级自然保护区，春天的车八岭，万物欣欣，春意盎然。伴着如歌如弦的碧涧，沐浴着森林里醉心的鲜氧，我来到了保护区的负离子小道穿林漫步，走进了车八岭腹地。

幽谷兰馨于山雾中弥漫，彩蝶翩飞于林间悄然开放的花丛，鸟鸣隐藏于前方的溪头，诱我继续前行。我且行且看，边走边拍，咚咚的山泉飞瀑、满树茵茵的苔藓、悬挂林间溪畔的藤萝、济济一堂的大型真菌……满眼的春色，一一走进了我的镜头。

走出山谷，但见山道上满径缤纷的落英……好一番穿林钻灌，我气喘吁吁地攀爬上位于保护区管理局近旁的山峦之巅，登上防火瞭望台，放眼远眺，看如诗如梦的山岚在葱茏的山峦间缥缈，听如痴如醉悠扬的鸟啼从密林深处传来，欣欣然间，有如身临仙境，于拂面暖心的春风里，不由得赞一声：美哉，车八岭！

2007年3月9日深夜写于听啸阁

6 春媚车八岭

透过轻纱缥缈的云雾，放眼望去，山峦叠翠中的车八岭，满眼都是春意：粉绿、嫩绿，翠绿、碧绿，浅绿、深绿……而这绿的主色调中，又兼容着橙黄白赤紫——春山媚如画。

徜徉于山间山谷，但见粉红的山桃，绛红的山樱，雪白的木兰，还有那因去冬低温未能开放而含苞至龙年新春的山梅，和那许许多多叫不出名的五彩斑斓的山花……在若有若无的春雨里，悄然开放着，它们各开各的，不争芳也不斗妍，开得那么自然那么随性，春风拂过，便有许多花瓣如雪花般飘落，诠释着落英缤纷暗香浮游的原始生态。刚刚褪却红色秋装的枫香，换穿上了浅黄的春装，在春雨中摇曳着春色；柔枝缀满米粒般大小的翡翠嫩芽的柳树，在春光里舞着春风；峡谷里，五六株花开满树的深山含笑，散落在茂林中，如白玉点缀碧海；山谷深处的水潭，清亮而泛蓝；潭边新萌的春菇春芽，娇媚如花……

漫步溪畔小道，深吸着深山老林特有的鲜氧，于如梦如醉间，感受着沁人心脾的春之气息。无须侧耳细听，那悠长的鸟啼和欢快的雀唱，便随风而来；无须凝神，那叮咚轻歌的淙淙山涧，就似山神在拨动着春弦，直入心田……哦，这粤北之东的车八岭哟，在别处还鲜见绿意，还难闻鸟语的早春二月，你，已是春意盈盈，春光明媚。

春天来了，好一个春媚车八岭。

2012年2月26日深夜写于梧桐山居

7 桃花源里仍耕田

路旁一片红若丹云的桃林，令行驶在林区公路欣赏山间春色的我，把车缓慢地停靠在了路边。甫出车门，一阵桃花的芬芳就扑面而来……桃林就在路上方五六米高的山坡上。

我略作搜索，就找到了入口，攀登而上进入到桃林中。这是一处当地村民种植的"鹰嘴桃"——桃果成熟时果尖弯曲如鹰嘴，据说果肉爽脆汁多味甜。这桃花，要比水蜜桃花红，是深红的色彩；桃林不大，五六亩，树干都作了矮化修剪，枝干枝杈呈伞状开放，显得古朴苍劲。我手持相机，在林子中左瞄右瞅，寻找着合适的角度……

透过如虬髯般的桃林，路下隔溪相望的松树坝村相映在桃花中，村子的房舍有序地静立于苍翠的风水林旁，此时已过晌午，屋顶的烟囱已无炊烟袅袅……村口的农田告诉我，桃花源的农人，仍传承着祖辈的事业；而村旁新起的楼房，又似在昭示着山村与现代的连接……

这正是：春风陌上山花俏，桃花源里仍耕田。

2016年3月7日夜写于梧桐山居

8 山涧写意

夏至时节，暑热的感觉日渐明显。还好，山里茂密的森林里仍有凉爽的清风。

走进森林，风儿清凉人也清爽。听，鸟儿们躲在浓荫里，快活地唱着仲夏之歌；看，几只蝉，贴紧着树干，边吸着甘露，边哼着小曲。啊，一湾儿碧涧，自森林之深处源源流淌而来，濯脚清泉，那真是凉而爽呢！

坐在浓荫下的石矶纳凉，忽发奇想：若有一支洞箫，轻轻吹奏，那将是何等的赏心之雅乐！将草帽轻放于身旁，凝望着清澈见底的溪流，倾听它那叮咚叮咚的脚步，却也早已有了若临仙境之梦幻。

2011年6月23日深夜写于梧桐山居

9　秋行分水

　　丙申初秋的处暑时节。九点整，与从广州来到车八岭的阿明老友等一行七人，从车八岭保护区管理局的樟栋水处的松树坑口桥出发，徒步穿越车八岭亚热带森林，前往保护区边界处的江西分水村。

　　一路上，城里来的客人对森林的景观不时发出赞叹，不时驻足细看路边花草昆虫……路边正盛开着的野生海棠，清澈的溪水，更是让他们拍个不停…… 茂密的森林，把暑热隔断在林子之外，不时有阵风徐徐扑面而来……一路走，一路看，一路拍拍拍……平常我们走起来一个多小时的路程，经过两个多小时的跋山涉水，终于在中午时分越过了粤界，进入了江西地界，山脚下的分水村已装入我们的镜头中。

　　分水村地处粤赣分水岭乌梅山南面，有山溪水自村中央流来，在村委会门口分东西两个流向，分别流入江西和广东，分别注入长江流域水系和珠江流域水系，分水村由此而得名。 我们沿着东流的溪水，从一片栽种着荷兰豆的农出走过，经过一片稻穗正在灌浆的稻田，来到分水村的石埂子村小组（自然村）。我的江西老友——阿全老哥已在村口迎接，家中备好了解渴的蜂蜜水，准备好了丰盛的午餐…… 这一天的森林穿越，往返约十五公里。

　　昨天出发时并不知道是处暑之日，在行走中也没有感到暑热。今天写此文时查对日历，才晓得我们在处暑之日，徒步穿越了车八岭亚热带常绿阔叶林。

2016年8月24日深夜写于梧桐山居

10 新年礼物

向晚时分，漫不经心地望了窗外一眼，咦，天空飘着一片浅红的云朵！立即从柜子里拿出佳能5Dll和尼康810，以跑步的速度赶到办公楼前的水塘边——还好，我跑对了，也跑赢了，云霞正慢慢变红，越来越红，水塘的倒影，像是一群红鲤鱼在翔游……我变换着角度，用两台专业单反相机交替拍摄，还用手机抢拍了几张。

美丽的晚霞只在天边逗留了片刻，就幻化成一抹淡淡的红影，随着夜幕的收拢，渐渐地远去。我倚坐在池塘边的石堤上，浏览着刚刚摄入相机里的美景，透过镜头细看这2016年的最后晚霞，看着一片祥云从天际纷至而来的画面，我情不自禁地高声感慨：

太美了！这是老天爷送给我的新年值班礼物吧！

哦，新年将至，祝亲们节日愉快，2017年吉祥如意！

2016年12月31日傍晚写于梧桐山居

附记

这组短篇，都是先后在《韶关日报》等媒体发表组图时的配图文字，希望读者在只读到文字时，也能感受到文字所描述的美景。

旧体山水诗一组

这组诗，有拍摄照片时在现场的即兴所作，也有在发表照片时根据画面的意境所作，都属于即兴吟咏之作，所以没有标注时间。说是旧体诗，充其量也就是打油诗矣。

1 春山如梦

踏青春山远，寻芳春深处；
若得春光留，且与春同住。

2 三月桃花雨

其一
三月桃花雨，雨花两相宜；
但得心相印，不枉春风勤。

其二
春分时节桃花雨，花红雨润两相宜；
但愿君心若吾心，不枉春风问伊人。

3 春媚车八岭

其一

深山新雨后，美景自斟酌；
独行赏春色，未闻佳人约。

其二

山径树密匝，鸟啼雀翔跃；
穿行深林处，其赴春山约。

4 一叶话秋

朝露濡苔青，一叶话秋凉。
七月已流火，八月尚未央。

5 早 行

秋深山溪隐，空留板桥藓；
露径①鸟音清，循迹可觅仙？

---

① 指早晨的山路两旁的植物挂满露珠。

6 春 色

细雨蒙蒙山中行，沿溪听鸟赏山花；
二月春风似剪刀，裁得山水美如画。

7 春 雨

连宵风雨涨山溪，激流崖上瀑飞来；
昨日涧边消闲处，今朝变作钓鱼台。

8 前 方

前方虽有泥泞，仍有道路可行；
放眼春天森林，阳光就在头顶。

9 雨 霁

夜雨晨方歇，山岚舞青龙；
鸟鸣池边柳，雨润桃正红。

10 待字闺中

粉脸着轻纱，春心始朦胧；
身在深闺中，等闲识东风。

11 秋 思

一场秋雨一场凉，母嘱游子添衣裳；
莫道人心非草木，且看青藤也思娘。

12 秋 行

饭后千步走，沿溪听蝉鸣；
潭心映归鸟，清风醉遐眠。

邂逅美丽生灵（十章）

1 艳遇　湿地里的艳遇

久雨初晴，趁着阳光灿烂，我来到车八岭保护区樟栋水的一处湿地，静立在一株野鸦椿树荫下，以一丛半人高的芒草做遮掩，静静地张望，期待着能看到和拍到什么动物。

突然，40米开外的沼泽地里的一丛芒草中，有个红色的影子无声无息闪了一下我的眼睛……我立即屏住呼吸，像一杆树桩一样，一动不动地立在树荫下，眼睛盯紧着那闪了一下红影的芒丛，手，悄悄地把相机捏紧，期待着红影的再现。好一会，那红影又露出一点，嘿，我看见了一只雄性雉鸡的头。那红影就是雉鸡红彤彤的头。雉鸡警惕性很高，探头探脑地好一番张望，一副随时准备后撤的样子。还好，我在风的下方，那鸟显然没有发现异常，接着又探出半个身子。接着，竟往我这边穿越而来。看到了！嘿嘿嘿，一整只的雉鸡亮相在镜头前，一只1200~1500克的雄性雉鸡，太漂亮了！那斑斓炫目的锦衣在阳光下熠熠生辉，真正的惊艳！在它探出半个身子时，我就悄无声息地端起相机，轻轻地按下快门，一张两张三张四张……突然，它身子一躬，扑棱一下飞翔起来。雉鸡靠近了我，可能是听到了快门的咔嚓声，我旋即抬起镜头追踪，在来不及对焦的急切中拍下了它飞离的身影。

2016年5月12日傍晚写于梧桐山居

2 车八岭的美豆娘

在车八岭国家级自然保护区的溪边河坝池畔和草地上，时常可见到豆娘的身影。豆娘实乃美艳之极，它们穿行于溪旁、林间、草丛，最令人赏心悦目的，则莫过于亭亭玉立于水边，那水中的倒影哟——真美！

豆娘（Caenagrion）属于昆虫纲，与蜻蜓同属蜻蛉目，与蜻蜓不同点在于豆娘歇息时翅膀伸长叠在一起，且豆娘的四个翅膀几乎一样大小，而蜻蜓的两个后翅膀稍长并且比两个前翅膀宽。豆娘体形娇小，身体细长，复眼发达生于头两侧，咀嚼式口器，触角刚毛状，前后翅形状相似，翅脉中室四方形，翅翼生有翅柄，其体态优美，颜色鲜艳，且翅膀颜色多变，故令众多的爱好者喜爱。

夏秋时节车八岭的清晨或黄昏，是豆娘走秀的盛季，要是恰逢雨霁，更是豆娘走秀的良辰吉日。此时，在车八岭的溪谷涧流甚或塘沼，都可以看到它们翩翩起舞的娇姿。它们一点也不怯场，身着红蓝赤紫青黄黑各色盛装，优雅地徐徐而来，缓缓而去，最亮眼的，是穿梭飞翔于水面上，时不时地掠一下水面，让平静的水面泛起涟漪，让你不由得喝彩。

与豆娘相遇，是美丽的邂逅，更是艳遇。你说，对吗？

2014年6月19日写于梧桐山居

车八岭溪流中的美豆娘

3 飞动的花朵

一只漂亮的蝴蝶从林缘的溪畔翩然而起，落在花枝上……我悄悄地靠近，端起相机——啊，蓝凤蝶，巴黎蓝凤蝶！准确地说，从蝴蝶的种名讲，这是一只巴黎翠凤蝶。

巴黎翠凤蝶（学名：Papilio paris）为中型凤蝶，躯体黑褐色，散布绿色亮鳞——这就是翠凤蝶名称的由来。翠凤蝶后翅M3脉端有一明显叶状尾突，翅背面底色黑褐色，密布亮鳞，后翅前侧有一枚蓝绿色亮斑，与后翅中央之绿色亮线连接；在后翅臀区有一紫红色圈纹；翅腹面底色褐色，于前翅外侧有灰白色斑带；后翅内侧有一片黄褐色鳞，沿外缘有一列紫红色弦月纹。雄蝶前翅背面后侧有褐色绒毛状性标。全名叫作巴黎翠凤蝶，并不是其模式标本采自巴黎（其模式标本采自中国），而是由于其后翅有一块翠蓝色或翠绿色的斑，欧洲人称"翠绿"为巴黎翠，所以巴黎翠是其特征色。眼前的这只凤蝶，于我而言，如将其放入文学意境中，或作为一名大自然的摄影师来看，我更乐意根据这凤蝶后翅背部的绚丽的蓝色斑块，称之为蓝凤蝶。虽然蓝凤蝶之名另有其蝶，但不如眼前的这只更贴切。

车八岭的巴黎翠凤蝶

近一点，再近一点，我手持着400毫米的长焦镜头，屏住呼吸，轻轻地按下快门，一张，两张……翠凤蝶时而缓缓地啜吸花蕊，时而飞起，绕一圈又落在近旁的另一花枝上，如一朵飞动着的美丽花朵，在翩翩起舞。在车八岭的清晨，与这美丽的生灵邂逅，也算是大自然中人与生物和谐相处的又一完美诠释。

2016年8月12日深夜写于梧桐山居

4 雨后阳光

一只蝴蝶，巴黎翠凤蝶，在温暖的秋阳下，在车八岭保护区的一片红千层树林的花丛中，时而翩翩起舞，时而栖枝啜吸花露。准确地说，这是一只残蝶，或许它在前天受到了路过粤北的"海马"台风带来的风雨摧残，翅膀受到了严重的损折，后翅差不多被折了一半，前翅也被多处折缺撕破，这是一只经历过风雨洗礼的蝴蝶！在风雨过后的秋阳下，这蝴蝶，仍然不懈于美丽生命的追求，虽然身躯被风暴摧残，但依然向往阳光，只要尚存一息，就永不止步。这，就是雨后蝴蝶给拍摄者的启示。

2016年10月23日深夜写于梧桐山居

5 惊遇，听话的眼镜王蛇

晌午时分，我从办公室出来往饭堂吃午餐，路过派出所门坪的苦楝树下，突然感到树下的一块废旧的汽车轮胎胶块的花纹弯曲的弧线有些立体样的突起，且在阳光下有类似金属的光泽，心中不觉有些诧异，便近前想看个究竟。

天啊！那是一条眼镜王蛇呀！它也太会找地方了，那灰暗的体色与胶块的颜色和谐得难以分辨，难怪这么多人从蛇身旁走过都没有发现。此刻，它正闭着眼在树荫下沐浴春光哟。我连忙屏住声息，悄悄地后退几步，打电话叫来善于捕蛇的同事阿高。阿高马上赶了过来，近前观察了一会儿，肯定地说这是风蛇，眼镜王蛇。看到蛇懒洋洋地躺在那胶片晒太阳，阿高使劲地跺了几脚地，把蛇叫醒，说："回去吧回去吧。"蛇醒了，直起头一尺多高，左右摆了摆，接着垂下身子，扭了几扭，溜进了近旁水沟的一个洞里，消失了。

眼镜王蛇是车八岭保护区最毒的蛇种之一，眼镜王蛇（Ophiophagus hannah），本地又称过山峰或风蛇，虽称为"眼镜王蛇"，但此物种与真正的眼镜蛇不同，它并不是眼镜蛇属的一员，而是属于独立的眼镜王蛇属。它通常栖息在草地、空旷坡地及树林里，且性情凶猛，反应也极其敏捷，头颈转动灵活，不但可向前后左右方向攻击，还可以垂直蹿起来攻击头顶上方的物体。咬住东西后常不会轻易撒口，其排毒量大，毒性极大，是世界上最危险的蛇类之一。

吃过午餐，路过苦楝树时，我特地又瞄了一眼那块黑胶片，天啊！那蛇竟然又溜出来了，还是趴在那晒太阳，只是那弧线没有刚才那么优美了。阿高再次赶了过来，跺着地说："回去吧回去吧回去吧……"

蛇又再次醒了过来，竖起头左摇右摆了几下，然后垂下身子，听话乖巧又极不情愿地溜进了洞口。为防止它再次出来，阿高待蛇1米多长的身子全部进洞后，在洞口上面使劲地再跺了十几脚，以便把蛇赶得更深更进一些。

"这蛇毒性大，咬到人不得了。但蛇这样懒洋洋的晒太阳，又容易被路过的捕捉去。这条蛇有两斤多重，按饲养的算也值1000多元呢，怕有人见财起意而丢了性命哟。"阿高说罢，又待在附近盯着洞口看了好久，确信蛇不会再出来了才离开。

此后几天，我留心观察了几次，再也没有见到蛇的身影了。这蛇，也挺听话的嘛。

2015年4月27日午夜写于梧桐山居

6 喜遇林中仙子

清晨，迎着透过密林的朝阳，我潜入森林溪谷中，端着相机悄悄地追逐着溪边时飞时落的豆娘，捕捉豆娘临水晨妆的丽影。突然，镜头中的水面上出现一红点，接着一个白色的影子倒映在水中，凝神细看，嘿，原来是一只雄性白鹇，那红点就是白鹇赤红的裸脸。我把镜头移动跟踪着那白色的身影，把焦距从400毫米退到300毫米，乖乖，原来是一群白鹇哦：一只身披白色长"斗篷"的雄鸟，带着七只棕褐色的雌鸟在溪沿嬉戏。雄鸟饮了两口水后就竖起头，转动着白色脖子，朝四周戒备地张望；雌鸟则有的饮水，有的似在寻觅虫子……它们并不像其他的鸟那样欢叫，只是静静地进行着，有两只还互相啄拾梳理着羽毛，看来这是白鹇一家八口在享用林间"早茶"呢，呵呵，"一妻六妾"，这雄鸟可艳福不浅呀。

白鹇是雉科鹇属的鸟类，又名银鸡、银雉、白雉，是车八岭保护区的留鸟，是广东省省鸟。其体态娴雅、外观美丽。雄鸟上体和两翅白色，尾长，中央尾羽近纯白色，外侧尾羽具黑色波纹，它在林中疾走时，从远处望去，很像披着白色长"斗篷"，被文人称为林中仙子。雌鸟则全身呈橄榄褐色，羽冠近黑色，与雄鸟相比逊色许多。

这群优雅享用着林间"早茶"的精灵，让我把"长枪"从豆娘这"芝麻"头上越过，对准了它们这群"西瓜"，晨光映照着它们优美的身姿，拉着我的镜头左右前后移动，让我不时地悄悄按下快门。突然，雄鸟扬起头，发出"吱——嘎嘎嘎"的叫声，这声音急促而刺耳，鸟群马上停止了"早茶"，接着就见雌鸟们迅速跃上溪岸，一只接一只地钻进树林去，最后，雄鸟抖了两下它的名牌"斗篷"，做了个超低空飞行，瞬间就飞入林中而无踪无影了。

嘿哟，它们撤离的动作之快，快到令我只顾着看而忘记了按下快门，真是比快门还快——这群美丽的林中仙子哟。

2012年9月1日深夜写于梧桐山居

7 偶遇森林王子

秋日的黄昏里，我倚在车八岭自然保护区樟栋水河的桥栏上，眺望着夕阳下金波潋潋的溪水，悠扬的蝉鸣从溪两岸茂密的林子里传来，此起彼伏间有一两声清亮鸟啼响起，更显秋日车八岭森林幽静。

突然，溪流的上游有一个跳跃的身影走进我的视野里，咦——那会是什么呢？从跳跃的姿势来看不是狗，也不是野猪，更不可能是华南虎！渐渐地，那跳跃的身影停在了溪中突起的一块大石头上，躬着身撅着屁股俯下头去，啊哟，这是要喝水呢。我静立不语，将呼吸放轻，悄悄地看着，眯着眼细细地看，天，是一只水鹿呀！

这是一个尚未完全成年的雄性水鹿，头上的鹿角还没有完全长出来，约有七八十斤。水鹿，鹿科鹿属，是车八岭自然保护区体型最大的动物，也是热带、亚热带地区体型最大的鹿类，身长140~260厘米，尾长20~30厘米，肩高120~140厘米，体重100~200公斤，最大的可达300多公斤。水鹿雄鹿长着粗长的三叉角，最长者可达1米。水鹿颈上有深褐色鬃毛，而其颈部沿背中线直达尾部的深棕色纵纹，则是水鹿的显著特征之一。水鹿体毛一般为暗栗棕色，臂部无白色斑，颌下、腹部、四肢内侧、尾巴底下为黄白色，面部稍长，鼻吻部裸露，耳朵大而直立，眼睛较大，眶下腺特别发达，尤其是在发怒或惊恐时，可以膨胀到与眼睛一样大。

水鹿是种温顺的动物，除非遭遇到生命危险，一般极少发怒，其行走在林间的姿势颇有绅士风度，被车八岭人誉为森林王子。车八岭在建区之初的野生动物普查中有15头水鹿，随着保护力度的加大，目前水鹿的数量达60头之多。据车八岭保护区的老员工说，以前见水鹿并不难，那时从林区公路上驶过的车辆极少，晨昏之际有时可见到越过泥沙公路到溪边饮水的水鹿，但随着公路上车的几何级增长，现在想要见森林王子一面却是极不易的了，一是水鹿较胆小，稍有动静便会藏匿于林间，二是其活动区域已转移至密林深处。这只雄鹿估计是刚刚脱离家庭开始独立生活的小伙子，许是走累了才到溪里来喝水。

　　夕阳把水鹿饮水的姿势幻化成一幅剪影，那泛着金光的溪水在水鹿的亲吻下，泛起一圈圈涟漪……在逆光的视线里，它那柔顺的毛形成一圈光影，漂亮极了！

　　唯恐细小的声音也会惊吓到水鹿，我一直倚着桥栏静默不语，久久地凝视前方，看着那水鹿在安心地饮着水，看着这森林溪谷中动人心弦的一幕……看着它喝足了水，轻轻地甩了两下犄角，抬起头，慢慢地跃过溪涧，跳了几步，消失在暮色中。

　　哦，车八岭的森林王子，再见。

2013年10月19日深夜写于梧桐山居

8　险遇过山风

　　初夏雨后的森林山谷，我驾车行驶在溪边林间公路，有凉爽的风自半开着的车窗外灌入，令人倍感舒适。

　　车子驶上坡顶，接着是一道带拐弯的长下坡，借着夕阳的余晖，我发现前方约100米远的半坡上斜横着一条弯曲的木棒——可能是哪辆车上掉下来的木柴吧，我一边寻思着一边有意地把车靠边开，以避免压到木柴扎坏轮胎，在距木棒约20米远的时候，我习惯性地弹拨了一下大灯，蓦地，我见到那木棒竟直立起半截冲灯的光柱甩过来，接着"咚"的一声响，车子已越了过去，就在一越而过的瞬间，我的心被"倏"惊悚了，因为那不是木棒，也不是谁掉下的木柴，那是一条蛇，一条当地人叫作过山风的眼镜王蛇！过山风是一种怎样的风哟，那呼啸而来的山风是怎样的一种速度！

　　我于惊悸中把车子停在越蛇而过的30米处，从后视镜中回看：这是一条约4米长的眼镜王蛇，最粗的腹部有碗口粗（15厘米左右）。这蛇应是爬行到混凝土的路面上来吸摄热能的，许是刚才的车灯刺激了它，使它冲灯光甩了过头来，与车的前左侧撞了一下——还好，我的左车窗只开了10多厘米，真是惊险极了！

许是刚才的一撞撞晕了，只见它挪动身子向公路外的溪边爬行，长长的身子把6米宽的公路占去一大半……爬行了一会儿，它又掉转过头来，向公路内侧的山沿爬行，或许是受了点伤，它爬行得并不快，中途还作了几次停顿。当它又一次停顿时，车子的前方传来了摩托车的马达声，我的心一下子悬了起来：既怕眼镜王蛇伤到没有保护装备的骑车人，又担心骑车人把眼镜王蛇捉了去——这蛇毕竟受到撞击，神智应还不太清醒，在此头晕脑涨之际极易遭人捕捉。无论哪种结果，都是我所不希望见到的，因为，哪种结果都等同于造孽呀！

轰哒轰哒哒的摩托车声越来越近，两个汉子同骑乘着一辆摩托车向我方急驶而来，当摩托车从我车前一掠而过时，眼镜王蛇终于把整个身子摆进了路沟，而骑车人也未顾及路两边的情况，直驶而过消失在坡顶上。

眼镜王蛇是毒性极大的蛇种，人若是被咬伤则有性命之忧。不过，蛇一般都不会主动攻击人，所以与蛇相遇时，只要保持冷静，不去激怒它，还是能相安无事的。这么大这么长的一条野生眼镜王蛇，我还是第一次见到，其实，这么大的蛇，应该是修炼成龙了，算不上大龙也是小龙了。

看到大蛇安然无恙回归山林，我才算缓过神来，长长地叹了口气，从公文包里取出记录本，写道：2006年5月7日18时许，在都亨松树坝村路段的半坡上，遇一约4米长15厘米粗的眼镜王蛇……后，大蛇隐归山林，人与蛇相安无恙。

2006年5月9日写于车八岭听啸阁

9 螳螂与八哥

清晨，我独自漫步在车八岭的林间小道，听晨曦中四月的虫鸣蛙叫。

突然，一阵"叽叽喳喳"的鸟叫声，从前方大树旁的草地里传来，我悄悄地靠前远远地看了一眼，原来是一只大八哥带着两只小八哥在草地里觅食，小鸟还不怎么会飞翔，看来是大鸟在教小鸟如何找到"自助早餐"。

再靠前细看，却发现大鸟跟前立着一只翠绿色的大螳螂。大鸟在唧唧地叫唤着，翅膀半张着，黑色的羽毛蓬松地立着，白色的羽斑也隐约可见。那螳螂也委实够硕壮，身子约10厘米长，这在八哥眼里绝对是美味早餐。可面对八哥的恐吓，螳螂则举着一双大钳似的前脚，不甘示弱地挥舞着，那形态让我想到"螳臂挡车"绝不是无中生有的生造之词！可是，一只大鸟要吃一只螳螂还不是"嘴到擒来"的事吗？不是有"螳螂捕蝉，黄雀在后"一说吗？何况是三只鸟对付一只螳螂。

可接下来的一幕却让我叹为观止！螳螂利用"船小好掉头"的优势，不断地闪挪跳跃，躲过大鸟的正面进攻，且不时地袭击尚未有捕食经验的小鸟，把小鸟啄得唧唧叫，使得大鸟来回奔波着来庇护小鸟……几个回合下来，大鸟不但没啄咬到螳螂，反倒被螳螂牵着鼻子似的在两只小鸟间来回奔波，最后只好把两只小鸟拢在自己翅膀下护着，张着嘴虚张声势地对螳螂叫着，螳螂却并没有退缩的迹象，仍旧挥舞着一双大钳子，与大八哥对峙。良久，大八哥终于失去捕食的自信，无奈地带着两只小鸟，向后飞去，螳螂在八哥们消失后，也呼的一声起飞，瞬间就不见了踪影。

看来，最初螳螂选择冒险对峙是正确的，螳螂不逃正是为着险中求生——在草地上螳螂的飞翔远远不是八哥的对手，逃走就只有在飞行中被八哥吃掉的份，而对峙，虽险但也尚有一线生机可搏！只可怜那只大八哥，自助早餐没有吃到，在鸟孩子心目中的英雄形象也会就此大打折扣。

嘿，大自然的精灵们也有它们自己的生存手册呢。

2016年4月23日深夜写于梧桐山居

10 两只蜻蜓

雨后的池塘上空，有一群又一群的蜻蜓和豆娘在作低空飞翔，像是在花式表演似的，不时地腾升或俯冲，时不时地用尾巴掠一下水面，泛起一圈圈相互交错的涟漪。

我在车八岭等 你

两只青色的大蜻蜓吸引住了我原本捕捉豆娘的镜头，它俩像一对爱侣似的结伴飞翔着，时高时低，时冲时升，动作十分协调，就像是一对在作花样航空表演的主僚机……透过长焦镜头细看，这是一对当地人叫作大水蜻蜓的大蜻科蜻蜓，因其常在大雨前后出现，所以被叫作大水蜻蜓，被老百姓当作大雨前的一种自然预兆。

两只蜻蜓贴着水面在飞翔，时不时地弯下尾巴，点一下水面，那姿势十分的优美，为蜻蜓点水作生动的诠释。突然，一只蜻蜓在又一次的俯冲中，不慎被水面粘住了它那透明的翅膀，整个身子被水粘住了——再也无法升腾了。另一只蜻蜓在升腾后不见了"僚机"，又折返回来，在落水蜻蜓的上空"停车"观望。那落水的蜻蜓仍在努力地扭动着，似是想挣脱那水的张力，水面因它的搅动，泛起了一圈圈的涟漪。

"主机"蜻蜓观望了一阵，便俯冲下来试图"拉"起"僚机"，一会儿用脚

"主机"蜻蜓拯救落水"僚机"蜻蜓

抓一会儿用尾勾，许是本身的力气太小，几番努力都没能成功，"主机"又一次"停车"观望后，失望地飞走了，落在不远处的菊枝上……我四下张望想找条竹竿来搭救落水的蜻蜓，一时却也没有着落。

正考虑是否去远处寻找工具时，那只"主机"蜻蜓又飞了回来，只见它以落水"僚机"为中心，作超低空的盘旋，从水面涟漪波动的速度看，"主机"蜻蜓翅膀振动的频率比刚才高了许多，不久，落水蜻蜓的前翅被扇离了水面，并配合着"主机"扇动着，又过了一会儿，后翅也挣脱了水的束缚，可以自主地扇动起来了，在"主机"的又一次盘旋振动中，落水的蜻蜓终于全身挣脱了水面，升空了！主僚机再次结伴飞翔，水面倒映着它们优美身影与航线。

从"僚机"落水到被"主机"救出，整个过程不到五分钟，就像是一场科幻电影短片，但我的镜头忠实地把这一幕记录了下来，使我在回看照片时清醒地意识到，这是真的，蜻蜓也会用爱心和智慧搭救它的同伴。

2012年7月11日深夜写于梧桐山居

水之美

水，是生命之源。

在粤北的车八岭国家级自然保护区茂密的森林下，有着纵横交错的溪流，那水，淙淙潺潺，叮叮咚咚，清澈到可以细数水中的鱼虾，能看到螃蟹在水中吐泡泡……这些涓涓细流，滋润着车八岭十二万亩的山林，滋养着山林的种种生物。

我常漫步于林间，涉水而行，感受着水的灵动，感悟这生命之源。是啊，万物都离不开水，人就更离不开水，人尚在母亲的子宫中就生活在水里——羊水里，因此人的天性是亲水爱水，更乐水。其实，人自呱呱坠地就特别地喜欢玩水，这是许多孩子的共性，也是许多母亲们的共识。连老夫子孔仲尼先生听到弟子曾晳说他的人生理想是"莫春者，春服既成，冠者五六人，童子六七人，浴乎沂，风乎舞雩泳而归"时，竟喟然叹曰："吾与点也。"可见"浴乎沂"——在沂水中游泳对孔子来说是多大的吸引力。

在自然景观中，水之景观特别令人喜爱，近年来众多的旅游景点纷纷增设"亲水谷""亲水台"，看中的就是人们对水的亲近之情。千百年来，黄果树瀑布、桂林山水、洞庭、鄱阳、西湖等胜景，因为水之缘故，不知醉倒了多少游人骚客，生发出多少千古流传的不朽诗篇。名山胜地的水固然令人神往，但我们身边的寻常的江河溪涧湖泊之水也一样明媚可爱，"竹外桃花三两枝，春江水暖鸭先知"这样常见的乡村小景，既让东坡先生手舞足蹈，也常常让我们驻足流连而忘返，这或许就是流水之美流水之韵的魅力所在。

在车八岭自然保护区梧桐山居的晚春深夜，于寂静中随手从书柜中抽一本古代诗词，信手从中拈来几首描绘歌咏水之美水之韵的佳作名句，且以此来从其中欣赏水之美吧。"北山输绿涨横陂，直堑回塘滟滟时"，这寻常的一陂春水，竟让宋代名相王安石"细数落花因坐久，缓寻芳草得归迟"，既感叹"一陂春水绕花身，身影妖娆各占春"，更高兴"一水护田将绿绕，两山排闼送青来"。而韦庄的"春水碧于天，画船听雨眠"所描绘的又是另一番景致。

春天的江河溪涧，因水量充沛，显得生机勃勃，充满情调。"胜日寻芳泗水滨"的朱熹，于泗水滨踏青寻春，看到桃红柳绿姹紫嫣红倒映在泗水之中，感到"无边光景一时新"，乃脱口高歌"等闲识得东风面，万紫千红总是春"。

春之水激发了诗人的灵感，而夏之水也一样令诗人诗兴大发。"小童一棹舟如叶，独自编阑鸭阵归"，这夏日牧鸭图就让诗人范成大信手拈进诗囊。"水光潋滟晴方好，山色空蒙雨亦奇"之景，又令苏东坡"欲把西湖比西子"，比较的结果便是"浓妆淡抹总相宜"。杨万里却在"泉眼无声惜细流，树阴照水爱晴柔"中发现"小荷才露尖尖角，早有蜻蜓立上头"。刘禹锡笔下的村姑则在"杨柳青青江水平"之中，因"闻郎江上唱歌声"而欣喜。

"清溪流过碧山头，空水澄鲜一色秋"，这是秋水之美，作者程颢将夜空与溪水之澄鲜融为一色秋景。"飒飒秋雨中，浅浅石溜泻。跳波自相溅，白鹭惊复下。"集画家与诗人为一体的王维，其笔下的秋色，更是活灵活现，令人读之如入其境，心往神驰。这样的景致，我也曾多次在车八岭保护区看到，直为王维观察之入微、描述之生动而击掌！秋水里，有一种明静恬淡的美，你看"苍茫沙咀鹭鸶眠，片水无痕浸碧天。最爱芦花经雨后，一蓬烟火饭渔船"，林甫在这里描出了一幅多么迷人静谧的秋江景色。刘禹锡的"湖光秋月两相和，潭面无风镜未磨"是秋之美，"秋水伊人""望穿秋水"则是秋之韵。而王安石"登临送目，正故国晚秋，天气初肃，千里澄江似练，翠峰如簇"，看到的又是另一番秋水之光。

千百年来，人们爱水乐水，不仅将它当作欣赏的对象、游玩的伙伴，同时也将它当作知己和亲朋，寄以满腹的柔情，因而在古诗里留下了不少"临水送别""借水寄情"的诗篇。

"孤帆远影碧空尽，惟见长江天际流"，这是诗仙李白于黄鹤楼送孟浩然去广陵的千古绝唱，而且"夜发青溪向三峡，思君不见下渝州"；但当"李白乘舟将欲行，忽闻岸上踏歌声"时，诗仙又感慨"桃花潭水深千尺，不及汪伦送我情"。对于离别之苦，李白又说："请君试问东流水，别意与之谁短长？"欧阳修也云："离愁渐远渐无容，迢迢不断如春水。"

或许是流水与愁、恨这类心理活动，其张力异质同构，因而在古诗中多有借流水来倾诉与寄托其情感的。"伤心桥下春波绿，曾是惊鸿照影来"，此乃陆游的无奈感喟。而被俘的南唐后主李煜，则在诗词中以"流水"载负怀念国家思念故园之愁苦，"自是人生长恨水东流"，"独自莫凭栏，无限江山，别时容易见时难。流水落花春去也，天上人间"，而"问君能有几多愁，恰似一江春水向东流"，则成了令人断肠的千古绝唱。

流水具有很强的审美可塑性，在生离死别者眼中是离愁恨忧之水，而在乐观向卜者眼中却被用来寄托与抒发昂扬斗志，你看"黄河之水天上来，奔流到海不复回""长风破浪会有时，直挂云帆济沧海""江上潮来浪薄天"（薄：接近之意）"空江百里见潮生""无边落木萧萧下，不尽长江滚滚来""大江西来自巴蜀，直下万里泻吴楚""瀑布半天上，飞响落人间"……这气势何等的磅礴雄壮！何处可觅忧愁之痕？

水之美，美在其水生活流动，而非一潭死水；流水之美，美在其景其韵其声其色。其景韵声色往往能撩拨人的思绪与激情，令人陶醉其中，你看，连七岁时的骆宾王也能脱口吟出"鹅鹅鹅，曲项向天歌，白毛浮绿水，红掌拨清波"。因此，你若用心去品味，就能从中感悟到许多许多，也许，你就因而有了新的发现。

掩卷细品诗词中的水之美，凝望窗外月色下静美的森林，似乎听见在淙淙潺潺和水流声响，一幅"明月松间照，清泉石上流"的山水美景浮现于眼前，千年前的王维也像今天的我一样居于山水宜人处？——那是当然的。

月色如水，水声如弦，今夜无眠。

2010年4月19日子夜写于梧桐山居

红梅报春

早起开窗，感到明显的寒意，地面上湿漉漉的——雨，又在黎明时分无声无息地下了，空气中尚弥漫着一丝湿气。

晨雨初歇，正是"练枪"的良机，想起前天在车八岭保护站见到的满树花蕾的红梅——这雨可否浇开待放的红梅？恰好今天要到保护站相挨着的瑶族生态村委会办事，便抓紧忙完手头上的活计，带上被同事们戏为"长枪短炮"的新装备，赶到二十里外的车八岭保护站，已近上午十点。

远远地，就能看到一身粉红的梅树立在路旁的楼前。近前细看，已有不少绽开了笑靥的花朵，那饱满的蓓蕾或绽开的花瓣上，还沾挂着露珠或雨珠……微风轻拂中，有沁人的梅香扑面而来。这是一棵约有四十年树龄的红梅，据说是当年创办车八岭林场之初种的，几十年过去了，当初和这棵红梅一起或陆续栽下的花木，许多早已或迁或移或砍，只剩下林场门前的几棵了，而林场也早在21世纪初纳入了车八岭国家级自然保护区，当年的场部变身为保护区的一个管理站。

据说，林场后来有了钱要在路边新建一栋办公楼，而在动土兴建办公楼时，因这棵树挨得过紧——山里建房往往受场地所局限，曾有领导提出要砍掉这棵梅树，一位极喜爱这棵红梅的职工说砍不得呀，砍梅就是倒梅，倒梅就是"倒霉"了，万万砍不得的。场长当然不想倒霉，而梅树，靠着这朴素的智慧，就这样幸存下来了，且每年都以满树盛开的红梅来报答。

这棵梅树，整棵树的枝条没有一枝斜出或横出的，是画家或摄影家所喜欢的"一枝独秀"的梅枝。所有的枝条像是约好似的，都长在树冠内。听保护站的老职工说，原来也有参差着斜出或横出的枝条，可那长出来的枝条，在开花时，往往被折花的人折去，后来，就没有斜着长出来的了。这树，也是挺有灵性的哦！

  我在树下仰望着这被赋予了传奇的梅树，透过镜头凝视着那初露的笑靥，深深地吸一口淡淡的梅香，闭住嘴，让那一缕香含在口腔中，手，轻轻地按下快门。我转而登上三楼，倚靠着楼栏，用镜头寻觅着最佳的角度，好在手中的"长枪"是80～400mm的变焦，在层层叠叠的繁枝花海中，几番寻觅，通过虚化背景，仍能锁定目标。可惜没有冬阳，没能拍到蜂舞梅香之意境。今天仍然是用手持"长枪"拍摄，所幸有栏杆可倚，我先后用P档和A档拍摄，现场检视，成像都还不错。

  下得楼来，回看风中伫立的红梅，换上14～24mm的超广角变焦"短炮"，又拍了一张全景照。这回头多看的一眼，是否也能成为传奇？

2016年1月14日深夜写于梧桐山居

起一个清早与春相见

天刚蒙蒙亮，我就起身走出山居，边走边浏览路边挂着露珠的野花小草……不时驻足端起相机拍摄。若有若无的山雾随着晨风轻拂，我抚了把被濡湿的脸庞，不由得哼了句：春风吻上了我的脸……起一个清早跟春相见……

今天是特意起早来跟春相见的。昨天，我在忙着案头的文稿小憩时，抬眼望望窗外的青葱树木和远处的葱茏山峦，忽地愣了一下，随即"哦"了一声——春天就要过去了，春天的景色都还没有细心地浏览和欣赏呢，怎么就到了深春的时节了？这春天的脚步也迈得太快了，还没抽空去拍得几张满意的春光，春色就要暗淡而去。

站在窗前，望着百米外一排枫树在春风中摇曳，蓦地忆起，春节放假前这十几棵枫树还是光秃秃的枝丫，远近的山也是一片苍茫，没有一点儿春的征兆，可春节后回到单位上班时，枫树已着上了鹅黄色的新装——想来枫树就穿着这温暖的新衣过年的。往年，我总能看着枫树萌芽、长叶……慢慢地由少到多、由疏到密，而这一过程，因为春节十天的假期，使枫树由光秃秃一下子变成欣欣向荣的满树绿意，明媚的春光忽地呈现于眼前，有些让人始料不及。

我想起了《春风吻上了我的脸》这首老歌："春风她吻上了我的脸……虽然是春光无限好，只怕那春光老去在眼前，趁着这春色在人间，起一个清早跟春相见，让春风吹到我身边，轻轻地吻上我的脸……别让那花谢一年又一年。"是呀，光阴似箭，春节后上班就忙，而春天却不管你忙与闲，照旧迈着轻盈的脚步，渐行渐近，不觉间，二月过了，三月过了，现在，四月来了，春天已渐行渐远——窗外的树木早已由初春的鹅黄转为粉绿再变成深绿！

起一个清早与春天相见，穿行林中旷野，我寻觅着感受着尚未远去的春色。

朝晖透过云雾，斜斜照在山脊，有早起的鸟儿在林间轻翔，就像是怕惊醒森林的
晨梦似的，它们无声地悄然起落。几只白的蓝的或黄的蝴蝶，在灌木丛里翩翩起
舞。一只白鹭立在山脚一棵枫树高高梢顶，伸直着长长脖子，不时地转动着头向
四周张望，我悄悄地挪近细看，发现树旁背后不远处的沼泽地里，有一群白鹭正
在吃早餐呢……我把镜头拉长，瞄准：共有7只成年鹭和1只雏鹭在草丛里觅食。
相机轻微的快门声，惊动了树梢的哨兵，只听得"唧"的一声，群鹭腾空而起，
在哨兵的带领下盘旋于沼泽上空。放眼望去，它们一会儿向东，一会儿向西，在
青山绿树的衬托下，那白色的身影甚是惊艳！许是见并无危险与异常，飞翔盘旋
了片刻的白鹭们，又在沼泽地落下，哨兵也仍旧回到岗哨上。

　　霞光越过山梁，映射着对面的山峦，张目四顾，真是春风吹来满眼绿——
那连绵的远山近岭，在春阳下更加春色娇媚，木兰、杜鹃、米椎、桐了……正绽
放着储了一整个冬天的热情，让那赤的白的黄的紫的橙的，满树的花，点缀于青
翠的山间；山岚则在晨风里缥缈着，似轻纱缠绕在山腰或山巅；悠长的鸟啼不知
从何处传来，伴着近处的虫鸣蛙叫与潺潺涧泉，演绎着蕴藏禅意的森林春光之乐
章……

鹭舞春林

哦，好一幅如诗如画的春山长卷。

起一个清早跟春相见，我忍不住并拢着双手，掬一捧穿林而来的朝阳，缓缓地仰头轻语：你好，早晨！你好，春天！

2014年4月28日清晨写于梧桐山居

THREE

第三章
清纯山风

我不认识县长的字

吴晓得先生来到粤北大山深处的车八岭保护区南大门采风。寒冷的冬夜里，先生整理好白天到林子深处拍的照片，便与工作人员在大门值班室里围着火盆聊天，听他们讲过去的趣事，颇有点围炉夜话的味道。就着木柴的火烟味，在林区工作了三十多年的老站长二马哥讲了个"我不认识县长的字"的故事。

故事的主人公叫李有福，是三十年前办林场（保护区前身）之初从当地农村招工来的。李有福其时约三十岁，据说是个老三届初中毕业生。他个子矮小，偏瘦，穿着朴素，除了说话声音有点尖外，一般不引人注意，在当时所招的那一拨人中是个不起眼的角色。

就是这样一个不起眼的角色，在林场转办为保护区后，做了件令人刮目相看的事，从而成了保护区的一个重要角色。事情的起因是由在保护区收购松脂的县松香厂引起的。那时，县里的松香厂在各个林区都设有松香站收购松脂，保护区是当地的重点林区，区内有大片的松林，是松香厂设点重点收购的区域。在没有办保护区之前，收购松脂的车辆是畅通无阻的。在办了保护区之后，保护区管理处在南北边界两头建起了大门，设立了检查站，对过往车辆和行人实行通关检查，李有福就在这时被指派到南门检查站做门卫，负责对过往的车辆，特别是出区的车辆进行检查。

松香厂的人每次进区都得购门票和受到生态保护教育——小心用火、禁止打猎，等等，出区时则遭到严格的检查，并被收取相关的资源保护费，虽然所缴交的费用不及所收松香的九百牛之一毛，但松香厂的人感到非常的不爽，因为那时县里并没有几家企业，松香厂是排位第三的重点国营企业，厂里的工人走在县城的大街上都是满脸春风的，没承想让保护区的山佬古给卡着，觉得太没面子了。

这天，松香厂收运松脂的东风卡车又来到了保护区南门。只是车里的人没像以往那样下车来办理进区手续，而是打开车窗趾高气扬地一边按喇叭一边大声嚷着，要保护区的工作人员放行进区。谁知，当班值勤的李有福对他们的叫嚷充耳不闻，只用手指了指门口挂着的写着"同志你好！请购票进入保护区"牌子。车里的人无奈，坐在车门边的大个子只得像以往一样下车，却又十分傲慢地掏出一张纸在售票窗口晃了一下，恶狠狠地说："快点开门，老子有县长的批条！"

李有福说："拿进来让我看看吧。"大个子便很得意地把纸条递进窗口，说："看清楚呀，一律免费免检通行！"

李有福接过来，见是一份铅字打印的"请示"，抬头是县政府，内容是要求免费进出保护区，落款是松香厂，还有松香厂的大印。"请示"的右上角空白处有三行钢笔字："松香厂是我县的重点国营企业，请保护区对收购松脂工作给予大力支持，对进出保护区收购松脂的工作人员和车辆给予免费免检通行。华××1987.8.7。"

李有福很认真地看了两遍，一旁挨着看的二马哥说华××是管林业的副县长呢。窗外的大个子不耐烦地说："快点，不认识字就别充大头了！"

李有福对窗外说声"你等一等"，随即提笔在报告的左下空白处写道："报告没有县政府大印。我从没去县上开过会，不认识华××，也不认识华副县长的字，此批条无效。为防止阶级敌人搞破坏，请按规定进出保护区。李有福。1987年8月9日。"写毕，把报告扔出窗外，说了声："要进保护区就请按规定购票！"

二马哥讲到这，深深地吸了口烟说："哈哈哈，松香厂的人捡起报告一看，差点当场气绝身亡！本以为有了'圣旨'，可以吓吓我们这些山佬古，没想到李有福敢在县长的批条上再作批示，竟然敢说县长批条无效，而且还敢签上自己的真名！"

那时，没有手机，松香厂的人无法现场向厂长或县长告状，看看日头已高，无奈之下，只得像以往一样购票进门。大概是心里气不顺，那天松香厂的人在收购松脂时，一连算错好几个山民的账目——好在都是算多了给山民。收到松脂，出门时，又遭到二马哥的严厉检查，缴交了相关费用后，才得以出关。出关时，松香厂的人气急败坏地指点着李有福，说："李有福你审的来（你当心点）！看你明日还有卵班上？！"李有福说："别拿华副县长吓我，黄县长还是我舅爷呢！怕你就是衰仔！我的名写在报告上呢！"

二马哥顿了下，对吴晓得先生说："用你们作家的话来讲，松香厂的人就是灰溜溜的滚出了南门。""听古"的一屋人"哈哈哈"笑成一团，差点把火盆撞翻！先生也笑道："真解气，真好笑！"

"那报告是真的吗？"有人问。"当然是真的。"二马哥弹弹手中的烟说。"原来，松香厂来收松脂的人对保护区的检查十分不满，找厂长抱怨，要厂长去找县长给保护区下个命令，对松香厂进区收购松香的车辆一律给予无条件免费免检放行！厂长想到厂里为县里做出的重要贡献，觉得非常在理，便立马叫厂办的人写好报告（实为请示），找到分管林业的华副县长。华副县长看到报告，听了厂长的陈述，特别是想到厂里为县里做出的重要贡献，也觉得非常的在理，于是作出了批示，起初没写免检，经不住厂长央求，便又插入加上'免检'两字，然后签上自己的姓名。"当然，这些都是李有福和二马哥他们后来见过并认识华副县长后才知道的。

二马哥接着说，当时，看着远去汽车扬起的"尘龙"，大家都很为李有福担心，怕他会因此丢了这份工作。李有福倒蛮镇定，说自古有道"民凭字约官凭印"，大印都没盖一个，想吓谁？第二天，松香厂的人没来收松香了，李有福也没受到任何批评；第三天，松香厂的人还是没有来，李有福还是没有受到处理；第四天……第五天……

吴晓得先生故意问："后来呢？"

二马哥扳着指头数着，吊着大家的胃口，吐口烟，说："第九天，对，是第九天！"

第九天，南门口来了一辆吉普车。二马哥认得第一个走下车的是常来保护区的县林业局的李副局长，跟着下来一位头发梳得"很抹"的小个子中年人，身后跟着松香厂的李副厂长。李副局长对二马哥说："开门，华县长来了，你快用对讲机告诉你们的主任，唉，你们的电话又断线了。"说着，一伙人就进了南门。小个子进了门就问："李有福在吗？李有福同志在这上班吗？"

值了夜班正在门坪树荫下吃"晏朝"（客家语，晚早餐之意）的李有福听了，捧着饭碗含糊不清地应了声慢腾腾地走进阳光下。小个子一见，哈哈大笑，说："你就是李有福呀！还以为是牛高马大的大汉哟，原来和我高矮差不多，比我还瘦。不错，表袋上还插支钢笔，对，字也写得不错嘛！"

一旁的李副局长也笑道："好你个李有福，这下认得华县长了吧？嘿嘿，敢在华县长批过的报告上作批示，真够胆啊，小心你的饭碗。"原来，那小个子就是华副县长，这天是专程到保护区检查工作，并把松香厂的李厂长也叫来了。

李有福望了一眼华副县长，不由得有点紧张，说："那那那报告上的字真是你批的呀？"华副县长说："报告是我批的，不过还是你批得对，没有盖县政府的大印，无效！"说罢，又转身对着身边的人说："我看保护区管得对，李厂长叫你的人明日进区来收松脂，别死要什么面子了，村支书昨天打电话给我，说你们一个多星期没来收松脂了。你们进区收购松香，进区门票可免，但出门还是要缴费，收费标准是县里批了的。"

李副局长说："还得检查，不能免检，以防走私野生动物。"华副县长说："好，李局长、李厂长、李有福，你们三个都有理，我看这事就这样'华'（搞）了。"李副局长说："翁源有三华李，我们这是一华三李，这样'华'，好！李有福有福，保护区也有福。"

望着远去的吉普车，李有福看了下还捧在手上好好的饭碗，吐了下舌头，说："我本来就是有福嘛。"

从此，"我不认识县长的字"的故事就传开了，李有福成了每一个到保护区的客人都想见的名人。名人哟，二马哥呷了茶慢悠悠地说："可惜，有福十年前下海去经商了，这成了一个见不到传主的'传奇故事'了。"

"华副县长这么客气，骂都没骂一声，难道黄县长真是李有福舅爷？""听古"的人回过神来问道。

"舅爷？舅爷做县长他还在这山里守大门？"二马哥说，"那是本地捡人眼色（占人便宜）的玩笑话。""啊，那县长也是我舅爷呀！"问话的后生哥手一挥甩出一句，只听见"砰"的一声，火盆在大家前俯后仰的欢笑声中被撞翻了，耀眼的火星随着笑声在空中飞舞。

凝望着飞舞的火星，吴晓得先生对二十多年前领导干部务实随和为民的工作作风，及保护区工作人员不媚权势、对工作认真负责的精神，陷入了深深遐思与怀想。

2015年10月13日子夜写于梧桐山居

山蚂蟥与核心区

这是一个在车八岭保护区广为流传，而为许多人所津津乐道的故事。

故事发生在20世纪80年代中期，我从老车八岭人那里听到时，讲的人已说不清具体的年月了，只说是那一年的初夏时节，从省城广州来了几个记者，大概是三男一女吧。男的长得如何、怎样的穿着打扮，讲故事的人早已淡忘了，他深深记得的是那个女的，对，那个女的。

这是一个初夏的上午，从省城广州来的三男一女四个记者在保护区负责人的陪同下，来到保护区的核心区采风。临出发前，主人看到女记者穿着长裙子，便告诉女记者要穿长裤才行，且长裤裤脚还要扎紧，"因为这个季节是山蚂蟥活动最厉害的时期，给山蚂蟥咬了可不是闹着玩的"。

可这年近四十的女记者只带了裙子来，除了这条长的，还有两条短些的。女记者说："不怕，什么山蚂蟥，水里的一指多长的水蛭我都见得多了，谅它的'兄弟'也厉害不到哪里去。况且，他们都去了核心区，就我没去，到时就我没有文章写，我才不干呢。"

见说服不了她，主人把一行人带往核心区。到了核心区门口，主人再一次劝说女记者不要逞强冒险，可已从山口看到核心区原始森林的女记者坚决要进去。主人没办法，只好抱着侥幸的心理带着大家往森林深处走去。

核心区现在是不对外开放的了，但那时《自然保护区条例》还没有出台实施，所以景观景色最优美、风光最秀丽的核心区的一部分，就对专家和领导及记者们开放，当然一般的游客是进不了的。《自然保护区条例》出台实施后，核心区就封了起来，禁止一切人为活动，包括科考活动。

核心区的树木是典型的中亚热带常绿阔叶林，参天古树随处可见，奇花异草举目皆是……还不时有醉人的悠长鸟鸣，那淙淙的山泉更是相伴左右，一行人边走边看，兴奋地指点着，不时驻足拍照。女记者更是高兴得不得了，连连说："哼哼，好在我坚持来了，不然损失可真是无可估量啊……"

走着走着，主人忽然感到好一阵没听到女记者的声音了，回头一看，见女记者正蹲在约五六十米外的一棵大树下。主人想，女记者或许是方便吧，便背转过脸去等着她。突然，女记者发出一声惊喊："不得了哇！……"接着便是哇哇哇的哭声。

主人连忙跑过去问："怎么啦？"可一连问了几遍，女记者只是哭，直到其他三个记者也闻讯跑过来，问她，她才哭着说："不好啦，山蚂蟥咬到我啦！"

原来是山蚂蟥！主人松了口气，说："来，我看看，抓了就好了。"

女记者说："不能看呀，更不能动呀。"

其他记者问："怎么看不得？"

女记者说："它在我的核心区边缘呀！我怕它爬进去呀……"

啊，原来是这么回事。一年长的男记者说："让我来吧，我都一把年纪了，啥都看过，不碍事的，我把它捉了吧。"

可女记者坚持不让看，主人看她害怕的样子，只好叮嘱他们待在这里别乱走，自己便跑步向保护区管理处奔去——那时还没有手机，山里的通信基本靠吼，吼都不行的情况下，就只能跑了。大约过了一个小时，主人带着一个大姑娘赶了进来，姑娘把手探进女记者的裙子里，眨眼便捏着一条已吃得吐血的山蚂蟥出来——其实，据山里人的经验，山蚂蟥吃饱了也会自动走开的。

女记者看着肚子圆滚滚的山蚂蟥，惊惧得浑身发抖，像小孩子一样哭着说："太可怕了，我要回去，我要立即回去！"

女记者就这样离队随着那大姑娘先行回管理处去了，其余一干人则继续前往核心区。女记者事后有否将此奇遇写成文章就不得而知了，反正其他三位记者都有文章或照片见报，并寄送过样报给车八岭保护区，唯不见女记者的。此真应了女记者前面所说："他们都去了核心区，就我没去，到时就我没有文章写……"可惜，去了也未见文章。不过，若她没去，就没了今天我这篇文章，没了这篇昨天的故事。所以，她还是去得对的。

其实，关于山蚂蟥与核心区的故事远不止这一个，只不过是女记者前后的言行反差太大，故让车八岭人传说不已。另一位女教授遇到山蚂蟥的举止就比女记者沉着得多了。

大概是女记者与山蚂蟥的故事发生一年后的同一季节，从省城广州来了几位专家学者，其中有一名女教授。女教授也是只带了裙子来保护区，也是坚持穿着裙子跟着同伴进入了核心区，也是在路途落后于众人而一人蹲在山路边的大树下。向导发觉她落单后便找了过来，见状开始也以为她在方便，但想到女记者的故事又很担心，便慢慢地走了过去……

靠前近了，向导便听到女教授说"你快点吃啊，吃饱了就走开啊，我还要赶着去工作呢"。向导四下望了望，并不见有其他人或动物什么的，便轻轻地问女教授怎么回事。年约四十岁的女教授回头见到向导，脸倏地红了，淡淡地说："没什么，没什么，一只山蚂蟥跑到我的核心区边缘了，我不敢捉它，只好让它吃饱了离开。"

向导惊异于女教授的沉着，便递给她一支香烟，叫她揉碎了放进去熏熏山蚂蟥。或许是山蚂蟥已经吃饱了，也或许是烟的作用，总之，女教授感到山蚂蟥已经松口了，便立即站起来，蹦了两蹦，便见一只圆滚滚的山蚂蟥从裙子里面掉了出来。向导见了，立即用树枝把它挑了起来，然后掏出打火机，点燃着熏烧，没多久便有焦煳味飘起，接着便是"嘭"的一声裂了。女教授见状，叹了口气说："你怎么把它烧了呀，可惜了，我用血喂饱了它呀，就只听得一声响。"

向导打趣说："石榴裙下死，做鬼也知足。那就让它在烈火中永生吧。"说罢，便带着教授赶紧追同伴而去。

当我把两个"山蚂蟥与核心区"的故事，讲给前来保护区看望我的朋友们听时，开始，大家都笑了，后来又作一番分析比较，最后又感叹：唉，可惜现在不能进核心区了。

2005年10月13日深夜于车八岭听啸阁

请　假

晚秋时节，吴晓得先生又一次来到位于粤北的车八岭保护区采风。这天早上，先生正与保护区管理局北大门保护站的站长二马哥聊着，站员小刘进来请假，说是家里来电说小孩有点"唔乖"（出状况了），想要赶十点的班车回家去看看。

二马哥说："真的细仔唔乖呀？"小刘说："有点吧，不过我也很久没有回家了，从国庆节到现在，半个多月没有见女儿了。"二马哥打趣地说："是想女儿她娘了吧？那就回去吧。"小刘是个内向的人，见老站长打趣自己，也不争辩，道声谢便出门去了。

望着小刘远去的身影，吴晓得先生对二马哥说："你把人家都说不好意思了。"二马哥说："你不晓得，大凡来请假说家里有人'唔乖'，但又不说具体病症名称的，都是假托的，就是想回家见见老婆孩子，跟老婆亲热亲热。因为我们山里的人都很淳朴本分，或者说很迷信，担心万一说了某个病症的名，家里的人真的有了这种病症，那就是乌鸦嘴啊。而'唔乖'，则含有多种说法，不听话、闹意见、偷懒、吵架等，小病小痛的头痛发热咳嗽拉肚子等等，也算'唔乖'。"

先生听了，直叹又长了见识。二马哥告诉他，车八岭保护区里有好多关于请假的故事呢。有故事？先生一听就来了劲，便催二马哥说个来听听。二马哥说那就讲个车八岭的真实老故事吧。年近花甲的二马哥，当年的高中毕业生，是保护区的初始创业者，肚子里有许多车八岭的老故事。这，也正是吴晓得先生找他聊天的原因。

"那是三十多年前的事了——"二马哥喝了口山泉沏的清茶，点燃一支烟，打开了话匣。

三十年前的车八岭，那时刚办保护区不久，生活和工作的基础条件都十分差，交通条件也很差——不但没有班车，公路也是泥沙路，而且常会因为塌方而通不了车，因此，那时单位的干部职工是半个月休息一次（2天或3天，那时只是休星期日）。有一次，大约是1985年的晚春吧，单位里赶雨水季节在实验区补植造林，一连三十多天没有休息，碰巧公路也塌方了出不去，所以大家都很安心也很无奈地待在保护区植树造林。可是，有一天，县里道路站的人把公路塌方清除了，能通车了，有很多人就想回家了。

通路的当天晚上，场长（当时的保护区由两个林场组成）住的小房里就陆陆续续地来了五六个人，目的就是请假——明天一大早出山回家。二马哥说当时自己也想请假回家，但一时没有想好理由，所以虽然是第一个到场长宿舍，却没有说请假的事，只是与场长喝酒聊天，想等场长喝高兴了再说。

来请假的人理由各种各样，都是家里有人"唔乖"的。老邓说的是娘"唔乖"，要回去，场长准了。小林说的是奶奶"唔乖"，也要回去，场长准了。老蔡说的是儿子老师要见家长，不得不回去，场长又准了。老张说的是自己"唔乖"，要赶紧出去看看，场长也准了。大李说的是老父"唔乖"，要回去看看，场长也还是准了……一连五六个人请准了假，每获准请假的人都与场长干一杯酒，然后笑嘻嘻地出去。就在二马哥又喝了一杯酒后，也想张口请假时，大刘急匆匆地走了进来，说："场长，我要请两日假来，要回家。"场长问："你又有什么事要赶着回家呢？刚刚已有五六个人请假，他们都因为家里有人'唔乖'要赶紧转去，你要没啥急事就等他们休假回来再说吧。"大刘张张口又合上，大概是没想到更有利的理由吧。

"我要转去×××！"大刘突然大喊了一声。这真是脱口而出，把乡下人称男女房事的民间粗俗叫法直接就嘣了出来，看来这一个多月快把他憋坏了。当时二马哥只愣一下，便直接把喝了半口的酒喷到场长脸上，场长倒是忍住没笑——却只是把铃声调成了振动。二马哥说场长是一位很能忍笑的人——他常常一本正经地讲个非常搞笑的段子，任由听者笑到滚地，他也能不笑，是全县有名的搞笑大王。

好一会儿，场长重新喝了口酒，说："你这家伙也太没文化了，你就说回家同老婆睡觉也文明些呀。"大刘嘀咕那是说了老实话，顿了顿又说："场长，他们那几个讲仔唔乖娘唔乖，都是骗你的，他们还不是想转去摁老婆×××。"

场长终于忍不住，大笑起来，说："当我傻仔呀，我唔晓得？电话不通，信又没来，他们哪来家里人'唔乖'的消息呢？唉，看你老实，也准你吧，明日回去摁妇娘（客家语，指老婆）吧！"二马哥见状，立即接口，说："场长，我也老实，也要请假转屋家摁妇娘。"说罢，不待场长开口同意，就拉着大刘夺门而出。

"那时，我也还不到三十岁呢。"二马哥轻轻地吐了个烟圈，缓缓地说道，"我怕场长不准假，就赶快溜啊。"吴晓得先生听了，也忍不住笑了，真没想到有用这么直接的理由来请假的。"但这却也是正当的理由啊"，先生想了想，接着问二马哥："第二天场长准你回家摁妇娘了吗？"

"准了准了。"二马哥说，第二天一大早，还没有吃早饭，场长就敲钟把大家召集到球场上，说："从今日起分两批放假休息，每批包来回休息四天，除了昨夜请假的8人，第一批还可增加12人，大家可自行报名，吃过早饭后就搭单位的拖拉机到都亨转班车，第二批休假的待第一批休假回来后的第二天开始。"场长的决定，让大家感到十分高兴，一会儿第一批休假的名单就报满了。

"困了那么久，那大家是不是都争着报第一批呀？"先生问。"不一定，那得各自根据算准的时间来决定第一批还是第二批。"见二马哥的形色有点古怪，吴晓得先生不解地问："算时间，算什么时间？"二马哥说："算老婆的时间呀。""老婆的时间？"先生略一思忖便明白了，笑道："这还真是要算准来哟。"

不准还真不行。二马哥又接着说了个不准的故事。

有一次，大李休假回来，没有像以往回来乐呵呵的样子，整个人很是沉闷，别人问他也爱理不理的。场长担心他是不是家里出了什么"唔乖"的事，就把他叫到偏僻处问他。大李说家里人都挺好，连养的"头生"（客家语，指家禽家畜）都好好的。那为什么回到单位好像不高兴呢，是有病了？场长问罢又用手摸了摸大李的额头："不发烧呀。"大李拨开场长的手，不吭声只吸烟，任缭绕的烟雾盖住了他的脸，好半晌，才吐了烟头说："场长，上面不烧，可下面烧呀。"下面烧？年近半百的场长一听就明白了：没算对时间？大李叹了口气说："是呀是呀，浪费了我一个假期呢，我赶着时间搞'封山育林'呢，这一错过，又要等到下次休假了，真不划算！"

山里人，特别是从事林业工作的人，把筹划孕育儿女的事叫作"封山育林"。场长闻言，想起大李结婚一年多了其老婆还没怀孕事，便立即爽快地说："'封山育林'呀，好事！那这样吧，你把时间核准了，我给你补个时差，你可得算准了啊。"大李听了，高兴得像猪八戒一样咧开了大嘴，说："真的？那大后天就可以了。"场长说："为保险起见，你就大大后天回去吧，这几天你利用休息时间先加班攒两日假吧。"

二马哥说，那时也真为难我们这些男人——竟然要细心到去记老婆的生理日子。当时，电话没有，手机就更没见过，写信要三四天才能收到，不这样又能怎么样呢。大李被场长"补时差"后，头上就戴了顶"补时差"的帽子，而九个月后大李的儿子出生了，单位里的人都说这小家伙就是补时差补到的。二马哥说经过补时差回来的大李，性情开朗，工作积极了许多，后因其工作勤奋努力，被调到县城一单位工作了。

先生想，这场长也真是个性情中人，挺人性化的，定是大刘请假时的脱口而出的直言，让他想到了手下那些正处于青壮年的伙伴们的生理需求，才有了第二天分批集中休假的决定；而给大李"补时差"，更是彰显了他的人性化管理。

蓦地，先生忆起十多年前的一件趣事——那年的浅春到深秋，吴晓得和黄老弟（另一兄弟单位的硕士工程师）被一起借到省厅广州工作，借调之初的十多天后的周末，小黄向厅办主任口头请假要求回家一趟："以人为本吧，主任。"就7个字的一句短语，主任许可了，并打趣道："留点力气回来干活啊。"

那一年，"科学发展观""以人为本"等词汇刚刚成为热词，小黄竟活学活用了，主任竟然也一听就懂了。先生想，这请假方式虽有雅有俗，但目标的指向却高度一致的，那就是对亲情的依恋和对爱情的眷恋——人非草木啊。

　　伫立在大门口，吴晓得先生凝视着那一湾在秋阳下泛着金光的溪水，心想，无论雅人俗人，都不是神仙，并不会为着工作就会舍弃亲情爱情，他们长年累月工作在大山深处，往高处说是为了事业，往低处讲是为生活为生存，但无论境界的高低，他们对这一份工作是认可和热爱的，因而才有了不懈的坚守——不少人顾了事业而疏远了家庭有愧于亲人，这些敬业爱岗的人，无疑就是这片美丽森林的守护神。车八岭保护区从创立至今已三十多年，正是有了这样一茬茬甘于远离繁华远离亲人友人、甘于奉献于保护区事业建设与管理的大山守护人，车八岭才有了今天令同行们点赞的业绩。

　　"吴老师再见！"一辆橙色的大客车从身边慢慢驶过，一只手伸出窗外，向先生招招，打断了先生的遐思。是小刘，他已乘上回家的班车了。先生立即抬手挥挥，大声道："再见！"同时心里默念道："辛苦了，森林的守护神，回去好好休息吧。"

2016年10月26日深夜写于梧桐山居

阿诗玛

阿诗玛打人了，把站长打伤了！吴晓得先生听到这个消息很吃惊，阿诗玛怎么会打人呢？而且还把站长打伤了！

吴晓得认识的"阿诗玛"不是电影《阿诗玛》里的女主角，是任职在粤北深山的车八岭国家级自然保护区的一名森林资源管护工作者，通俗的说法就是护林员。阿诗玛当然不是本名，而且是个男人，只是名字中有个"诗"字，属于按字辈起名中的"诗"字辈而已。十几年前吴晓得就认识他了：鼻梁上架副近视眼镜，不高不矮有点偏瘦的个子，三十来岁，一般情况下讲话不大声，给人一种文弱书生的印象。或许，"阿诗玛"名字的由来与此有关，按客家语音推测，起初应该是叫作"阿诗嫲"，后来看了电影《阿诗玛》，小伙伴们才给他这么个外号，且他年轻时也喜好文学，认认真真地写过诗。当然，一个男人外号带有"嫲"这个含女性的字音，就是有点"娘"的意思了。吴晓得先生心想，就他那斯文瘦弱的样子，竟敢打人？而且打的还是站长？

吴晓得对阿诗玛印象深，是因为阿诗玛写得一手好字，尤以钢笔字漂亮。十年前，吴晓得在县委机关任职，常带客人或上级领导或兄弟单位的同行，到阿诗玛所在的车八岭自然保护区观光游览。阿诗玛在入口的大门值班，每次，阿诗玛都很认真地检查，清点人数后，在簿夹上做登记，写明车辆、人数及单位名称，然后叫吴晓得签名。次数多了，相互认识了，知道吴晓得是位作家，再见面时，阿诗玛就很恭敬地称吴晓得先生为老师。说起来阿诗玛当年也是个文学青年，也曾有过写小说写诗歌出书做作家当诗人的梦想，据说还曾写过信给文学大师巴金先生且收到过巴金先生秘书代拟的回信。也许是时运缘故，作家梦至今还是个梦，只是随着时光流逝，梦的影子渐渐淡了。但因曾经的梦想和对文学的痴迷，阿诗玛如今仍有些愤青的味道。

对工作，阿诗玛是极端的负责，执行领导的指令从不打折扣。吴晓得先生每次到车八岭，阿诗玛绝不因为熟而放弃检查和登记。有一次，吴晓得的同事陪同一位新来的县委领导到车八岭考察，因事先没有通知，在入口处被阿诗玛拦住不予放行，同事出示工作证后，阿诗玛说你是县委的，可以放入，但他没有工作证要购票进。同事说这是新来的领导，还没办工作证。阿诗玛说我在电视上好像也见过他作报告呢，就算是县委领导吧，但他们几个又没工作证又不是县委领导，那就必须购票了。阿诗玛指着坐在后排的几名陪同人员这样说。同事没辙，只好打电话给吴晓得先生，让他跟阿诗玛说明情况。但阿诗玛却说吴老师你不在现场你怎么知道跟着来的那几个人就是在县委上车的那几个人，中途换了人呢？好说歹说就是不行，后来还是让闻讯赶来的保护区管理处主任给解了围。

还有一次，另外一位从邻县新调来本地任职的副县长，带着几个她原来工作地的旧同事到车八岭来看看，又是遇到阿诗玛值班。这新来的女领导"走路有点地不平"，陪同她来的县政府办工作人员说，这是新来的某县长。阿诗玛瞅一眼就直摇头，说拿工作证来。女领导说："刚来，还未来得及办，我真的是副县长。"阿诗玛又瞅一眼女领导，说："县长？别骗我，难道我们县上就没有人了？"这话气得女领导脸都白了，最后又是找到保护区管理处主任才予以放行进区。吴晓得先生后来听到这件事，笑得好一阵直不起腰来。

其实，起初阿诗玛并不在大门值班的。20世纪90年代，阿诗玛高中毕业高考落榜后，由其在县政府工作的亲戚推介到保护区工作，开始是在办公室从事文秘工作。那时做文秘工作可没有电脑，涉及文字的都得靠手写，一份材料，起草后领导改后再抄，抄后领导看后又改，改了又抄，所以那时文秘工作通俗讲法就是"写写抄抄"或"抄抄写写"，阿诗玛一手漂亮的钢笔字，令许多人为之点赞——都说这后生哥天生就是搞抄抄写写的料。这是阿诗玛最开心的一段工作时光，也是他这个文学青年做作家梦最浓的时期，据说，给巴金写信的事就发生在此时。

可是，好景不长，因为不巧的是，阿诗玛的领导——管理处当时的负责人是一个只看重内容不讲究文本格式的领导，常把阿诗玛起草的文件或材料改得伤痕累累，而阿诗玛在这方面又是相当的固执——敢给巴金写信且能收到回信的有几人？我写的文章还要改？于是，阿诗玛又把领导改过的稿子改回原来的样子，且这样的事一而再再而三。于是，领导就勃然大怒了，于是后果就很严重了，于是阿诗玛就极度的不爽了——被下放到基层保护管理站做护林员。

做了护林员的阿诗玛，开始觉得很丢架子，极不适应且沮丧，一度消沉，后来觉得不用看领导的脸色，感到自由自在，心情遂日益舒畅，有一段时期竟在工作之余写起诗来，只是那时吴晓得先生还未认识阿诗玛，如果先生那时看到他所写的诗，或许会选几首刊发在其主编的报刊上，也或许阿诗玛就能圆了作家梦——也或许，只能是也或许，人生的旅途是没有如果与或许的。

护林员的工作主要是巡山护林，这工作既辛苦也充满危险。阿诗玛在一次巡护山林中，险些光荣牺牲！那次，阿诗玛和两个同事巡山时，在一个叫程光坑的山谷里，发现六七条大汉在盗砍杉木，他们当即对此行为进行制止，没想到偷木贼仗着人多竟仗势欺人，对护林员大打出手。护林员们被打得落荒而逃，偷木贼仍穷追不舍，方向感极差的阿诗玛被追得跑反了方向，被赶上来的偷木贼一人砍了一刀——身中七刀！那个年代，没有手机，遇险无法及时报告，阿诗玛在偷木贼以为他死了而逃离现场后，苏醒过来爬行了好长一段路……阿诗玛后来告诉吴晓得先生，一身都是血哟，痛得要死，好在不是砍在要害位置，好在七刀中有几刀是被同伙胁迫下手的——已先下手的人为防事后被告发胁迫不愿下手人也要砍一刀，因而后面好几人下手时力度轻了许多，好在逃出后的同事及时地带来了大队人马……

这事，给阿诗玛留下了深深的阴影！也让阿诗玛深刻领悟了"贼佬刁过人"的客家俚语，真正是血的教训啊。但阿诗玛却没认为这事是自己为资源保护事业作出了突出而特殊的贡献，反而为自己不能辨别方向而自责。而当时的单位领导也因阿诗玛的自责，只是把这一事故定为工伤而没有作为护林英雄予以表彰，以致后来在单位实施竞争上岗时，领导没把他作为有特殊贡献或因公受伤的员工而免试上岗——据说，如果单位有当时他因公负伤的证明，上级主管部门可作此方面的政策优惠。没有获得免试上岗的阿诗玛，还被取消了参与竞争上岗的资格——因为阿诗玛不是干部身份。而阿诗玛自己当时也没能意识到几年前的流血，或许可以争取到免试上岗或考试上岗，只是怨自己命不好，落得个编制外的合同工。

不过，阿诗玛的方向感之差，吴晓得先生是有过亲身的体验。去年春深时节，先生到山里采风，有一天，由阿诗玛做向导一同去巡山体验生活。开始是阿诗玛在前面带路，边走边说些山里的趣事，走了约一个钟头后，先生见阿诗玛满脸的惶恐，便问他是否担心遇到猛兽或恶人？阿诗玛摇摇头十分羞愧地说："不认识路了，迷路了。"

吴晓得常到山里拍摄采风，是个爬山钻林的老手，见状便安慰阿诗玛说有办法出山。先生抬头看看天上的太阳，对了下手表辨别一下方向，然后带着阿诗玛翻过一道山梁，钻过浓密的树林，顺着山窝往下走，找到水源，再沿着水源走了好长一段路，终于，阿诗玛见到了熟悉的林道，说这个地方我来过，我记得怎样走了！先生看着高兴得手舞足蹈的阿诗玛，也长长地舒了一口气。

阿诗玛处事，一般都很低调，工作之余从不参与打牌打麻将，也不会钓鱼和炒股，大多数情况下都是自娱自乐——看书或听听音乐。大约是看书多而又没有消化好，有时处事就显得呆板，遇事好和同事争辩，且争执起来声音又急又尖，一副得理不饶人的样了。阿诗玛说"武的赢不了，文的可不能输"。而他与站长的较量，就是因为工作上由于工作方式方法的不同而产生矛盾，继而产生争执继而发展到吵架。吵架中，站长骂了他娘，阿诗玛及时提醒对方不能如此，而站长自恃年长倚老卖老地继续骂，双方便由文而武，上演推拉撕扯碰撞，而一旁劝架的人拦住孔武有力的站长，阿诗玛便有不意间的挥拳拍掌机遇，结果，站长就受伤住院了；结果，阿诗玛就受到了扣除当月绩效奖和赔付汤药费的惩罚处理。

吴晓得先生到医院探望站长时，见到了前来道歉的阿诗玛。问及细节，阿诗玛说当时站长骂娘，自己提醒了不能骂而站长还骂，所以尽管知道打不赢也还是出手了，不过没想到打伤了人。站长说不是有人拦着我你能打到我？先生说："这一拳的代价加起来有近千元吧，不值得吧？一个锅里吃饭的同事，就没想过其他办法，都四五十岁的人了，就非得吵非得动手？"站长红着脸说当时一急就骂上了，阿诗玛则腆着脸说当时哪顾得想办法呀！说罢，两人对视一眼，笑了。先生说："笑死人了，吵嘴打架的人坐在一齐说笑，武的能赢人的没赢着，文的不能输人的输了，这事我一定要写进书里。"阿诗玛说："要你就写，维护母亲的尊严又不丢人！"

嘿，阿诗玛，这句说得可一点儿都不"嫲"哟。各位，记住，见到阿诗玛说话千万要文明出口喔。切记切记，粤北大山深处的某处，有一个文弱书生叫作阿诗玛。

2015年1月7日凌晨成稿于梧桐山居

蜂王阿禄古

"吴老师，得闲过来吧，我昨日割到好多蜂蜜哟。"

"哦，阿禄古社长呀，好好好，有空就过来品尝你的梅花蜂蜜，原生态的蜂蜜呀，听到都流口水。"吴晓得先生放下电话，吧嗒了一下嘴巴，好像真有蜂蜜在口腔里一样。

阿禄古是江西老表，年过六旬，矮小精瘦，说一口赣南客家话。阿禄古的家就在紧挨着车八岭的粤赣边界的乌梅山下的乌梅村。五年前的一天，吴晓得先生到粤赣边界的广东境内的松树坑采风，在村旁的老枫树下，见到一头戴纱帘帽的老头正在捣鼓着蜂箱，村民说那是从隔壁的江西乌梅村来的养蜂师傅阿禄古。先生便饶有兴趣地走过去，端起相机拍了起来，老头见先生拍照，隔着纱帘帽点点头，抬手举起一框粘满蜜蜂的框架，对着光眯起眼瞄了片刻，见先生一连拍了几张，才将框架放入蜂箱。吴晓得想，这老头有意思，还会摆"甫士"。好一会儿，老头忙完手头上的活，摘下纱帘帽，露出了一张清瘦且尖削的脸，一双有神眼睛望着吴晓得，说："嘿，先生是来旅游的？""算是吧，采风的，听过吗？"吴晓得先生应道。"晓得的。"老头说。

老头自我介绍说姓温，和松树坑村人同姓，名阿禄古，是山那边的农民，今天是过来帮村里的老乡看蜜蜂的。吴晓得先生问养得还行吗？阿禄古说还可以，下个月过来可以分箱了。两人在六月的枫树下，品尝着用山泉冲沏的蜂蜜聊了起来。原来，阿禄古养蜂有三十多年了，最擅长的是养中华蜜蜂，也是村民说的本地蜂。几十年坚持不懈的养蜂经历，使阿禄古成了粤赣边界的方圆百里的蜂王，从十年前开始受聘于邻近五六条村的六七十户养蜂户，指导蜂农养蜂。"我干的是辛苦的技术活，看我侍弄蜜蜂从来不用戴手套。"阿禄古有点得意地说，

"六十多岁了，只要不下雨，蜜蜂没冬眠，就会这条村那条村地跑，看蜜蜂割蜂蜜，几十年了，身上都有股蜜蜂味，蜜蜂都不蜇我，蜜蜂跟我亲哦。"

阿禄古说养蜂其实是非常辛苦的活计，养蜂的人要能起早，要经得晒，要有力气搬蜂箱，割蜜时手脚要轻，还要熬得苦，还要能静下心来与蜜蜂交流。改革开放之初，作为曾经的老三届高中毕业生，阿禄古几经闯荡几经折腾，最后选择以山区生态优势为依托的养蜂为发家致富的门路，"选择养蜂，也有受杨朔《荔枝蜜》的影响，那时，我读中学的侄子的课本里有这篇文章。"他说。

阿禄古说养蜂好在成本不高，开始养蜂时，蜂箱是用枯死的杉树筒做的，也有用杉板做的，一切都是因陋就简就地取材。起初，因缺乏经验，阿禄古养的蜂时好时坏，那时也没有师傅可请教，因为养蜂在改革开放前是作为"资本主义尾巴"被禁止的，那时山里人家养蜂都是偷偷放养，抱着"有就收没就丢"的无奈，任其自生自灭，根本没有经验和心得可传。

"一切都是摸索着前进。"阿禄古说为养好蜂，自己常常一整天猫在蜂箱边做观察员，了解蜜蜂的习性，"最初几年，光观察记录蜜蜂习性的记录本就用了十几本。"当阿禄古养的蜂又一次因意外大量死亡和飞走时，他走出大山，在正是荔枝盛花期之时，专程赶到八百里外的广东从化——杨朔《荔枝蜜》所描写的养蜂地，找到当地一家个体的养蜂场。看到荔枝树下一排排一行行摆放得错落有致的蜂箱，看着成群结队的蜂群从箱巢里飞进飞出，阿碌古想这下可算是唐僧到了西天，得把真经取回去。阿禄古说从那天起，算是与蜜蜂真正地结了缘。不过，从化蜂场并没有给阿碌古取回多少真经，不是人家保守，而是养的蜂种不同。"他们的是意蜂，意大利蜂种，这种蜂怕冷，适合在北回归线以南养，过了北纬24度就难过冬了，而我们村是24度半。"真经没取回多少，但阿禄古认为从化之行给了他比取真经更重要的东西，那就是创业的雄心壮志。

当时，一股回去也要这样大干一场的豪气，确确实实是在心中喷发而出的。慢慢地，阿禄古摸索出了一些养蜂的门道，蜂群开始逐年扩张，最多时蜂箱数达到三百六十箱，成了当地大名鼎鼎的蜂王。"那时年轻，熬得。"他说。

随着年岁增长，阿禄古渐渐地把养蜂的数量减了下来，每年一百箱左右，养蜂少了，却又揽下了到邻村去做技术顾问的活计，成了附近六七条村养蜂户的"技术顾问"。这些村养蜂的，大多都是阿禄古的徒弟徒孙。

吴晓得先生听阿禄古一再提及"技术顾问"的身份，知道他是强调自己活计的技术含量，对自个掌握的"核心技术"很自信，就问他这顾问的报酬怎么算？阿碌古说以蜂蜜折价哟，合同一年一签，十到二十箱的一箱蜂2斤冬蜜，二十到三十箱的每箱1斤半冬蜜，三十箱以上的每箱1斤冬蜜。那你顾问的蜜蜂一箱蜂能年产多少？为何养得少的要多交蜜？先生又问。"一箱蜂年产蜜二十到三十五斤左右，养得少的都是新养户，基本上要手把手来教的，所以要多收点。"阿禄古说请他做顾问都要签合同的，十箱以下的不签，请了有空去看看，报酬由养蜂户自愿给，不给就不要，喝碗老酒就行。

查验蜂巢

"那他们会有车来接你去'顾问'吗，比如摩托车？"先生问。"很少，多数是自己排好日期去。早几年年轻自己开摩托车或骑自行车，现在是走路去，所以离我家太远的村都不签合同了。"阿禄古说走路好处多，路上可以观察蜜源（花）的分布情况，瞄瞄适合摆放蜂箱的地方。阿禄古说养蜂选择摆蜂箱的位置很重要，不能摆在阴湿和风口的地方，阳光直射的地方也不行，以一日能晒到约三个小时太阳的地方最好。

　　分别时，阿禄古热情地邀请先生有空到七里外的乌梅村做客："家里住得下的，前年建的楼房，有六房三厅呢。"先生握着阿禄古青筋突起满是老茧的手说"一定一定"。阿禄古便用手机打通先生的电话，说："记下来，乌梅村，阿禄古，记住，是福禄的禄，别写成绿色的绿。"

　　两个月后，吴晓得先生在粤赣边界广东境内的另一条村又见到了阿禄古。在村头的大樟树下，阿禄古正与几个村民围在一个打开箱盖的蜂箱前比画着讲解着，先生远远地喊他："温师傅！"

　　阿禄古抬头见是先生，很高兴地对身旁的一个男孩说："去，叫你爷佬多煮一个人的饭，我来了个作家朋友。"

　　带先生进村的后生哥忙说："吴老师是到我家采访我爷爷的，中午在我家吃饭。"阿禄古这才发现先生身后跟着个二十来岁的后生哥，瞄了一眼问："你是祠堂边那家打过游击的刘老英雄家的孙子吧？"后生哥说"是"，还邀请他中午来家里一起吃饭，他连声说好。

　　正午时分，吴晓得先生采访刘老英雄刚刚聊入尾声，门口就响起阿禄古的嗓门："老英雄，我来看你了，来尝尝我的香樟花蜜。"接着，右手扇着草帽左手提着个藤篓的阿禄古就走了进来，从藤篓中拿出一瓶蜂蜜，说"这是长寿蜜，刘老英雄吃了长命百岁"，说得老英雄笑逐颜开，连连说多谢多谢，大声叫着孙子快把好酒拿出来，好好招呼吴老师和温师傅。那天，阿禄古和吴晓得先生在刘老英雄家，喝着酒，听老英雄讲打游击的往事，那个痛快与尽兴，至今仍让先生感慨。

　　再一次见到阿禄古，是一年后的初夏。吴晓得先生从广东这边的车八岭自然保护区，引领着一支七八个人的小分队，穿越茂密的亚热带森林，一路跋山涉水，徒步走了七公里近两个钟头，来到了山界那边的乌梅村。出发前夕，吴晓得先生打电话给阿禄古说明天过界到你村里看看，带个惊喜给你。阿禄古说吴老师你过来就是惊喜了，现在的杜鹃花蜜正好。

　　先生说的惊喜，是与他一起翻山越岭去乌梅村的队伍中的一对从上海来的约六十岁夫妇。这夫妇俩四十多年前从上海下放到赣南，男的老汪就插队在乌梅村，后来还当上了生产大队的大队长。吴晓得在保护区见到这支上海客人的队伍时，他们正在为如何去乌梅村发愁呢。先生与他们一聊，原来老汪与阿禄古很熟很哥们，只是三十多年前从村子考上大学及工作后，因工作单位属保密性质的缘故，失联近三十年了。吴晓得先生闻此，就自告奋勇地当上向导，开启早已谋划了一年的乌梅村之旅。

当一行人抵达村口时，等在村口迎候的阿禄古见到当年的小汪大队长，只愣了一秒，就跑过来一把抱住，连连说真是惊喜真是惊喜哟！老哥俩凝泪相认，把手哽咽："还能爬山过来，身体健康就好！"吴晓得先生连连按下快门，把这一幕幕重逢的惊喜录入了镜头。

阿禄古当年也是个老三届高中毕业生，属回乡知识青年。当年的小汪到乌梅村插队时，认识了出身不好家庭身份高的阿禄古。阿禄古虽然出身不好，但因待人真诚随和，肯吃苦，敢担当，又有文化，加上村子地处偏僻，阶级斗争的弦没绷得那么紧，在村子里仍是个颇受人敬重的后生哥。当年，阿禄古像个大哥一样地帮着护着关心着从大城市来的小汪。时空的交会，让两个不同阶层的知识青年越过阶级的界线，走到一起，成了患难与共的好兄弟。

那天，阿禄古带着当年的小汪大队长，村头村尾走个遍，还把现任村支书叫来，一起走访了好几户村民，畅谈当年既辛酸也开心，既贫乏又富于想象，既艰苦艰难也充实快乐的乡村生活……吴晓得后来把那天拍摄的照片制作了一盘文图并茂的《上海知青回乡记》的DVD，托保护区的工作人员巡山时送到乌梅村给阿禄古。阿禄古收悉后如获至宝，立马致电感谢先生，末了却又有点难为情地说那天因为意外的惊喜光顾着老汪，搞到杜鹃花蜂蜜都忘了品尝了。接着，又兴奋地告诉先生，已买到车票，大后天起身去上海看看老汪，看他那能否帮忙推销蜂蜜，今年蜂蜜产得多，要找到市场来卖哟。

几天后的傍晚，吴晓得先生接到阿禄古的电话，告知正在上海，正与老汪一块，老汪约了几个朋友帮他推销蜂蜜，现在酒店里等着，来齐人就喝酒！先生说可惜我不能飞过去。阿禄古就在那头大笑："等我回去请你到家来喝赣南老酒吧，我已根据老汪的提议，准备回去成立一个乌梅山原生态中蜂养殖专业合作社，那些请我做顾问的养蜂户都愿意入社，还推荐我做社长呢。"先生说："好好好，真好，祝温社长旗开得胜早日凯旋。"

杜鹃开了又谢了……不觉间，梅花悄然开放了。入夜，在车八岭保护区梧桐山居写作的吴晓得先生，坐在窗前小憩时，闻到了山风中的梅花香，想起阿禄古说过乌梅山的梅花蜜香气浓郁，入口甜而不腻，是真正的原生态蜂蜜。先生凝望着夜空下远方的乌梅山思忖道：不知阿禄古的合作社办得怎么样了，有快一年没见到他了，电话也好久未联系了……

没承想，刚一起念头，第二天阿禄古的邀请电话就响了：梅花蜂蜜酿好嘞，快过来吧！

2015年1月14日凌晨写于梧桐山居
2015年2月4日立春之夜定稿于梧桐山居

村东头的枇杷树

正是初夏枇杷成熟的季节，吴晓得先生去粤北的车八岭保护区采风，途经一客家村庄，见路旁村侧的几棵枇杷树挂满了黄澄澄的金果子，每棵树都有三五成群的村童在采摘果子，他们或爬在树枝上，或在地上举着竹竿钩，嘻嘻哈哈地唱着不着调的童谣，欢笑着，嬉戏着，好一幅村童采果图。

可没走多远，吴晓得却看到村东头有一棵挨着屋傍长着的枇杷树，正寂寞地孤立于初夏灿烂的阳光下。这棵枇杷，也是黄澄澄的金果儿挂满树，只是果实相比刚才看到的那几棵树要小很多。树有五六米高，采摘很方便，可那些小孩子为何不来采摘呢？司机阿文说，我在这条路上开车二十年，这棵枇杷树我是看着它长大的，可是从十年前产果开始，就没见人摘过，可能是太酸了吧，每年都是从初夏果熟到夏末自然落果，现在应该是到盛果年份了，每年这时都挂满了一树金黄的枇杷，唉，好看不好吃。车子一会儿就越过了村子，先生心却还留在那棵没有村童攀爬的枇杷树上。

几天后，吴晓得先生在返程时又经过那个村庄。村东头的枇杷树还是挂满着金色的果子，而村侧的其他几棵枇杷树的果实已荡然无存了，真是"摘尽枇杷一树金"。看看时间尚早，先生便停车下车，远远地望着那棵枇杷树走去，把镜头对准那满树的金黄，从不同的角度咔嚓咔嚓地拍了起来。拍摄引来几个村民和村童围观，先生便与他们聊起了这棵树。六十多岁的李老汉说，那棵枇杷树是他弟弟家的，种了大概有二十多年了，刚刚开始结果子的头两年，他也摘过一两个吃过，"那个酸，酸得没法说。"李老汉龇龇牙，好像嘴里还有酸味。先生闻言，不由默念起了唐代元稹的《山枇杷》："山枇杷，尔托深山何太拙。"

正聊着，李老汉的弟弟赴圩回来，热情地把吴晓得先生请进了枇杷树旁的家中。李老弟说屋旁的枇杷树，是女儿在读小学一年级时种的，也不知哪弄来的苗，就本地的枇杷种，这枇杷花多果也多，就是酸，除了喜吃酸的女儿会摘些吃，家里和村里的人都不吃，特别是村里有了大果枇杷后，这棵枇杷基本上是没有人吃了。

"那怎么不改种大果枇杷或通过嫁接来改良品种呢？"先生问。

李老弟说得留着它，这是女儿种的，是她留在娘家的念想。女儿大学毕业后在省城工作并在城里安了家，每年枇杷熟了的时候都会回来吃她种的枇杷果。一旁的李老汉说，这树也是他家里的发财树呢。

酸到没人吃的枇杷竟然是发财树？李老弟告诉吴晓得先生，这枇杷虽然果味不怎样，但很适应本地的土壤和气候，抗病抗虫性好，产量特别高，十年前他就开始用树下落果自生的小苗做砧木，培育了一批大果枇杷嫁接苗。

"村头的那些大果枇杷就是他培育的嫁接苗，论辈分门口的这棵枇杷树可是长辈啊！"李老汉不无自豪地说李老弟可是村里的土专家呢。李老弟介绍说用它的种子育苗做砧木，每年都砧能嫁接上千棵大果枇杷的良种枇杷苗，这样做，已经有五六年了，如今育苗已成了李老弟家的一项"主业"，这也是留着这棵枇杷树的原因之一，村里人也知道他家要用这果实来育苗，所以都告诫自家的孩子不能去采摘村东头的枇杷果——因为，村里的其他几棵大果枇杷也是李老弟的女儿种的，"就是种来给村里人吃的。其实，树是女儿种的，每年的施肥管理都是村里人自发地从家里担来猪牛粪，我只不过做些技术指导。"李老弟说。

李老弟从橱柜里拿出一个玻璃瓶，从里面倒出一撮像茶叶的东西放入茶杯里，冲上开水递给先生，说："尝尝我家秘制的冬蜜枇杷花吧，润喉清肺还止咳呢。"原来，这棵枇杷花多，在冬天开花时，李老弟还采一些下来，晾晒干后用自家的蜂蜜制成蜜炼枇杷花茶。李老弟说家里养的十多箱中华蜜蜂，好在有在冬天开花的这棵枇杷和后来种的大果枇杷，帮他解决了冬天蜜蜂无花粉过冬的困难。

吴晓得先生来到枇杷树下，手抚着粗壮的树枝，抬头细细地打量那满树的金色果实，心想，这真是一棵非比寻常的枇杷树：当年种它的人曾"枇杷花下闭门居"，与树一起成长成才（材）；如今，树又成了主人发家致富的创业之源，还成了远嫁省城的女儿的乡愁之源。

先生举手轻轻摘下一串枇杷，取一粒剥开皮轻轻地放入口中，一丝酸味立即充盈口腔，细细品味，感觉却并不是十分的酸，回味间，默然想起了唐代白居易的《山枇杷》："深山老去惜年华，况对东溪野枇杷；火树风来翻绛焰，琼枝日出晒红纱；回看桃李都无色，映得芙蓉不是花；争奈结根深石底，无因移得到人家。"

嘿，真没想到，一棵看似孤独的树，竟蕴藏着如此丰富如此感人的故事。这树，可是与那千年前白居易所吟咏过的东溪野枇杷一脉相承？

2013年6月10日写于晓得斋

故乡的清明

农历春分至清明这一段时间，是故乡扫墓祭祖的日子。

我的故乡为客家人聚居地区，乡人对清明祭祀极为重视和讲究。每年这段时间，不管是身处何地的游子，都会尽可能地赶回家乡，与家人、族人和村人一起，祭拜祖宗和先辈。

在这一时段中的一个双休日，我也从工作所在的车八岭赶回故乡。车子一驶入故乡小城，我便见到满街都是挂着外地车牌的小车在游来游去——呵呵，这都是回家乡来扫墓祭祖的游子们哟。

在故乡，清明不仅仅是一个农事节令，更多的是作为春节后的第一个节日为邑人所看重，其地位甚至要高于春节。故乡的许多家族都有一条不成文的规矩：出门在外的游子，因为生意或公务的繁忙，过年可以不回家乡，但清明前祭拜祖宗和先辈却是要回来的——除非有"过硬的理由"并需事先与家乡父老禀明（类似于向单位请假），否则，不回，就意味着忘记祖宗，忘记了做人的根本！就会被族人视为不肖子孙！

清明是农历二十四节气之一，关于清明的最早文字记载，是西汉刘安主编的《淮南子·天文训》中的"春分后十五日，斗指乙，为清明"。作为二十四节气的清明，先秦典籍《逸周书·时训》和《管子·幼管》中就已出现，但节日和节气是两个不同的概念，前者有一定的庆祝纪念意义，还有相应的仪式习俗；后者只是季节时序的标记而已。据载，国人把清明从一个农事节令衍变为节日，起源于唐朝。其时，因清明节是春节后的第一个春天的节日，内容非常之丰富。每当清明节到来之际，人们都有禁火寒食、上坟扫墓等"规定动作"之程序活动，年轻人和小孩子则还有踏青、春游、荡秋千、放风筝、斗鸡、打球之类的"自选动作"之活动。而在乡里民间，还有"清明不戴柳，红颜成皓首"的谚语，可见"戴柳"也是清明习俗之一。在故乡的客家村落里，清明前还要洗井掏沟，将其打理得十分干净，并在井上插上柳条，取"井井有条"之意。但随着日月的流逝和社会的发展，在经历了"破四旧"和"反封资修"后的今天，这些令我辈神往的清明习俗和富于诗意与活力的节日活动，却只能在书上看到了。现在的清明节，已基本简化为郊游和扫墓两项，比起古时要枯燥了许多，但有了这个节日，城里人也总算多了个感受自然的机会，也总算可以于百忙中抽点时间，想想逝去的先辈了。

如今，随着生活节奏的加快和科学的日益昌明，现代人对祖宗的感情是越来越淡了，加上城里人大多远离家乡，年年回老家祭扫似也不现实。因此，对于现今久居城里40岁以下的年轻人来说，清明节扫墓，更深的印象是戴着红领巾，浩浩荡荡到烈士陵园，献花圈，听英雄事迹，而不是古老的香烛纸帛，鞭炮硝烟了。

另据有关专家调查，就是许多参与祭祖扫墓的人，且不论是城里人还是乡里人，在祭祖扫墓时，对曾祖一辈以上的先辈，大都已不知其的名字（号）及其生卒年月了。要是扫墓祭祖到了这个份上，也就是一个程序一个仪式而已。因此，早几年前，就有年轻一代的都市"客家人"提议，开设电脑祭祀网站，用鼠标点击祖先名录，几分钟就可以在电脑上祭扫所有的先人，不但省时省力省钱，还看到听到先人的音容笑貌，最主要的一点，就是还能记住先人的名号。此提议甫一"出世"，很是得到了城里年轻一族的响应，至今网络上已有不少类似的网站。

比起都市的理智，故乡的清明节是热闹的。故乡的清明祭祀习俗分两个层次进行，先是全族人在春分之日祭扫"众地"，即老祖宗的墓地；然后是三天后各大家人（故乡人称"各房人"）祭扫本家先人的墓地。其时，人们聚在一起，既不论官位的大小，也不论身家的多少，只论辈分的高低，以长者为尊。祭扫之日一早，族人便在长者的号令下，携带着事先准备好的活鸡、酒、水果、香烛、冥币、鞭炮等祭品和锄头、镰刀等用具，扶老携幼，或乘车或乘船或徒步，一起结伴上山祭拜祖宗和先人。不论是乘车或是乘船，最后要抵达墓地，徒步是必然的——在徒步上山中，有些在城里家中可能是肩不挑手不提的娇太太或少爷、小姐，此时也会放下身段，如作秀般地争着要挑些或提些祭祖的物品上山——要体现心诚啊。就因着这心诚的举动，有些娇太太或少爷、小姐会磨红了肩，甚至磨破了皮，一不小心，还会因动作不协调而摔跟头而擦伤手脚的。但这一过程中是快乐的。

故乡虽然山多，但不是所有的山都可以用来安葬先人的，一般是一个村落或一个大家族相对集中地选一处山作为安葬先人的"紫金山"。这种习俗，对保护山林、增进族人情谊、弘扬团结友爱精神，都大有裨益。祭扫活动之初的程序是庄严肃穆的，人们先是找到墓地，由长者告诉晚辈这是谁的墓，然后大家一起动手清除墓地四周的杂草，并给墓堆培土，最后，大家肃立于墓前，随着长者的号令，燃放鞭炮、宰杀公鸡、撒冥币、燃香、上香、鞠躬或叩头，并说唱一些祈求祖先保佑风调雨顺、五谷丰登、生意兴隆、家族兴旺的吉祥话语。待族中所有的墓一一行过此等"规定动作"之仪式后，便是踏青赏春的"自选动作"的活动时间了，这是孩子们最高兴的时候。他们或采摘"清明果"（雀梅果）、杜鹃花，或是放鞭炮、玩游戏，大人们则三五成群地在一起拉拉家常。一时间，欢声笑语此起彼落互相呼应，整个山头人声、鸟声、风声、水声、鞭炮声交织如歌。

现在，城里人生活在钢筋水泥森林中，和自然的距离越来越远，而清明节为城里的人们提供了接近自然、亲近自然的机会：既可以缅怀祖先，又能与乡亲把盏叙旧，还可以带着家人游玩故乡的秀丽山水，有车一族还借机"自驾车游"，不要说你的故乡景色太一般——光是那漫山遍野的红杜鹃、那郁郁葱葱的绿树青草和那争相破土而出的春笋，就已让人乐不思归了———举而多得，何乐而不为呢？

哦，又到故乡清明时。明日，我又将和家人、族人及村人，上山去祭拜祖宗和缅怀先辈。

2005年3月21日写于车八岭听啸阁

哦，那遥远的小山村

戊子仲秋时节，在革命老区粤北始兴县城的九龄商业步行街徜徉时，听见有人在身后叫唤着："吴记者，吴记者！"回头看去，见两个二十多岁的后生正冲我这边快步赶过来："不认识我们啦，我俩是白水寨的阿强和阿华呢，我俩……"白水寨？这个名字久未有人提起了。哦，原来是在始兴北部山区的白水寨的后生哥，十多年未再去过白水寨了，眼前的两个后生，定是当年我到村子里采风时，跟在身边跑前跑后的少年。

一聊，果真是。阿强还说："我见到的第一架专业照相机就是你到我们村里来采访时用的相机，当时，你还让我拍了一张相，所以我们真是忘不了你。"阿华说："你走后我们在省市报刊上看到了你采写的《白云深处富人家》和《在那遥远的小山村》等反映白水寨的报道和报告文学，乡亲们都很感激你。现在进村路好走多了，有人又建了新房子，村子里也有了DVD小电影。"

与两位后生的重逢，又使我忆起了十三年前的白水寨之行。十三年前的春天，有朋友告诉我，在粤北始兴马市的猪洞迳（地名），有一个村子叫白水寨，寨前有一条白练七八十米高从半山腰里瓢泼而下，甚是好看。据说村子由此而得名。

想象着蓝天白云下，一条白练从青山中瓢泼而下"飞流直下三千尺"的景观，一向自称对摄影尚未发烧的我，也不觉心欲欲而手痒痒。可一直无暇前往，左拖右拖，好不容易在当年金秋时节的一个假日，来了个忙里偷闲，我和同伴阿明各驾一辆摩托车从始兴县城来到马市镇，再由镇政府办公室主任小李做向导，沿着省道1949线（即现在的省道S244线）向白水寨进发。

现在的省道S244线是平坦的沥青路面，可那时的1949线还是泥沙公路。车子一过马市大桥就开始爬坡，泥沙公路不时扬起呛人的尘埃。约莫爬走了半个小时，远远便见山坳中耸立着一幢三层高的彩色瓷砖贴墙的大楼，四周还有一丘丘绿油油的茶园。小李说这便是猪洞迳管理区办事处（即现在的村委会），也是镇区联办的猪洞迳林场。

我们穿过林场场部，约上行 1 公里，便从公路拐进往白水寨的山道。那山道又比1949线差了几个档次，坡陡弯多且急，路面被拖拉机扎成两条时深时浅的沟沟，摩托车只能"骑"在两沟间突起的路脊上，颇有点走在鲫鱼背的味道。"坎坷不平"是其最形象的写照。

哗啦啦的水声从前方传来，鼓舞着我们继续前行。终于，我们见到了久负盛名的白水寨瀑布——但随即却又有点失望，因为眼前那从半山腰飞泻而下的涧水，其实只能称为壁流或壁挂——水是顺着陡峭的石壁流下来的，而不是像瀑布那样凌空直落，而且，我们来时不是雨水充沛的春夏时节！

小李见我俩有些失望，便抬手指点着绿树掩映的白水寨，建议我们再上一层"楼"，到村子里去看看。于是，我们又驱车爬了百来米远，最低坡度也有45度之陡的"梯道"，来到了与壁流源头处于同一等高线的白水寨。

还在从省道拐进山道时，我就想过，这路这么难走，大山深处的白水寨一定是个贫穷落后偏僻闭塞的村寨，现在又要爬这么陡的"梯道"，似乎进一步印证了我的预测。

可是，当我们人车都气喘若牛，于晌午时分爬到村口时，看到的却是这样一番景象：黄澄澄的谷子晒在村口禾场上；五颜六色的衣衫飘扬在阳光下的晒杆上；电子音乐在整洁的村巷里回荡；形状不一的电视天线竖立在东南西北的房顶上。

见到有陌生人端着相机咔嚓地东拍西照，五六个小孩兴奋地跑前跑后做向导，并自告奋勇带我们到村后的山坡去拍村子的全景，这当中应有阿强和阿华。在村子的祖厅里，我们见到刚从山外回来，正在停放摩托车的社主任（村长）陈北均。他告诉我们，密林山中的白水寨海拔高约600米，是一个只有12户人家50多人的小山村，战争年代曾是我游击队的一个联络点。1992年以前，村里靠一条羊肠小道与山外连通，山高路远偏僻使这里落后闭塞，村民们在饱受肩挑背驮之苦的同时，还备受贫困的煎熬。"1993年春，我们投入1.4万元，发动乡亲们投劳，修通了从村里到北山公路（省道1949线）的2公里多长的山道，现在拖拉机可以开到村旁来了。"说到这里，陈北均笑了，又说你们可别笑话我们的公路这个样子，可它却是我们的生命线呀！生命线？我一怔，想不到一个农民能说出这么个词来。

围上来的几个村民争先恐后地说，这路不但是生命线，还是致富路呀，路通了，财路也通了，大山里的竹木资源得到了开发利用，村里竹木的年收入达2万多元，连以前小打小闹的竹扫生产，现在也批量生产了，每年每户人家都扎制竹扫1000多把，多的达3000多把，光这一项的收入户均就达3000多元。

村民们一边说，一边拥簇着把我们带到了管理区书记陈北明的家。40来岁的陈北明原是这里的社主任，因带领乡亲们开路致富有功，去年当选为区支部书记。平常多住在办事处的他，这天刚好回来收割大禾（中稻）。

陈北明说村里的收支往来透明度都很高，因此收多少用多少乡亲们心里都一清二楚。说到修路，陈北明说要感谢邓小平的南方谈话为改革开放带来第二个春天，不然打死他也不敢拿村里的1万多元钱的家底来修路，那可是村里多年的积蓄呀。现在路通了，电也通了，信息也灵了，因此致富的门路也多了，乡亲们种田都晓得讲科学，今年中稻亩产可达425公斤，比上年增产10公斤。村里在坚持搞好竹山抠育和种杉造林的同时，还试种了6亩白果。除了种，还养猪养牛养鸡鸭，"每户每年养猪4头以上、养牛2～6头，去年全村人均收入达2000多元。"陈北明如数家珍地扳着指头说："近年村里的松脂也全部由村里人承包采割，年产值在3万元以上。"

陈北明等人的一番话，让我理解了"生命线"与"致富路"的深刻内涵。就是这么条不起眼的、令人生畏的弯弯山道，为山村带来了翻天覆地的变化。我们发现，尽管身处大山腹地，可娃娃们的穿着打扮一点也不比平原地区的孩子逊色，"破、脏、旧"在他们身上找不到一丝痕迹，而且脸蛋儿红扑扑的招人喜爱。我们还看到，生产的快速发展，壮大了集体经济，使村里的公益福利办得有声有色：在不要村民负担一分钱的情况下，村里通了电、安装了自来水、修整了村巷村坪和祖厅，使这个在改革开放无一扇石灰墙的村子，成为村巷整洁、人和百业兴的文明山村。山路的修通，使村民的生活水平有了飞跃性的提高，1992年前只有陈北明家有一部半导体收音机，现在却家家有了电视机，有 3 户人家买了拖拉机、9 户人家骑上了摩托车，还有几户人家添置了音响。有了钱的村民还舍得花大钱送子女到山外去读书。

"乡亲们还不忘国家任务，近几年各种公购粮任务，年年都在全镇第一个超额完成。"小李的介绍，更让我对这富裕的小山村平添几分敬意。

好客的主人执意要我们共进午餐。鱼、肉、虾、笋一一端上桌来，陈北明一边频频劝我们搛菜喝酒，一边连连说，不知有贵客登门，事先没准备，对不起对不起。

一晃间，又过去 13 个春秋。其间，我以始兴县委新闻秘书、县委办负责人、县委督查办主任和《人民日报》、《南方日报》、《羊城晚报》、《韶关日报》、广东电台、广东电视台等近 20 家主流媒体的特约通讯员或特约记者及《今日始兴》记者与主编的角色，又走访了许许多多山村，如始兴境内的玲珑新村、沙路下村、围溪瑶民新村……及出外考察过的其他县外与省外的山村，耳闻目睹了改革开放带来的山乡巨变，看到许许多多从温饱线走过来的农民，正迈开大步向小康之路挺进。而印象最深的，还是那白云生处的白水寨。因为它是第一个让我无法（按当时的标准）找到贫穷与落后的山村。当年小李所说的国家任务，中央从减轻农民负担和予惠于民出发，已于 2005 年取消。

十多年过去了，我也已在四年前因工作调动，辞去了"始兴县委官方新闻发言人"的职务，离开了我为之奋战了十多年的新闻工作岗位。但与白水寨年轻人的巧遇，还是让我再次忆起了记忆深处的白水寨。记得十年前深春时节的一个春阳明媚的日子，曾有白水寨的乡亲托人捎话给我，邀我再去看看白水寨瀑布，说现在水量正足，又说村子有了很大变化。当时，也曾拟定计划要重访白水寨，但一直未能再成行。在纪念改革开放 20 周年时，我曾应多家主流媒体之约撰写过自己在此间的所见所亲历的有关改革开放成就的征文，其中以白水寨采风之行为主要内容的《在那遥远的小山村》一文，"以一村之见之变，反映全县乃至全省全国改革开放之貌"（评委语），在多家主流媒体中获得"改革开放20周年征文奖"。前年在马市镇见到当年的管理区支书陈北明，得知他已在整合后的陆源村委会任支部书记。老朋友见面，聊了好长一阵，提起当年的山村之行，两人都很兴奋和感慨。临了，陈北明约我："你若有空闲，我一定会陪你重访白水寨。"

阿强和阿华也邀我：有空再来白水寨走走呀，村子变化大着呢。望着两个年轻人渐渐远去的矫健身影，我再一次沉入了对远方山村的思念。哦，那遥远的小山村，在改革开放30周年之际的今天，你又是一番怎样的新貌？想必是和始兴乃至整个中国的许许多多的山村一样，在改革发展之路上越走越强健，也会更加美丽和更加富裕吧。

哦，白水寨，那遥远的小山村，我一定会再去看看你，看看你的新容新貌，看看你新建的小水电站，看看你新建的茶园，看看你那依然挺拔翠绿的群山……

2008年9月22日深夜写于车八岭听啸阁

车八岭的山水豆腐

　　吴晓得先生前天中午陪几位从广州来的摄影家在车八岭饭堂就餐，一道煎得金黄外焦里嫩的水豆腐，让客人赞不绝口，你一块我一块地连连下筷，一会儿就见底了。见此状，先生便吩咐厨房再来一盘，稍稍等待，又一盘香煎水豆腐上桌，未多久又见盘底，看来客人并非是出于礼貌的点赞。

　　车八岭的豆腐是寻常之物，它实际上产自于车八岭保护区大门外五六公里处的都亨圩，做豆腐的人把他的豆腐冠名为车八岭豆腐——让消费者觉得出自保护区的食品是天然的生态食品。当然，都亨是车八岭世界生物圈保护区的过渡区，产自那里的任何物品冠以车八岭的域名，都是符合情理也是合乎法规的。

　　车八岭豆腐，吴晓得先生吃得多，与其他地方的豆腐相比也确是好吃些，它以嫩滑、清气且有豆瓣的清香而闻名始兴全境，都亨圩里有一刘姓豆腐作坊，更是把豆腐的文章做到了百里之遥的始兴县城，在城里开店定点定量销售车八岭豆腐——每天只卖30板，让小城喜爱吃豆腐的人天天起早去候着，唯恐去晚了买不到，而车八岭保护区饭堂所采购就是刘老板的豆腐——定点采购呢。

　　先生思忖，这几个摄影家是走南闯北拍遍天下美景吃遍天下美食的"老摄郎"，他们吃过的豆腐何止百家千家，但他们说，这车八岭豆腐确是好吃，比他们以往在其他的农家乐或大酒店吃过的都要好吃。始兴是个客家县，乡村里的农家都会做豆腐，但做出的产品也确有好孬之分，做得不好的会板结、发涩甚至发溲，车八岭豆腐确是本邑中的上品。

　　其实，豆腐，也是吴晓得小时候经常吃的一道菜，它介乎于肉与青菜之间，有肉的时候它是素，无肉的时候它是荤。这又是一道穷人富人都爱吃的菜。豆腐最早见于文字的记载始于宁初陶谷的《清异录》，而最早记录豆腐做法的文字，应是南宋林洪的《山家清供》，文中不仅记录了"东坡豆腐"的详细做法，还把豆腐的另一种做法"雪霞羹"写得清楚明白，实在是让人读之肠胃蠕动口水盈腔。朱熹也曾作《豆腐》诗云："种豆豆苗稀，力竭心已腐；早知淮南术，安坐获泉布。"看来，这朱老夫子直后悔没有早些知道淮南王刘安发明的豆腐，恨自己初尝豆腐太晚，不然或可整个豆腐专业作坊，要比传道解惑开论坛收获更多？

也许，车八岭的豆腐得到了真传而做得如此的地道。下午，吴晓得先生路过都亨时，特地拐到都亨圩的刘记车八岭豆腐坊，探访豆腐发明者淮南王刘安的本宗嫡传传人大刘。

大刘刚刚从县城回来，问及做豆腐的秘诀，大刘说豆腐就是个平常的食物，特别是在我们客家地区的农村，只要有豆子产出的地方，更是家家户户都会做的一道菜，所谓"蒸酒磨豆腐没有老师傅"讲的就是这种情况。"我的豆腐，主要是选用产自大山里的黄豆，用山里的山泉水制作，我会很细心地把豆壳挑出来，以保证豆腐的嫩滑，同时，坚持不添加米粉等粉剂，不用陈年老豆以保证豆腐的豆瓣清香，这样做出来的豆腐，自然好吃呀。"大刘还说做豆腐真的没有秘诀，要的是用心专心。先生问这么好吃畅销的豆腐，怎么一天只做几十板，为何不扩大生产规模赚它个盆满钵满？

大刘说赚个盆满钵满谁不想呢？可一天就只能做这么多，添加人手的话又做不到我的味道，达不到自己的要求，做豆腐也要讲究掌握"火候"的，这个掌握只能靠自己体会的，这也可以说就是自家豆腐的制作秘诀吧。再说，产品多了，就不可能在早上九点前全部卖出去——豆腐要趁早卖，趁早吃，放置的时间长了就不新鲜，就会有发涩的可能，一旦有这种情况就会砸了自家饭碗，连现在的销量都没有了哟。大刘很认真地说："我不求量大，只要质量最好，现在到了始兴的人，谁不知道我的车八岭豆腐呢。"

不求量大，只要质量最好！好山好水好豆好人，这就是车八岭豆腐好吃的秘诀所在。吴晓得先生想，在许多人都在追求规模效应规模经济的当下，能专心致志地做好一件事做好一个产品，确是不容易——得心不浮躁才行哟，这或许就是国家所提倡的工匠精神的一种体现吧。

时至今日，豆腐的做法吃法已被美食家们发挥到了极致，除了香煎清煮，还有红烧油炸等等不一而足。先生想，要是朱熹老夫子获悉有车八岭豆腐这"豆腐中的战斗机"，是否要来一曲"我真的还想再活一千年"呢？是否要来一篇"等闲到了车八岭，万水千山美豆腐"诗章呢？

嘿嘿哟，车八岭的山水豆腐，谁吃谁知道，吃了，还想要！

2014年5月6日深夜写于梧桐山居

FOUR
第四章
山里山外

含　笑

　　吴晓得先生家楼下的护墙台地上有两棵四季含笑，是十年前大楼落成时住三楼的老马在入住后种的。种时花苗约有一米高，主干约有手指粗。含笑在不经意间长大长高，记不清是哪一年就长成了两三米高，且树冠大如巨伞。当然，这期间有老马的功劳和苦劳——初种时的头两年少不得要为其浇水除草施肥。

　　这是两棵四季含笑，青绿的叶子在阳光下泛着光泽，如白玉般指头大小的花朵藏在密密的叶子里，飘动着如香蕉甜味的花香。含笑花恰巧对着先生家的车房（停放摩托车、自行车的杂物间，当地人通称为"柴房"），每每经过，先生都会习惯性地深吸一口那醉心的花香，说："好香哟。"

　　住在楼里的人都喜欢这两棵四季含笑。五楼的一个阿婆有时会摘几朵刚刚开的花朵，并排插在发髻上，很有点老来俏的味道；小孩子们则喜欢摘一两朵藏在口袋里，时不时掏出来闻闻。吴晓得先生女儿上中学的时候每天要到车房里取或放自行车，也常常会摘几朵含笑用手绢包着，让手绢盈满着含笑花香。女儿说这是天然环保香，晚上看书时闻着这淡雅的花香，就有精神儿，心绪就宁静，学习就入神。

　　常青常绿的油亮的叶子，时常飘溢着甜味的花香，是这两棵四季含笑花特征。其花也特别的多，一年四季都开着花，其中春秋两季主花期更是繁花满树，老人采，小孩摘，总不见少。算起来，这两棵含笑也种了有十多年了，已渐渐成了大楼的标志之一。大楼里的户主常常在电话里对将首次来访的亲友说：进了小区大门往右拐，前进一百步，看到和闻到含笑花香的那栋楼就是了。前年秋，吴晓得先生到县城中学做文学创作讲座，闲聊中有两位老师得知先生住址后，不约而同地问起：您家楼下是不是有两棵四季含笑？先生笑问他们是否曾走访大楼里的亲朋。老师说不曾到过。先生惊讶其从何得知，老师说是从学生的作文里知道的。

回来后，吴晓得先生就做了个随机入户调查，这一调查，先生就更加惊讶，原来这十多年来，大楼里的孩子们都在作文里写过这两棵姐妹含笑花，老马的女儿更是在作文里叙述她父亲如何栽种护理四季含笑的；正在读高三的八楼的麦子丫头说在小学初中高中三个阶段都在作文里写过含笑花……嘿，这姐妹含笑花的知名度还真高啊！

可是，昨天下午，在春光明媚的春风里，先生却发现这两棵四季含笑被人齐头砍掉了，只剩下两个树头留在土里，那树头的直径约有二十厘米粗，伐口渗出一圈胶状脂汁，似眼泪般惨不忍睹——含笑变成了哭泣。问及左右，得知是老马砍的，说是准备换种两棵桂花树。先生想，桂花可在旁边种嘛，犯不着要砍了含笑；退一步来讲，就是没有地方种，也可以将含笑挖取出来种在他处。现在正是春季植树季节，这么可爱的姐妹含笑花，种在小区里、花园里，那该多好啊。四楼的大柱说，见到老马要砍树时曾劝阻过，可老马说含笑当初是他种的，现在换种桂花了。吴晓得先生听了，心里郁郁，挺纠结，叹了句："不晓得这老马就怎么成了萧何了呢。"

只可惜了那两棵高知名度的姐妹含笑花。

2012年3月12日于晓得斋

雀 巢

吴晓得先生居住的小区群楼之间的空间里，时常能见到成群的如小精灵般的麻雀嬉戏，它们时而穿楼而过，在群楼间画出优美的弧线或射线，时而栖息在某户人家的阳台上叽叽喳喳地雀跃欢歌。麻雀们知道小区里的男女老少都很喜欢它们，没有人会伤害它们，因而它们一点也不怯人，有时还会飞进住户家里去作客呢。

空闲时，吴晓得先生常常站在阳台上看麻雀们时飞时聚地嬉戏，有时还手持高倍望远镜观察麻雀，口中啾啁作声地吹着口哨，引逗落在近旁的麻雀。每每看到麻雀的身影，先生就想起去年夏天的雀巢故事。

那是初夏里一个阳光明媚的星期日，家里给女儿卧室换装空调——原来的用了十几年了，空调效果欠佳且噪音大。女儿"五一"回家休假时便订购了一台最新版的调频空调，并预约在月底拆旧装新。

月底，两名年轻的安装工人按约带着新空调来到家中，手脚麻利地对原有的空调先行拆卸，当室外主机的外盖打开时，小伙子"啊"了一声："里面有一个禾雀巢！"

禾雀是当地客家人对麻雀的通称。先生听闻，忙探身出窗外察看，嘱咐道："小心，别弄坏了雀巢。"

主机被小心翼翼地从室外抬进了室内，果然看到了筑在铁架盒子里面的雀巢：一个用羽毛、毛草、小树枝丫做成的雀巢。先生忙取来相机拍照，就在这时，太太指着窗外说："那儿有两只禾雀在绕着窗口飞来飞去。"

先生一看，果然是两只麻雀在绕着窗口啾啁叫着。先生想，这个雀巢肯定是它们的家，说不定里面还有它的孩子。于是，便小心地探手进去，嘿，还真的摸到了滑溜溜的麻雀蛋，轻轻把雀巢取出来，扒开一看，共有4枚比拇指略小满布褐色斑点的灰白色麻雀蛋。

不大的工夫，空调就换装好了。看着仍在窗外飞来飞去的两只麻雀，吴晓得先生有点后悔换装空调的时间早了些，要是迟一个月再换就好了——麻雀的孵化期仅11天到15天，且雏鸟出生15天以后就能飞出自行寻食。

见先生有些惆怅，太太说给麻雀安个新窝也许麻雀会回来的。太太取来新空调机的内包装软盒，把雀巢放进去，然后摆放在窗台上，对仍在不远处往这边张望的麻雀说："给你们安了个新家，快来孵蛋吧。"

麻雀似乎听懂了，没了刚才的焦躁，只是不敢飞过来。约一个小时后，两只麻雀中的一只，怯怯地飞近窗台，但并未敢停落下来，而是盘旋一下又缓缓地飞去。

麻雀，是吴晓得先生熟悉的小鸟，过去在乡村的屋檐、墙洞、树丫上，时常能见到雀巢，小时候他和小伙伴们用弹弓比赛打麻雀，还摸过不少雀巢。那时，麻雀到处都是，雀巢多到摸不完掏不尽。麻雀为杂食性鸟类，在夏秋主要以禾本科植物种子为食，育雏则主要以为害禾本科植物的昆虫为食，其中多为鳞翅目害虫。由于亲鸟对幼鸟的保护较成功，加上繁殖力极强，因此麻雀在数量上较其他鸟要多，这样在庄稼收获季节容易形成雀害。大概是因为这个缘故，1958年，中央政府曾一度将它列为四害之一，动员全国城乡居民，在规定的日期和时间内，统一行动，掏窝、捕捉以及敲锣、打鼓、放鞭炮，轰赶得它们既无处藏身，又得不到喘息的机会，最后累得坠地而死。事实上，在麻雀多的地区，害虫特别是鳞翅目害虫的数量明显要少于其他地区，由此可见麻雀们对农业生产的贡献之大。因此，当它们需要获得食物时，人类应当对这些大自然的生灵适当地慷慨一些。可惜的是由于过去我们对生态认识上的缺失，曾对它们进行过大规模的围剿，这不能不说是一种文明的遗憾。然而对这些生命造成真正威胁的，却是近二十多年来，人类大规模地使用农药，以及一些人令人恶心的饮食消费心理，使得麻雀大面积地锐减，有些地区甚至到了绝种的程度，出现了大范围的绝迹。而农药的泛滥，造成了如今农村难见麻雀的现象。城里特别是城市的公园、小区里，近年却能见到成群的麻雀，因为城市里没有施用农药。

那天，从中午到下午，吴晓得先生都不时地观望着窗台上的雀巢，希望看到两只麻雀入居新窝，继续孵化雀蛋，可那两只麻雀飞过来几次，都不敢落窝。深夜临睡前，先生还特意去窗台看雀巢，见4枚麻雀蛋还在巢中，只是那两只麻雀已不知其踪了。先生叹了口气，整晚都未睡安稳。

第二天一早，吴晓得先生过去看雀巢，可奇迹并没有在夜晚发生，只好带着一丝惆怅上班去了。傍晚时分，先生下班刚刚进家门，太太就告诉他雀巢里的麻雀蛋不见了！先生快步来到窗台，但雀巢还在，只是麻雀蛋不见了。先生想，早上上班前都还在，家里也不曾有过老鼠，这麻雀蛋怎能无翼而飞呢。细看雀巢，发现其中羽毛、毛草少了不少。先生打电话问乡下的舅爷。舅爷说那麻雀蛋肯定是那两只麻雀叼走了，它们可能用原来雀巢里的材料在附近搭了新窝。又说麻雀虽然生性活泼，胆大易近人，但警惕性却非常高，因此那两只麻雀是不会停落在你做的新窝里，一定是它们趁你们上班时把雀蛋叼走，重新安家了。先生听了，长舒了一口气，口里念叨着"好，安了新窝就好"。

过了十多天，吴晓得先生听到阳台附近有雏雀的喳喳叫声，循声细看，原来那雀巢就搭在阳台边上一棵簕杜鹃的枝丫里，四个小家伙正从巢中伸出没毛的脑袋，张着嘴要父母喂吃呢。啊哟，这可真是奇迹了！先生瞬间有种喜从天降的惊喜。那段时间，先生和太太有空就到阳台上去看小麻雀们，有时还洒点饭粒在花盆旁，好让大麻雀就近取食喂雏雀，不几天，小雏雀就长出了羽毛长齐了翅膀，又过十来天，四个小家伙便在父母的带领下学习飞翔了。

如今，吴晓得先生家的阳台上，长年都会有麻雀来搭雀巢，都会有一两窝麻雀出生；小区里的麻雀越来越多了，它们啾啁的歌声，在日益喧闹的小城里，有如天籁。

2012年6月6日深夜写于晓得斋

面　子

　　周日上午，风和日丽，吴晓得先生正打算出去采风拍摄时，接到老友梁山邀请到他乡下的老家走走的电话，便立即整装驰车前往。老友是邻县人，其家乡就挨着吴晓得所在县的边界，半小时后先生就到了在邻县郊区的梁山老家村口。

　　吴晓得跟着梁山在村前村后转悠了一圈后，来到了村东的河坝上。先生饶有兴趣地左看右拍，梁山却一副心不在焉的形态。吴晓得问"有事？"，梁山叹了口气说正是要讨教呢。

　　梁山最近为面子的事很烦心。面子是别人的面子，别人要面子，却又似乎是梁山把捏着他们的面子，也就是说是别人要梁山给他面子，给了他面子他便有了面子。

　　梁山去年初调到当地的一省级保护区管理处任职，保护区的自然资源丰富、环境优美，常有游客慕名而来。慕名而来的，还有许多领导带着他们的领导、属下、朋友、客人，以及家人。这些率众而来的领导，都是当地党政机关的负责人，他们每每一到大门，就要求门岗免费放行。其实，门票并不贵，当地人包括所随行的人，每人只收10元。而这些人，就是不愿意掏钱买票，于是，梁山就经常地，尤其是节假日，不分早晚地接到这些人要求免费进区的电话。

　　这些领导常对梁山说，不是钱的问题，是面子的问题，票价多少都可以报销的，不差钱，但丢不起面子呀！他们说，当着领导、属下、朋友、客人或家人的面，买票进门，太没有面子了——连进本地的保护区都要买票，说明混得不咋的，能力水平将受到大大的质疑啊。遇到稍弱点的就会说，你先免费放我进来，以后我再补票，给个面子好了。强势的，非但不买票，还张口要陪游陪看并请吃饭，既劳神损气还涉嫌违纪。

梁山初到任时，迫于情面，也为顺利打开工作局面，曾对诸多敢于要求免费进山的人，开了绿灯。但事后发现，免费对开展工作并没有多大帮助，很多的部门，梁山到他们那里办事，人家一点都不优惠，该收费的一分不少，这些部门的领导还打着哈哈说国家有规定要收的，就是去医院看个门诊，人家连挂号费都照收。更要命的，是职工对免票放行很有意见，因为这关系到单位事业的发展和职工的福利，职工们说我们收费也是国家许可的，有规定的，为什么就单方面要求我们免费！梁山的前任调离的原因之一就是免费放行太多，收入走低，以至拖欠职工工资。内困外扰的面子问题让梁山烦透了心，真是把梁山逼上了梁山。

看着梁山一副烦恼的样子，吴晓得先生笑道，面子谁都要，只是对于这种为露脸为显摆而死要面子的人，我只能不要面子地告诉你"我没有办法"。这些人，虽然外出时，一样老老实实地买票、规规矩矩地排队安检，但在这里，他们是把你的单位也当成了他的一亩三分地，尽管你的级别比他们中的许多人还高，可你在他们的地头上呀。

梁山说那就没有办法了？你得救我呀。吴晓得先生沉吟片刻，拾起一片扁薄的石片，躬着腰，忽地手一扬，石片就贴着河面如蜻蜓点水般地飞翔，划起一串涟漪。望着远去的石片，吴晓得说你来试试如何。

梁山便也找了块石片，可手一撒，石片随即就沉没水底，一连试了三次都如此。先生说你心事太重，找不准平衡点，其实，这面子的纠结也一样，找准了平衡点，也是可以化解的。首先你自个要敢于不要所谓的面子，你去有关部门办事，也别幻想着别人额外地给你优惠，别一去就找领导，按规矩该如何就如何，做得到吗？梁山说尽量做到。先生说你也只是尽量而已，如今，完全不靠面子行走于世间的不多，关键还是要找到平衡点，到你能基本做到不靠面子办事时，你就有面子了，就能轻装上阵，就像这石片一样，能在水面上如履平地地走得更远更持久。

"你们是如何应对这种状况的？"梁山又问。

吴晓得举起相机抬眼望了下透过林冠的春阳，说这其实也是我们常遇到的事，我们以往遇到这样的事，一般是以弱对强，说好听一点就是以柔克刚——首先把自己的面子拿下来，老老实实地跟对方说，这免费的事自己办不到，只有优惠没有免费，把自己的身段放低，承认自己没有能力也没有权力给予免费，自己都不要面子了又怎么给对方面子呢。不过，这种强要我们给面子的事，在党中央的八项规定出台后，少了很多，你这是新区，估计过不了多久也会清静下来的。

吴晓得说罢，随手又飞出一片石片，河面上霎时泛起六个涟漪，像一串意犹未尽的省略号，在阳光下微澜潋潋。

2013年5月26日早晨写于梧桐山居

关　机

　　一个阳光温暖的周末，吴晓得先生正在车八岭的梧桐山居书房里听着弦乐，一朋友来访。朋友刚刚从外地休年假回来，给先生带来了他乡的名茶。先生取来山泉水，好水沏香茗，不久，山居就在弦乐中弥漫着茶的芬芳。

　　品茶前，朋友说"关了手机吧"。朋友告诉先生：此次外出休假，他从出发的那一秒，就关闭了手机，在长达9天的假期里，坚持不开机，直到昨天回到家里吃过晚饭后，才打开手机。手机打开后，便有许多信息争先恐后地弹出，更多的是因关机而未接通的来电提示，粗略看了一下，共有近50条短信和220多个未接来电提示。朋友说没有去认真看短信的内容，更没有去看是谁的来电，统统的删除了。

　　朋友说因为没有电话的干扰，这次外出休假过得很悠闲，是一次全身心的真正的休假。先生问这么多天，就没有想过要打开手机来看看？朋友说想过，但没有看。朋友顿了下又说刚刚关机的两三天，实在是想打开来看看，特别是夜里没有其他事的时候，好想开机看看白天有谁打过电话来，有两次接通了电源，在快要搜索到信号时还是硬着心又立即关掉。

　　朋友在一个单位任职，平日里单位总有没完没了的事，不是下属请示汇报工作，就是上级来指示。以往在外休假时，总被工作电话追着，以致看的什么景点都没有一点印象，甚至有好几次，被单位的工作搞得提前结束休假。所以，这次休假，朋友便来个关机出游："我为什么要开机，我休假是经过批准的！休假期间，我就可以不去想工作上的事了。"

　　先生说不怕单位有大事时找不着你吗？朋友说能有多大的事啊，休假前该做安排的安排好了，该交代的交代了，就是有突发之事，也还有其他人在嘛，地球照样转着呢。那家里人担心怎么办？这好办，我每天晚上用餐前用餐厅服务台的电话打个电话给家里，告知已到了哪里，相互报个平安吧。朋友说着挺潇洒甩了下手。

先生想，自打有了手机这玩意儿，许多人就离不开手机了，小到刚上学的孩子，老到七八十岁的老人，哪天要是去到一个手机信号不好或者没有信号的地方，就会一整天都心不宁神不安。如今，大多数的人，也只是睡觉时才关机，且有许多人的手机是24小时开机的，唯恐哪一刻漏接了电话，要想找一两个用过手机的，特别是在单位做领导、在公司做老板的，让他们关机一天，怕是真的比登天还难；而有些人即使是关机，也还是留有其他号码让其亲近的人能找到他。

不久前的国庆假期，吴晓得先生也试着关机了三五天，不同的是，先生就待在家里读书品茶看电影及睡懒觉，过了几天免打扰的悠闲日子，感觉真爽。可是先生敢关掉手机，是因为家里的住宅电话是开通的，要不，还真是担心关机会误了事。而像朋友这样，能够坚持做到外出9天不开手机，那的确是需要极大的勇气和毅力。对大多数人来讲，关机，可能会比戒烟戒酒还难——这手机也有瘾啊，不信，你关机两天试试？！

但休息时关掉手机，确实能让人的身心得到放松。就像此刻先生和朋友关了手机品茶聊天一样，自在，而心无旁骛。

嘿，你有试一试的勇气吗？敢吗？

2012年10月12日深夜写于梧桐山居

童年的早读灯

深春里的凌晨，车八岭保护区突然遭遇临时停电，让原本早起想写写东西的、在黑暗中等电的吴晓得先生，想起了童年的"早读灯"。

吴晓得的童年是在乡村度过的。其时的乡村学校早上是要上课的，有早读课、早操和一节正课。早读课通常是自习，老师并不讲课，只是点名，若遇到有学生提问也予解答，有时也会带着学生诵读课文。早读课后便是早操，全校300多名师生列队于操场上，听着值周老师吹着哨子做操——20世纪70年代初的中国乡村和乡村学校，很多都还没有通电，也没有广播来做广播体操。早读灯，就是在没有电灯的年代，用于早读课时照明读书的灯。

早读灯多用在冬春两季。其时因天亮得晚，往往学生到了学校天还只是蒙蒙亮，而由吴氏宗祠改建成学校的课室里窗户又小，昏暗中根本看不清课本上的字。于是，便有了各式各样的"灯"。这些灯都是同学们自己做的，灯身大多是用墨水瓶做的，灯头则用装过"雪花膏"的小铁盒打孔或坏了的煤油灯头做的，灯芯用棉纱或布条或当地的"桶纸"（山民用嫩竹子做的土纸）捻成。灯身里装的都是从家里油灯里倒来的煤油，灯的形状不一，统一的是都没有灯囱，点灯时火苗忽左忽右忽明忽暗地跳着。冬春的早读课，每张书桌上都有一盏这样的灯。吴晓得很享受这种氛围，喜欢在这种灯火摇曳的意境里背诵课文。现在忆起，仍感觉那灯火的温暖。

吴晓得也有一盏早读灯，只是那灯不是用墨水瓶做的也不是烧煤油的，那是用一个大号的百雀羚雪花膏盒子做的，盒子装的不是煤油，而是中成药的蜡质壳"丸子壳"熔化后的蜡。这种灯简便易做，用盒子装上"丸子壳"，放根棉线掺入蜡壳中，把盒子搁在小火炉上，将蜡壳煮溶便成。以后有了新的蜡壳则可直接放到盒子中，点灯时，火苗就可将蜡壳融化成为补充能源。这灯携带也方便，熄火后稍待片刻，蜡便凝固，合上盖子就可带走。但这种灯全班就吴晓得独有，那是因为当时蜡丸壳和大号的百雀羚铁盒子都稀罕。吴晓得所用的蜡丸壳，是用星期天去山冈上采挖的稔树头、金银花等中草药到大队(村)卫生站换的，百雀羚盒子则是母亲用完雪花膏后得到的。其实，做灯的时候，盒子里还有些雪花膏，从不搽雪花膏的吴晓得便主动地搽起雪花膏来，且加大用量和次数，使盒子很快便空了。吴晓得很喜欢这盏灯，每次用后都小心地盖好，然后合握在手心里，灯的余热便瞬时传遍全身，温暖着一颗求知的童心。吴晓得很珍惜这盏灯，蜡壳不知用了多少，而百雀羚盒子一直没有换过。这盏灯陪伴着吴晓得背熟了好多课文，背熟了毛泽东的所有诗词——那时唐诗宋词还没解禁，能读的就是"毛诗"。

三年级的时候，吴晓得还有一盏在同学们看来更"豪华"的早读灯。那是用一节特大号电池加电胆（手电筒灯泡）做成的早读灯，电池是摇把式电话机换下来的旧电池，约二十厘米高八九厘米粗。过去的摇把式电话机都配有两节这样的电池，有天邮电局的工作人员到村里的大队部更换电池，吴晓得碰巧经过且手里提着一只刚刚捕获的八哥，便用八哥换了一对旧电池。电话机不能用的电池，因其储量大，接上电胆后还能用一段时间，吴晓得便用这电池做了盏早读灯，两节电池轮换着用，用了好几个月。这盏灯，光点稳定，亮度也大些，在众多的早读灯中有如明月，让吴晓得秀了好长一段时间，很是得意。

受这盏早读灯的启发，吴晓得后来还有了一盏很有"创意"的"夜读灯"。吴晓得叫会木工的二舅做了个可装八节一号电池的木匣子，连接好线路，成了一个用八节电池的"木匣电筒"，用收集到的旧电池做能源，做成了一盏"夜读灯"。这灯太笨重了，只能放在家里作晚上读书之用。而早读灯，在用完特大号电池后，吴晓得又用回能给手心带来温暖的百雀羚早读灯，一直用到学校里有了电灯。

"来电了！"随着窗外早起行人的一声欢快呼喊，书房瞬时明亮起来。望着书桌上的台灯，吴晓得先生想，那童年的早读灯，虽然远没有现在的台灯漂亮和光亮，却是自己在黑暗中寻求知识的启蒙明灯，是自己初入知识海洋徜徉时的一座灯塔，是它照亮了自己人生前进的道路……

哦，童年的早读灯，温暖求知童心的启蒙明灯。

2014年4月26日凌晨写于梧桐山居

橙子的味道

朋友来找吴晓得先生品茶聊天，带来一箱与车八岭保护区一山之隔的赣南脐橙。那橙子黄澄澄的色泽诱人，呈鹅蛋形，但要比鹅蛋大得多，每个都有半斤以上。先生拿起一个橙子对着阳光瞅了好一会儿，说这橙子看来下树有半月之久了，正是品尝的时候呢。说着，将手中的橙子在手心里轻轻地搓揉片刻，慢慢地剥开橙皮，一缕香甜的气息瞬时弥漫开来，沁人心脾，一瓣入口，香甜的果汁立刻充盈口腔。品尝着橙子，先生跟朋友说了个橙子的味道的故事。

前年冬，吴晓得先生与阿强、小林徒步穿越车八岭自然保护区的亚热带常绿阔叶林森林，来到车八岭边界的赣南乡村采风。这里是闻名全国的脐橙之乡，临返家时，赣南的朋友送给他们每人一篓刚刚采摘的脐橙。赣南的朋友说，这橙子刚刚下树，水汽还重，还有点酸，回去放半个月后再吃风味最佳。回来后，先生把橙子放在贮藏间，过了半个月，便拿了一个，细细地剥开来吃，嘿，那味道确实不错，糖分足，汁多且又甜又香又爽，比半月前在赣南品尝时好吃得多。此后，先生每天晚饭后便取两个出来，与太太分享。太太还发明了在橙子上方开个小口，用小勺子掏着吃的吃法，吃得津津有味。一篓橙子连着吃了十来天，那甜香爽的味道给吴晓得留下了深刻印象。去年冬，先生邀阿强和大明再去赣南采风，打算买几篓脐橙回来。阿强说，那橙子并不觉得好吃，"酸"。小林说那橙子徒有虚名，味太淡，除了汁多没什么味道。

朋友说一样的橙子，怎么吃出三种味道来呢？先生说当时我也很奇怪，一番细问，才算弄了个明白。

原来，阿强认为水果就是要趁新鲜吃才好，橙子拿回家的当天就开始吃，其家里有老少七口人之多，一次就能吃四五个，一篓橙子三五天就吃完了，橙子的糖分都还没转化过来，甜香爽的味道也还没有出来，当然是酸味重一些。而小林回家后，把橙子放在角落里，后来就把橙子给忘了，直到一个月后才无意中找出来，因为角落里不通风透气，橙子开始有点萎缩起皱了，小林与妻子挑出那将坏未坏的橙子切来吃，此后每天检视一遍，发现每天都有将坏未坏的，便将那不好的挑出来切了吃了，整篓橙子，他俩就没有吃过一个好的！所以，那将坏未坏的带点腐味的味道，便成了小林对脐橙的印象了。因此，就有了同一种橙子有三种味道的故事。

朋友说要是小林一开始能将那萎橙子全部清除掉，挑最好的来品尝，虽然会少吃几个，但橙子的甜香爽的味道还是能享受到的；而阿强则是经验主义，且性急，为着尝鲜而没能品尝到橙子的最佳风味，还就此断定橙子是酸的，从而失却了对脐橙这一优质水果的认知。

先生说又何止是橙子呢。如今，对事物的认知，又有多少人像阿强和小林一样，都是如此地凭自己的"亲身实践"来判断事物的对与错、好与坏，全没想过这所谓的"亲身实践"的源头本身也会有缺陷，方法也有问题，却张口闭口说：我亲自如何如何。

吴晓得先生说罢，又慢慢地剥开了一个橙子，掰了一半递给朋友。朋友说像这样把橙子剥开来吃的人很少了，现在的人追求快，吃橙子多是用刀切，果汁失却了许多，果香就基本上没了。先生说："过犹不及，欲速不达，两千年前孔子早有教诲，做事如此，吃橙子何尝又不如此？"

"哎，剥开吃的橙子可真是又甜又香又爽啊！"朋友赞道。

嘿，聪明的，你品尝出的橙子的味道又如何呢？

2012年12月25日深夜写于晓得斋

捎　客

　　深秋的下午，吴晓得先生和太太驱车出了车八岭保护区大门，穿行在粤北的大山中，浏览着沿途的山间景色，颇有些心旷神怡，很是惬意。

　　突然，前面山边村子的路边站着一男一女，男的伸手示意拦车。吴晓得常走这条线路摄影采风，认得男的是村里的支书，便叫太太把车缓缓停下。支书说要帮他捎个客到四十外的镇里办事。女子是个短发少妇，一副在山外务工回家省亲的模样。通常情况下，吴晓得的车是不捎陌生人的，此次既是相熟的支书拦车，且是在行车线路的半途上下车，顺道，便打开车门，让那女客坐进了越野车的后排。

　　车上来了个陌生人，且在这有限的车厢里，先生和太太一时沉默起来，没了刚才见景说情的兴趣——太太专注地开着车，先生则把手中的相机塞入了摄影包，听着CD里的音乐，微闭双眼对窗外一掠而过的景色似看非看。

　　就在这时，上车不久的女客打起了电话，开始，她说话音量不高，可没说到一分钟分贝就达到了噪音的标准。女客的电话一个接一个，从"被旁听"的内容来看，女客在山外可能是有自己的店铺或公司什么的。她最初的一两个电话说的是当地的方言，很土很地道的方言，证明她确是这大山里的人。接下来的几个电话讲的则全是广州话，讲的也还算流利，说明她在珠三角已务工多年。女客旁若无人地打着电话，音量分贝居高不下，这，简直把吴晓得先生的车厢当成自个的办公室了。

　　起初，太太以为是音响的声音大了些，让女客听不清电话，便将音量调小，可一直调到近乎静音，女客讲电话的声音仍然一声高过一声，好几次讲到激动时还用手拍打着吴晓得先生靠着的椅背。太太不觉拧起了眉头，侧过头看了先生一眼。先生读懂了太太的眼神：这女人跟你很熟吗？怎么就像在自己家一样？先生只得很无奈地耸耸肩摇了摇头，索性把音响的音量调大，免得"被旁听"。而那女客却像丝毫不觉，继续高声地嚷着，持续不断，超过了吴晓得先生容忍的底线。先生好几次想开口叫女客小声些，但想想她也许很快就会说完就又作罢。可没想到这女客的电话也实在太多了，在她搭车的四十多里的行程中，除了刚刚上车的两三分钟，其余的路程都是在不间断地接打电话的，直到车子缓缓停靠在她要去的地方，她才挂断了电话，匆匆走下车去。

先生和太太同时长长地叹了口气，这一路过来二十多分钟的"炮轰"，"炸"得吴晓得和太太头皮都快焦了。先生使劲地把头甩了几个来回，像是要把"被旁听"的内容甩出去！太太见状说要是你捎她前先把游戏规则说清，告知不得影响和打扰车主，不得高声接打电话，那就不会这样难受了。先生说这是常识呀，还用得说？太太笑道："酒后不得驾车，公共场所不得吸烟，这不是常识？不还得发文搞强制执行？"望着欲语未言的先生，太太轻拍着他的肩，轻声说："你这书生气哟，不过我可不希望你丢了这书生气，你晓得哦？"

车子又飞驰起来，太太把车窗全部打开，让清爽的山风灌满车内。吴晓得先生迎着风冲窗外吼了一嗓："我晓得喽！"满肚的不快随之呼了出来，随风而逝。

醉心的秋色再次扑面而来，先生又端起了相机。

2012年10月6日深夜写于晓得斋

FIVE 第五章
心系吾山

上　任

在经历了近三个月之久的推荐、考察公示、考察、任前公示等一系列的组织程序后，2005年1月5日，广东省林业局以新年第1号人事任命文件，任命了广东车八岭国家级自然保护区管理局第一届班子成员，我为管理局副局长，副处级干部。

7日上午8时，始兴县委常委组织部部长带着我，驱车40多公里来到车八岭保护区，参加省林业局在这里举行的任命大会。省林业局来的领导有省保护区办届主任、省林业局人事处管副处长等一干人。届主任在会上宣读了省林业局党组关于车八岭国家级自然保护区管理局班子成员的任命文件，并宣布从即日起，原车八岭国家级自然保护区管理处升格为管理局，单位格局由副处级升格为正处级。接着届主任就保护区的重要性，全省乃至全国自然保护区的发展态势作了简要的介绍，特别是对领导班子团结协作的重要性作了一番讲话，勉励我们要精诚团结，要互相补台，要有好戏连台。

车八岭对我来说并不陌生，在县委办工作期间，我就经常陪同有关领导、专家及新闻界的朋友到此考察、参观和采访，车八岭的建设与发展我都较熟悉和了解，我曾有过一天中三入车八岭保护区的记录——当然所陪同的是三批不同的客人。在我从事十多年的新闻工作中，车八岭也一直是我采访报道的主要地方，现在仍存放在车八岭博物馆的关于车八岭的许多新闻报道，很多就出自本人之手。我曾做过粗略统计，在市级以上媒体中关于车八岭的报道，从1990年开始到2004年底，我有六十来篇（包括广播电台用稿），平均每年4篇。关于车八岭发现华南虎的最后一篇报道《车八岭又见华南虎》，也是我于1998年采写的，这篇文章还获得了《南方日报》年度好新闻奖。车八岭的职工对我也很熟悉，这里还有我七八个学生呢——20世纪90年代初始兴县林业局开办了"中央农业广播学校始兴林业中专班"，每届两年，连办了两届。我在这个中专班里担任四门林业专业课的授课老师，两届中专班有近百名学生，这当中就有由车八岭负责人率队参加学习的车八岭的七八名学员。因此，初到保护区任职，很多人都习惯叫我吴老师、吴记者或吴主任。

我在任命会上作了表态式的发言。一是讲自己会尽快转入新的角色，正确站好位置，协助局长积极开展工作；二是简要谈了对车八岭的认识；三是希望车八岭的全体员工支持我在新的岗位搞好工作；四是谈了对届主任"互相补台好戏连台，相互拆台一起垮台"的认识，表示会与班子成员一起团结协作，一起努力，把车八岭保护区的事业推上一个新的台阶。我的表态发言获得了与会者的热烈掌声。我想，这掌声就是对我的接纳和认可。

由于临近春节，加上原单位的工作交接还没有完成，因此，任命会后，我还在原单位始兴县委办工作了一段时间。这段时间是我在县委机关工作十多年来最轻松的时光。

快乐的时光总是稍纵即逝的，一晃间十多天过去，到了要去车八岭上任的时间。县委对我前去上任很重视，特意安排了县委办和组织部的领导送我前去上任。

新成立的车八岭保护区管理局召开了第一次全体干部职工会议。我在管理局的第一次会议上说，我与林业有缘，与车八岭有缘，与在座的各位有缘，希望能得到各位同事的支持，能与各位一同努力，把保护区的事业推上一个新的发展时期。并希望在这一进程中，与各位除了同事关系，还要在此基础上成为朋友和兄弟。我的讲话很简练，这是多年从事新闻工作的结果，新闻报道是力求用最简练的字语来把一件事说清楚的。新同事对我的讲话报以热烈的掌声。我的"就职演说"由于简短，许多的同事会后仍记得我当时的讲话内容和形态，说是简单好记无花腔。同事的认可令我很受用，在此后的会议上，我的讲话都坚持了这一风格：简短，明快，好懂，易记。

会议宣布了对班子领导成员的分工，我负责办公室和科研宣教工作。从这天起，我就算是正式告别工作了十几年的始兴县委机关，到深山老林的车八岭自然保护区上任了。

哦！车八岭，你让我又回到了"林家铺子"。

2005年2月16日深夜写于车八岭啸阁

慰 问

　　2005年春节，是我到车八岭保护区管理局任职后的第一个春节。根据单位春节期间领导值班安排，我被安排在春节期间的大年初一到年初四，和我同一期值班的是办公室主任老蔡。其实，这值班是在县城值班，但要进山去检查和慰问，我与老蔡约定年初二去单位慰问值班工作人员。

　　大年初二一早吃过早餐，妻子和女儿跟着我一起准备进车八岭山区去。她们以前也去过车八岭了，但那时是作为游客，现在是作为车八岭保护区的家属。我知道，她们是关心我，想亲眼看看我工作的环境和吃住的环境如何。出发前，妻子还准备了很多吃的东西，说是带给值班人员尝尝。

　　我们在老蔡家的路口接到老蔡。老蔡早就把慰问品订好了，车子一到商店，店里的员工就搬上车来。车子驶出县城后，老蔡又在一爆竹经销点买了2盘团炮和好几包长长的排炮。老蔡说，团炮是进单位在大门口放的，新年第一次进山，爆竹一定要响要红！

　　车子一过顿岗，就从始兴平原驶入了始兴山区的公路。山区弯多坡陡路窄，沿途散落的村落里不时有成群结队的村童在路边、田野或溪畔、山坡上放爆竹和烟花，很有乡村的年味。再往前，村落渐少，人也少了，有时好几公里才出现一个小村落……路上的景色不错，但妻子有点被转来转去的山路甩晕了，顾不上欣赏，女儿则可能是晚上看春晚的节目太晚了，正眯着眼打盹儿。

　　车在驶近车八岭正在改造路段时颠了起来，大家立马打起精神坐直了腰，没多久，车子就到了车八岭保护区北大门。节日的车八岭也作了一番打扮，彩旗在轻风中飘扬。车子刚在大门外停稳，在大门值班的工作人员马上就跑了过来高喊："新年好！"

我立即迎了上去，紧紧握住他们的手，连声说："大家新年好，辛苦了！"然后掏出香烟，一人一支地派发。

老蔡在一旁说"吴局长来慰问大家了"，一边说，一边把团炮从车上捧下来，指挥着挂在大门顶上，挂好后便叫我点火。我慢慢地走近鞭炮，把住头稍理好引线，然后轻轻地将手中的烟头移近引线，看见"咝——"的一声引线点燃了便回身快步跑开……然后面对正燃响着的鞭炮，心中默默祝愿：吉祥！如意！顺利！

整挂团炮足足响了两三分钟之久，那响声响彻山谷，回声荡漾。我们在弥漫着喜庆的爆竹香味中，对北大门的樟栋水保护管理站的值班人员进行了慰问，在简易的值班室里与他们交谈，了解春节期间的情况……当听到区内秩序良好，治安稳定时，我高兴地说："辛苦你们了，谢谢大家！"

随后，我们就进入到距北大门一公里远的保护区管理局。管理局张灯结彩，一派节日景象。此次局机关共留有3人春节值班，加上旅游公司和餐厅的值班人员，共有七八号人，留守值班负责人小肖及其他人员早就等在管理局的操场上，见到我们立即迎了上来。我大着嗓门对大家说："新年好！大家辛苦了！"老蔡也高声嚷嚷："吴局长一家人来看望大家了！"

闻此言，妻子和女儿也赶紧下车来，笑吟吟地和大家打招呼，问好。大家见到我的一双已念高三的女儿（是的，我有一对双胞胎宝贝女儿），再回头看看我妻子，竟齐口道："就像三姐妹哟！"妻子听了，既高兴又有点很不好意思地笑了，见到有个职工七八岁的小女孩过来，马上递上一个红包。小女孩接过红包，笑嘻嘻地说：谢谢阿姨，阿姨新年好！

大家帮手把东西从车上拿下来，老蔡便分发着慰问品。然后，我便带着妻子和女儿来到操场边三楼住所。按照当地的风俗，我于开门前也在门口放了两挂特红爆竹，那红红的爆竹纸瞬时铺满门口，一派喜庆洋洋的年味。居所很小，总共不足二十平方米：前面是一小客厅，里间是卧室，卧室旁还有一间与卧室一样大小的洗手间。

趁着时间尚早，我和老蔡两人又驱车下到细坝、车八岭和企岭下三个保护管理站去一一慰问，每到一处，大家都很高兴。从检查的情况来看，整个区内春节还是很平安的，秩序也好。我感到很欣慰，又提醒值班人员要注意在山边放爆竹对森林安全的潜在危险，他们都表示会加强这方面的巡护，保证不会出现因放爆竹引发森林火灾的情况，因为当地的老百姓对森林防火的意识很强，警惕性很高。在我去保护管理站慰问时，妻子和女儿娘仨就在管理局四周走走看看，女儿还拍了不少风光照片。

回到管理局已中午时分，餐厅已做好午饭，我和局机关全体值班人员一起共进午餐。菜色挺不错的，有鸡有鱼，有始兴特色的腊味，还有酒，真是个菜香酒浓，大家聚会一堂，欢声笑语连连，颇有山区年味。席间，我几次向大家敬酒表示谢意，不太喝酒的妻子也站起来向大家敬酒说：我家先生新到车八岭工作，多谢大家对他工作的支持。

饭后，女儿在三两个女员工的陪伴下到溪边放烟花，一边玩一边照相。我在居室里沏茶喝，妻子在里间忙这忙那地收拾房间，说我的房间太乱了，桌上床上凳上满屋子都是书，就像单身汉的房间，我说在这儿我不就是个单身汉嘛。妻子听了想了想，笑道："还真是呢。"

回家的路上，女儿姐妹俩在翻看所拍的照片，看着看着，小丫说：老爸，你今天到单位慰问值班工作人员，我们和妈妈是到你工作的新单位慰问你呢。女儿的话令我感到亲情的温馨，良久，我才缓缓地说：谢谢你们啊，这就是你们对我到新的工作单位的有力支持啊！

2005年2月26日深夜写于晓得斋

山里人的市场

今天到村子里走动走动，一是去了解社情民意，二是顺便把前两天托扶贫联系户帮忙买的山灵芝捎回来。

下午四时许，我驱车来到保护区内最大的汉民居住的车八岭村民小组。此时已是仲秋时节，村民的大禾早已收割入仓，村头还堆放着不少的冬瓜，那一堆堆带有白霜的呈圆球状的冬瓜静静地卧伏着，每个看上去都有20斤以上。几个村民男女搭配着在村大门口打拖拉机（扑克牌的一个玩法），显现着山里的悠闲。

我的扶贫联系户添古的家就在他们牌庄的后面，与村民打过招呼，我便直接走进添古家。添古刚调贩冬瓜回来一会，此时正躺在厅里打盹。听见我进屋，添古赶忙起身泡茶。

添古年龄约四十七八，儿女都不在身边，今年春被村里和管理局定为我的帮扶联系户，他家的主要经济收入是种果、种冬瓜和水稻，由于缺乏发展资金，所以家里的收入很一般，低于村里的平均水平，故被村里定为贫困户。

添古今年有了一些新的动作，那就是在我的鼓励下当起了当地农产品的经纪人，近一个多月来，他已与他人合作，调贩了十多车的冬瓜外销到韶关等地，计有一百来吨。添古说："今年冬瓜行情不好，价格比去年低了一半多，卖到现在每斤才七八分钱，且二十斤以下的老板不要，村民由此少了很多收入，迟熟的冬瓜每亩的毛收入才不到一千块钱，产量低的仅六七百元，除去成本就所剩无几了。"

添古自己种的冬瓜收得早，每亩收入有2 000多元，家里共种了4亩多，此项的收入有9 000元，再加上调贩冬瓜的收入，达到扶贫的年度脱贫目标应该没有问题。添古感叹山里的市场太小，实用性的信息不灵，加上农产品不耐储存易腐烂变质，因此常受外地老板的要挟，收购价基本上是由老板说了算，是真正的买方市场，村民只有决定卖还是不卖——不卖就只好烂在田里。他作为经纪人只是得其中的"手续费"而已，每车约100元。

我和添古谈起村里正在操办的"冬瓜生产合作组织"的事，现在框架搭起来了，但要真正运作要等到明年春。或许有了这个组织，明年村民的冬瓜要收入好一些。

临别之际，添古拿来我托他帮忙采买的灵芝。那灵芝真不错，一看就是真正的深山野灵芝，估计在山外的市场能卖个三百到四百来块钱。但添古只收我280元一斤（他到农户家收购时就是这个价），我要了2斤给了他600块钱，他坚持要找回我40元。并说：我不能乱了山里的市场。我只得依他。

在回单位的路上，添古朴实的话让我回味良久，琢磨要怎样才能把山里的市场搞活，让山里村民的农产品、土特产品都变成商品，有效地增加收入，推动山区经济的发展。

2010年9月19日深夜作于梧桐山居

醉心乡情

国庆长假节后上班的第一天，我驱车到80里外地处大山深处的车八岭保护区管理局上班。中午时分，在离单位七八公里时，我在路上又见到正往回家路上走着的刘老先生，我忙停下车来，把老人搀扶到车里坐好。车子重新启动后，老人笑眯眯地告诉我："我今年92岁了。"我知道他耳聋听不到，就让他自己说下去："我每日都出门行走二三公里……"当车子到了村口时，他竟然说往前开，前面有地方可以掉头的。看来，老人的心脑还真不错呢。

刘老先生是我结交了十多年的"笔友"。十多年前，我在县委机关工作，负责新闻报道并兼办县委机关报《始兴报》。一天，我收到一封来自都亨乡的读者来信，来信人自称姓刘名圣贤，是一介村夫，有七十多岁，虽耳聋但目明，故平时喜好读书读报，对《始兴报》更是偏爱有加，每期必读，因漏看了一期，便按报纸编辑部地址写信给我，问能否寄一张16期的《始兴报》给他，随信寄来的还有一枚20分值的邮票——供我回信和寄报纸用。我阅信后大为感动，为自己的工作被一个七十多岁的老人关注，为所编辑的《始兴报》受到读者的喜爱……我当即回信给他，感谢他老人家对我们工作的支持，找了一份16期的《始兴报》和两本稿纸及一版（30张）20分值的邮票，一同寄给他，欢迎他多写信给我和编辑部，请他为当地多做宣传。同时，嘱咐编辑部以后每期报纸都直接寄一份给他。

老人家收到报纸很高兴，很快又给我来信，感谢我给他的报纸、稿纸和邮票，表示会好好学习多多写信。此后，我不时收到他的来信，他在信中多数讲些对《始兴报》刊载的文章的看法，有时也讲些过去的事情。老人家毕竟年纪大，有时写了前面忘了后面，或者是想到什么就写什么。但我想，老人家有这样的热心很难得，因此每收一封信，我都会尽可能及时地给予回信。就这样，我们一老一少就成了忘年之交。

有一年冬天，我下乡到都亨乡，乡文化站的刘站长来找到我："今天终于见到你了！这冬菇是老父亲叮嘱我见到你时一定要送给你。" 刘站长高兴地说。我挺纳闷的，初次见面的怎么……刘站长说你是不认识我，可我早就认识你了，始兴的大才子——大名鼎鼎呀，更主要的是你是我老父亲的朋友呀。哦，我终于明白了，他是刘老先生的儿子。并得知刘老先生最初就是在乡里的文化站看到《始兴报》的，而且，每次看报后老人家都义务地向身边的其他乡亲做宣传，让大家都能及时地了解县里的新鲜事。大概是老人家从《始兴报》中看到我经常下乡到各地去采访，因此想到也有到都亨采访的时候，便叮嘱他儿子把冬菇带到乡政府寻机会送给我。我收下了凝聚着老人家厚重心意的冬菇，然后郑重地提笔写了张"收据"：刘老圣贤先生，您老的冬菇已收悉，谢谢您。天气寒冷，您多多保重身体。祝您老身体健康，长命百岁。我在收据落款处签下自己的名字，然后掏出一张100元的人民币和收据夹在一起给刘站长，说："你父亲给我的冬菇我不敢不收，也不敢说买，因为你父亲的情意是用多少钱也买不到的。这钱是请你回家时帮我买些你父亲喜欢吃的东西回家去，代我向他问好，下次有空我再到家里去拜访他老人家。"刘站长接了"收条"却不肯接钱，在我的再三要求下才收了起来，嘀咕着说，回去父亲肯定要骂我呢。

不觉间，我与刘老先生通信已有近七八年之久，但却一直没有机会见面。一次刘老先生的来信说，在报纸上见到我的照片，模糊看不清楚，想要一张我的照片，好清楚地看看我的相貌。我找了一张于1998年春到车八岭参观博物馆时与华南虎（标本）的合影，一同回信寄给他老人家。其间，我还从他来信中整理出几则笑话刊登在《始兴报》的文艺副刊版上，老人家收到报纸和采用稿稿费通知单后很是高兴，写来长信一再表示感谢。后来，或许是随着年龄的增大，写字越来越吃力，他的来信也渐渐地少了，但每年还是有两三封左右。

五年前，组织上调我到离刘老先生家仅七八公里远的车八岭国家级自然保护区任职，他知道后十分高兴，在信中连说是好事。2006年春节的大年初二上午，我到单位进行节日慰问，这一次，妻子、女儿和我一起进山来了，用女儿大丫的话来说就是"老爸去慰问值班的工作人员，我们来慰问老爸"。中午时分，当我从各保护站慰问后回到管理局球场时，远远看到妻子和女儿正与两个年逾古稀的老人家聊天。见到我走下车来，女儿小丫高兴说：看，我老爸回来了！

已上大学的大丫小丫告诉我，这位阿公说他是你的老朋友，给你写过好多信的，刚才他还给我们看过你写给他的两封信呢，他们来了有好一会了。两位老人用慈爱的眼神笑眯眯地打量着我，其中一个高声喊着说：好，好！说好的人就是刘老先生。这是我第一次见到刘老先生，他个子不高，胖胖的，脸圆圆的，满脸福相。老人家说，他从我的来信中知道我去年年初二曾到单位慰问，估计今年也会来，所以今天就来了——想见见你呀。"我耳朵聋了打不了电话，但我有办法找到你。你看，我见到了你，还见到了你的家人。"刘老先生高兴地说。我闻言既高兴更是深感惭愧，自己到这里工作也有一年多了，总因工作忙而没抽空去看看老人家，实在是不该哟。特别是听到老人说是一早从家里走了六七公里山路过来时，更是感到内疚。那一年，老人家已八十八岁高龄，与他一起来的，是都亨墟里的刘裁缝，也有七十多岁了，两人是几十年的老友记了，春节前就约好了时间来保护区看我。刘老先生告诉我，他每天都从家里走到都亨墟去，风雨无阻地每天一个来回三四公里，走惯了，因此今天走了六七公里不觉得太累，歇歇就好，再说现在的公路好走多了。七八十岁的老人走六七公里山路，对许多城里人来说都是难以置信的事，但他们却一步一步地走了过来，而且他们还带来了家里产的橘子，真是令我感动。

大丫小丫姐妹俩带着老人这里走走那里看看，还不时给老人拍照留影，逗得两位老人好开心。午餐后，我要送两位老人家回去，但他俩执意不从，说是会晕车的，要走着回去，我只好目送着他们走了好远好远。

此后，每年春节上班后，我都要到村里去看望刘老先生。今天车一到村子，便见到刘老先生的儿子刘大哥候在家门口等着。午饭已做好，刘大哥拿出一支"轩尼诗"酒，说是中秋节时外甥送节时送来的。我叫他收起来，因为"轩尼诗"对我来说并不曾少喝，但对刘大哥来说就较少喝而显得珍贵了，从这酒也足见刘老先生家人待我的诚意。刘老先生父子却执意要开：这酒就是等着你来喝的呀。席间，老人家递给我一张照片，我接过一看，哦，正是当年我寄给他的——于1998年（虎年）到车八岭参观博物馆时与华南虎（标本）的合影，今年又是虎年，看到自己十二年前的模样，看着刘老先生笑如雏菊而慈祥的笑脸，看着老人家小心细致地把照片收起来，心中很是感慨，不觉间便多喝了两杯，用酒色遮掩心中的愧色。

临别之际，正当我找刘老先生告辞时，却见他手里提着个黄色的塑料袋从村旁的橘园走了过来。老人家急急地走前来气喘吁吁地说："这是家里产的橘子，我刚刚摘的，你尝尝，大吉大利哦！"我双手接过橘子，向老人家深鞠一躬喃喃地说："谢谢您哟，让您受累了，真让晚辈受之有愧啊！"

一阵沁人心脾的清风从山谷深处徐徐拂面而来，让我深深地醉入其中。是的，我醉了，我心醉了哟，醉在这浓浓的乡情里，醉在刘老先生对我的厚爱与慈爱里，醉在刘大哥如兄长般的情谊里。回望掩映在绿树茂林的小山村，我默默祝福老人家健康长寿，祝刘大哥家业兴旺，合家幸福吉祥！

2010年10月9日深夜写于梧桐山居

登顶阳光湖

凌晨4时39分，我走下车，透过茂密的森林，看到有几颗星星在头顶闪烁，深吸一口林间清晨的空气，简要地对人员做了分工，便率队从森林掩蔽的公路下到水流淙淙的樟栋水河。这是2013年6月19日凌晨四点，我和三名同事及两名电视台的摄像记者一行六人，冒着晨雾，开始实施穿行森林，准备攀登到车八岭保护区的阳光湖山顶去拍摄日出——因单位需拍摄一部风光宣传片而组织的行动。

樟栋水有二十多米宽，清澈的河水在手电光的照射下可见河底。阳光湖在河对面的山上，而上山就必须过河，四下找寻，原来搭在河陂溢水口的树干便桥已无踪影，看来只得涉水而过了。脱下鞋袜，我走到水边，把双脚浸在水里，让身体逐渐适应水温，水凉得很有冷意。本来山野的河水就凉，凌晨时分的水更是冷得透骨。片刻，双脚已适应了水温，挽起裤脚，同事阿高打着手电第一个涉水过去，水不算太深，最深处刚过膝盖。阿海也挽着裤脚走了过去。他们上岸后回身把手电照过来，看到可以过河的示意光圈，我便立即拄着木棍，拎着鞋子，向河对岸走去。河床还算平缓，卵石圆滑，并不太硌脚，走到河心，水深过膝，踮着脚走了几步，河岸就在眼前了。我回身见记者大陈和小陈还在对岸犹豫着，便催促他俩赶快动作，也许凌晨涉水过河，对两个年轻人来说还是第一次吧。他们终于下水了，慢慢地、慢腾腾地，也走了过来。大家坐在河岸穿鞋袜，我提醒说，脚湿没关系，但一定要把沾在脚上的沙子擦掉，不然会硌伤脚，上阳光湖顶还须走近两个小时的山路呢。

稍事整顿，队伍又出发了。经验丰富的阿海在前面开路，不时用砍刀劈开拦路的藤萝或树枝，我跟在其后，阿高和阿德把大陈小陈夹在中间，一支六人的队伍，打着三支手电，加上我的手机手电，就这样穿行在山林中。树林里，有星散的萤火虫落在灌木丛，一动不动的，许是玩累了吧——没关灯就睡着觉，那一点点的橙色的光，就像银河里的星星。

一口长满杂草和青苔的水塘，在夜空下泛着冷光，阿高和阿海用手电四处张望了一下，找到方向，带着我们从塘右边上方走过，塘边是一处开阔些的坝地，依稀见种着些果树。穿过坝地，便走进了地名叫长坑的一片茂密森林。脚下的路隐隐约约，沿着溪涧时左时右地向上延伸，树的枝叶和林下草丛挂满露珠，没多久，膝盖以下的裤管和鞋子，就被沾湿了。山涧叮叮咚咚地唱着晨曲，从山上跑下来欢迎我们，林子里漫起了山岚，潮湿的水汽浸濡着我的身心……要是不赶时间，我真想坐下来静听这天籁。

路越来越陡，且窄且滑，我提醒大家小心快步前行，太阳可是照样升起，不等人啊！突然，小陈说脚架落在河边，忘了带上来。大陈说，怎么才想起来？正着急，后面的阿德赶了上来，说，我早把它背在身上了。大陈松了口气，又说小陈这么久才知道东西没拿在手上！

路边的溪流声突然大了起来，转过一急弯，只听见一股山溪水从上急湍而下，三段灰色的树干架在溪流上。阿海使劲地跺了跺树干，然后踩着树干走了过去，继续在前面开路。我用棍子敲了两下树干，拄着棍子，慢慢地走了上去，在就快到尽头的时候，感到脚下有点滑，便使劲一跃，想跨步到岸边，没承想却踩空了，一下子滑到了溪坑里。还好，手中的棍子横架着路边的树枝，缓冲了下滑的速度并止住了下滑，我喘了口气，挣扎着想爬上路面，可脚下的落脚点却出现下滑，把我又陷了下去。

"把手给我！"急步赶来的阿高喊道。我定了定神，缓缓地稳住身子，叫阿高先站稳，然后拉住阿高伸过来的手，使劲一跃，就爬上了路面。我气喘吁吁地坐在路上，感觉手很痛，阿高用手电一照，原来我的双手都擦伤了。我把行军壶拧开，用冷开水冲洗伤口，阿高拿了两片止血贴，帮我把伤口贴住。

我这么一摔，自己没怎么受惊吓——太快了，还没来得及惊吓就掉溪坑了，倒把伙伴们吓了一跳。我叫伙伴们都歇歇脚，喝口水，透透气。歇了一会，阿高说，还有一半远的路没走呢，我看看开始渐渐发白的天空，也有些急，便督促着起身赶路，并叮嘱要照看好大陈小陈。

走了没多久，感到呼吸越来越重，脚越来越沉，阿高帮我把摄影包要过去背着，我拄着棍子空手走，感觉好了一些，这是我自开始摄影后，三十多年来第一次相机在采风摄影时没有挎在自己肩上。

前面又出现一个比较开阔些的山谷，谷地里长满了寒芒。阿高说，这里原来是瑶民开垦的山地，已丢荒多年了。夜色中，看不清寒芒有多密多高，我们循着护林员的巡山小径从密密的芒秆丛弯腰钻了过去。我正庆幸戴了帽子，不想手却被锋利的芒叶割了两口子，真是旧伤未愈又添新伤。

钻过锋利的芒秆丛，队伍又隐入了森林中，路更陡了，行走的速度明显地慢了下来。我全身都湿透了，豆大的汗渗满了额头，一抹就是一把，头上的迷彩帽能拧出水来。天空发白了，晨曦中，已能辨识出山道了，我催促大家抓紧赶路——如没能赶在日出前登顶，前面所赶的路都白走了。

当阿海在前面喊好快就到顶时，我感到累得快要虚脱了，大口大口地喘着气，心跳急促得像敲鼓一样嘭嘭直响，眼前突然暗了下来。我赶紧就近靠在一棵树上，闭上眼睛，默默给自己打气：挺住挺住！千万不能昏倒！

好一会儿，我才缓过劲来。为着不耽误拍摄日出，我叫同伴们先行向上攀登。望着同伴远去的身影，我想，我难道就此止步吗？不，一定要坚持攀上山顶去！我深深地吸了几口气，慢慢地缓过神来，轻轻地抿了口水，咽在嘴里，起身向上攀登，一步两步，一米两米……经过二十多分钟的林中攀爬，我终于攀上了阳光湖山顶突起的山梁，钻出密林，看到了脚下连绵的山峦，还好，旷野里一片苍茫，太阳尚未起来。

大陈和小陈仍侍在山梁下约三十米的陡坡密林里，阿高和阿海轮番招呼他们赶紧上来，可他们说走不动了，再也走不动了，一点气力都没有了，没有办法上来了。我叫阿高和阿海下去搀他们，大陈说真的不行了，扶也没用。我听了，心里却很为两个年轻人丧失斗志而惋惜。现在的年轻人怎么了，还不如我这年过半百的？况且刚刚我还摔了一跤呢！他们的工作责任心哪里去了？今天主要是带他们来拍摄的呀，他俩倒是撂担子临阵投降了！只是恼归恼，虽然我们单位是付费拍摄的，但不是自己的兵，急不得骂不得，只得作罢，只好吩咐他俩在原地休息。

阳光湖的森林防火瞭望塔就建在山梁上，有七八米高，全塔钢架结构，有螺旋式楼梯直通塔顶。我和阿高沿着楼梯，攀登上塔顶，顶部是一块约十平方米的平台，站在塔顶，向四处张望，可望见四面的远近大大小小的山峦山谷。山梁的东南坡有一片苍翠的青松，只是许多树干的顶部已被2008年初春的冰雪折断，正东面是一条连绵的山谷，群峰隐若在晨雾中。我手持相机，凝望着东方，等待着旭日。

十几分钟后，一片蒙蒙的橙色在东方的浓雾中泛起，若有若无，太阳要出山了！我期待着，手中的相机有如战士的钢枪处于一级战斗准备。可惜，山谷里的云雾太浓，裹住了太阳的光芒，只见到一抹暗淡的红晕时隐时现，红晕越来越高，而云却裹而不散，令我无法按下快门，天似乎不太作美。

车八岭阳光湖森林防火瞭望塔

太阳终于冲破了云层，只是已高挂天空，不再是旭日矣，且天色仍旧是灰蒙蒙的，透视度极差。我只好端着相机，由东向南向西向北再东转一圈，把四面八方的山峦山谷山林山川拍了一遍，没拍到日出美景，拍到地形地貌、林地林分，也是不错的收获吧。我想，此次黎明攀登阳光湖，虽没见到阳光，但自己能挺住劲，登上阳光塔，对自己的体能体魄作了一次实打实的检测检验，心中的阳光还是满满的。

山野里起风了，四周的树林在相互呼唤，此起彼落，遥相呼应，犹如碧海绿涛在涌动……

我站立于塔栏边，向远方如青龙翻滚的山峦凝视，挺直腰身，使劲地挥一挥手，让阿高拍下我登顶阳光湖的英姿。

2016年1月20日大寒之夜子时定稿于梧桐山居

停　电

　　早上6时起来，发觉房里不知什么时候停电了。走出阳台张望窗外，但见秋雨轻飞，近树远山隐若于烟雨中，晨风拂来，有点秋凉的味道，返回入睡房，再入梦乡——睡个回笼觉罢，我想，如此，也甚好。

　　再起床已是7时45分，发觉电仍没来。打电话问后勤，后勤说已电询供电部门，是因山外某处有故障而停电，大约在凌晨两点就停了，具体原因及恢复供电时间不清楚。

　　没电，就意味着不仅开不了电脑，还让依赖电能的厨房烧不了开水。这不是让我冲不了咖啡沏不了茶吗？在车八岭上班，我一般是在自己宿舍的小厨房做早餐吃。而意外停电这种原本在山区经常性发生的事，随着国家电网建设的升级和车八岭保护区基础设施的完善，早已由常态化转为非常态化，上一次的意外停电应是半年前的事了。唉，原本想起早写作的，没想到茶和早餐都成了问题，不觉间有点乱了套。

　　无奈与无助中，我望了一眼约有半年之久没动用过的煤气炉，伸手下意识地按了一下，嘿嘿，竟然一扭就着。印象中好像瓶罐里的液化气早已用完，这纯粹是无奈之下的顺手一按，没想到它却应声而着！

　　太好了！天助我也，真有点喜出望外的欣喜。我立即行动起来，用水壶装了半壶山泉，先烧半壶水吧，担心能源不足哦，能有烧开半壶水就好！没过多久，水就开了。看到火苗仍很给力地旺旺的，我转身又赶紧调了一碗面粉浆液，兑好砂糖，把平底锅架在炉上。谢天谢地，电磁炉用的平底锅竟然也可在煤气炉上使用，且有出色的表现，让我煎出了香甜香甜的薄饼！

　　望着油汪发亮的薄饼和香气撩人的咖啡，粗略算算，我已有一段时间没有自己动手煎过早餐薄饼了，没想到操作起来还挺顺手，特别是在抛翻的时候，竟然没有失手，煎的薄饼还有模有样，且吃起来香甜可口津津有味手不释卷（薄饼卷）。吃着自制的薄饼，啧啧嘴，挺有成就感地自赞自忖：看来停电也并不一定就会是坏事啊。

　　吃过早餐，晨雨已歇了，太阳也露出半张脸。走在去办公室的路上，阳光斑斓地洒在身上，桂香随风扑鼻而来，暖暖的爽爽的香香的，我理理衣襟挺挺腰板，深深地吸了口气，精神为之一振，不觉把在心里默念着的母亲常说的一句话念出声来：饭饱人身健！

2016年10月20日夜写于梧桐山居

放　生

上午，有山外某寺院的数名工作人员到本单位，找到我办公室，说是来商议把善众捐赠给寺里的动物在车八岭保护区放生，并计划后天在我区举行动物放生仪式。

我静静地听他们把放生计划与活动方案及要求说了一番后，很客气地告知对方，保护区不准外来物种进入，也不许可任何的放生活动。虽然对方所提及要来放生的动物并不完全是外来物种，有不少就是本地常见的家禽和鸟类，但因其没有经过检疫，也不允许在保护区内实行野外放生。对方对我的拒绝很不理解也十分的不满——放生，给动物一个自由的空间，给它们一片森林，给它们一片蓝天，这么好的善举，怎么就说不能呢？怎么就不行呢？不过，不解也好，不满也好，面对国家的相关法律法规，他们也只得作罢。

其实，民间的所谓放生，因其所放生的各种生物，更多是来自购买，而"有买卖就有杀戮"，且其放生的动物因没有野化驯养，大多都不适应野外生存而死亡，因此，此种买生放生的行为，更多的是对物种危害——这实在是一种好心办坏事的念头与行为。

2016年4月21日深夜写于梧桐山居

再说放生

昨天，又有寺庙的管理者来联系放生事宜。这寺庙在保护区外约百里的本邑县城附近，据说香火尚旺，信众也多，日积月累地收集了为数不少的、由部分信众捐或赠的各类生物，计有龟鱼鸟鸡鸭鹅犬兽等等，使寺庙的圈寄场所像个农家大院。

由是，他们再次想到了车八岭，想到车八岭来搞个集体放生，并说计划在游客众多假期的某一天，搞一个放生仪式，请电视台来拍摄，搞搞宣传，扩大影响，提高知名度。云云。

其实，这家寺庙数月前曾来游说过一次放生的事，当时我们就婉拒了，并耐心地说明了保护区不宜放生区外生物的原因：一是经圈养和人工投食的生物已丧失野外生存能力，放生等同杀生；二是各种生物在进入寺庙前并没有进行检疫，难免不携带潜在病菌，在保护区放生将会危及区内现存生物的安全！

拒放的道理及理由简单明了，对方明白却又久缠不止，似乎要把说服信徒的看家本领使尽。唉，出家人本该清静，就是放生，为何要搞仪式搞宣传呢？什么，向国庆献礼？想起来了，上次说的是向五一献礼。向什么什么献礼的说法曾泛及一时，现在少听了很多，没想到他们倒是记在心间呢。这说法，靠谱？其原因恐是"五一"和国庆假期游客多多，宣传声势较大罢。

当然，最终，我们不同意，此事他们就只得另找场地搭台唱戏了。南无阿弥陀佛！

2016年9月29日子夜写于梧桐山居

遥望坳背里的珠纵战士

冒着纷飞的细雨，我于春意盎然的清明时节，来到粤北始兴车八岭自然保护区一个叫作坳背的大山深处。一起前来的，还有我的30多名同事。我们专程前来，祭拜深藏在这青山绿水中的一群英雄。是的，这里深藏着一群英雄，一群为了人民共和国而英勇献身于此的珠江纵队挺进粤北部队的游击队员。

在粤北的大山里，有很多叫作坳背的地方，但此处的坳背，因了这群先烈而显得与众不同。1945年8月，东江纵队成立了以珠江纵队司令员林锵云、东江纵队副司令员王作尧和政治部主任杨康华为领导的粤北指挥部，率领东江纵队、珠江纵队部分部队挺进粤北，以实现同八路军三五九旅南下支队会师，创建五岭根据地。在那次挺进粤北的行动中，珠江纵队挺进粤北部队由第二支队队长郑少康率领的部分人员和梅易辰率领的独立大队组成，共有500多人。该部于9月21日进入始兴境内，即遭到国民党军160师的穷追堵截。为摆脱数倍于自己的强敌的围困，珠纵粤北部队整编为两部：由郑少康率一小部先行北上，梅易辰率大部在始兴南部的清化地区活动，与敌人周旋。11月5日下午，梅易辰部在坳背村被国民党军包围袭击，梅易辰、戴耀等率部英勇反击，边打边撤，向村前的山林突围……梅易辰率部借夜色冲出包围圈后，带领队伍隐蔽于高山密林中。粤北指挥部闻讯，立即派出东纵叶镜大队率部前往接应梅易辰部，摆脱了国民党军的追剿，带引梅易辰部进入江西省大余县河洞乡天井洞，与先期抵达的东纵第五支队会师。

当年鏖战急，弹洞前村壁。时光流逝，曾嵌满弹洞的坳背村已踪迹难觅，当年的战场已被茂密的森林遮掩，山林间怒放着一丛丛鲜红的杜鹃。当年游击队转战的高山密林，已成为今日的广东车八岭国家级自然保护区。在坳背口的车八岭小学，我们见到了镶嵌在墙上、由始兴县委县政府于2001年刻立的《珠江纵队挺进粤北部队坳背突围战略记》碑，碑文记述了坳背突围战中，副指导员冯庆、机枪手黎勤等35人，在掩护主力突围的激战中壮烈牺牲，突围后又有杨忠等人因伤病无药治疗而牺牲……英雄们从此长眠于始兴大地，许多人却连名字都没有留下。

春晖里，我和同事与小学的孩子们，列队伫立在碑前，将从坳背采来的杜鹃花敬献于碑前。凝视眼前的碑文，我透过时空，遥望坳背村的突围激战，看到了许许多多在山上打游击的革命战士，他们吃树皮草根，住露天窝棚，抛头颅，洒热血。遥望着坳背里的战士，我沉思着：支撑着共产党人及共产党所领导的革命队伍，如此顽强坚韧、吃苦耐劳的精神力量是什么呢？是信仰！就是要在神州大地上建设一个富强、公平、民主的美好新中国，这就是先烈们的"中国梦"！有梦就有信仰，有了信仰就有梦。有梦想，他们才会在漫漫长夜里寻找到明灯，找到前进的方向；有了信仰，他们才拥有思想的武器，让孱弱的躯体充满无穷的力量。在60多年前的时空里，高扬着鲜明的旗帜，向着剥削集团组成的、散发着腐朽气味的蒋家王朝奋勇战斗，他们义无反顾地选择了这种壮烈的方式——为人民牺牲，为新中国牺牲。革命先烈们用最虔诚的共产主义信仰支撑着灵魂的高贵与伟大，去应对最危险的情形，去战胜最严重的困难，取得一个又一个胜利！他们是当之无愧的时代英雄和历史英雄！

这，就是我们事业胜利的源泉，也是英雄的力量。

更是新时期中国人实现"中国梦"所需要的力量！

在春暖花开、春光明媚的春晖里，我放眼云雾缥缈的坳背，再一次遥望坳背里的珠纵战士激战的身影，深深地怀念着他们——这一群充满信仰的英雄。我想，我们缅怀献身于此的革命先烈，要以一种清醒的状态来怀念他们，感知他们的愿望，反思我们的诺言，铭记革命导师列宁同志"忘记历史就是背叛革命"的警示。

伫立碑前，我们于静默中三鞠躬——安息吧，坳背里的珠纵战士！

2014年4月5日深夜写于梧桐山居

SIX

第六章

山水传奇

打过鬼子的大舅

一个瘦小的身影,穿行在粤北苍翠的山峦之间,时而攀岩爬崖爬沟钻洞,时而涉水越涧凫水过河,时而急速奔跑,时而猫腰潜行……在大山深处放菇人的杉皮寮的灶角、山神庙的香案、路旁凉亭的梁檐下、围楼的墙洞里……寻找到隐秘的记号,取走或放置一份用暗语写成的情报,又消失于茂密的森林中……这瘦小的身影越走越近,渐渐地高大起来,这是一个头戴斗笠身着蓝色布衣、腰间藏着二十响驳壳枪的年轻人,炯炯有神的双眼机敏而坚定,焕发出一股英武之气。

这英武的青年就是我的大舅。这是从我少年起就无数次出现在我梦中的大舅——当年始兴风度抗日大队的一名交通员的英雄形象。1943年夏天,十五六岁的大舅扔下放牛鞭,投身革命,后来成为风度抗日大队的一名交通员,往返于粤北大地的南山北山、墨江浈江,好几次差点牺牲在敌伪的追捕中,但最终都巧妙地躲过敌伪的搜捕,及时地把情报送达指定地点,为风度大队部署抗日行动争得先机。1945年11月,珠纵北上挺进粤北部队的梅易辰部,在车八岭坳背村遭到国民党军围堵的消息,就是他冒险快速传送到风度大队,使突围后隐蔽于车八岭原始森林的梅易辰部,与前来接应的东纵叶镜大队迅速接上头,摆脱了国民党军的追剿。

大舅说穿山越岭跋山涉水披星戴月日行百里,是地下交通员常做的"功课",但在传送情报的过程中,是不带枪也是不准带枪的,因为在路上难免会遇到敌人的盘查,一般是别一把柴刀防身。"所以,你梦见我执行任务时腰里藏着一支驳壳枪,那就是想象。"十多年前,与大舅重聊起想象中风度抗日大队交通员英雄形象的梦境时，大舅很认真地纠正我的想象。

带着枪送情报也不是完全没有，但只是一年也就那么一两次。大舅说最难忘的是临近解放时到县城获取伪县长率部起义计划的那次：那天跟着中队长，骑着自行车，戴着礼帽，穿着风一吹就飘起来的黑绸衫，挎着二十响的驳壳枪，大摇大摆地进了县城，在墨江边的酒楼与对方接上了头。大舅说中队长还戴个黑眼镜，很威风神气的样子，就像《小兵张嘎》里的罗金保，枪是明晃晃地挎着的，不是藏——因为我们是乔装成伪保安团的便衣的打扮。

大舅其实并不是我的亲大舅，他是我外公在墨江"捡"来的儿子。据说，大舅原来的家在浈江边的小北山，是一个靠山临江的客家村落，大舅当时在村里的地主家放牛，是在家乡跟着村里的一个堂叔参加革命的。大舅是在成为风度抗日大队的交通员后，才被外公"捡"来做儿子的。

那是1945年夏天，外公和村里的一帮青壮年，趁着端午节后夏收夏种前的农闲时段，受雇到离家两塘路（十公里）远的墨江上游的周所墟扎木排。扎排是在河湾或码头水域，用篾缆、山藤、铁码等，把从山上砍伐后裁成六米或八米长的杉木原木扎成排的，然后水运到下游的城市。这天黄昏，同伴们都回家去了，作为"排长"的外公留下看场守夜（排长：出面承接扎排放排的承包人，也有称为"排头"的），正准备在排寮上煮饭，突然听到从对岸的顿岗方向传来两声枪响，没多久就见一顶斗笠从上游往木排这边斜漂过来，紧接着便见一个端着绑着膏药旗长枪的日本鬼子和五六个手持长枪的二鬼子，从对岸的树林冲出来，跟着斗笠追了一阵，见斗笠已漂过河心，就站在河岸上对准河心的斗笠又打了几枪，斗笠四周被击起几束水花，斗笠顺着河水，越过扎排的水湾，一路漂了下去，渐渐地消失，对岸打枪的鬼子们才又骂又笑地往顿岗方向走了。

天色暗了下来，河湾也静了下来，外公坐在排头发呆，想，那戴斗笠的人肯定被打死了——可能是风度抗日大队的人，日本鬼真可恶！风度抗日大队是当地一支响当当的抗日人民武装，外公对风度大队也早有所闻，因为隔壁的良坝村的一个郑姓青年，就是风度大队的副大队长，游击队打击日伪军的故事也常在村坊上传说。外公因此对风度大队的队员很是敬佩，要不是因为自己还没有儿子，他可能也会跟邻村的郑副大队去了风度大队。外公常年在墨江、浈江和清化江扎排放排，与风度大队的人也打过交道，好几次捎带过赶路的或过河的游击队员，熟悉了，有时过路游击队员也会在外公的排寮上吃顿饭，外公有时还会送些鱼干、薯干或油盐给游击队员带走。

外公待了好一阵，才起身去做饭。就在这时，一阵微弱的敲击声从排尾传来，外公循声望去，见从水里伸出一只握着柴刀的手，用刀在敲着木排！外公愣了一下，赶紧跑了过去，猫身一把拽住那握刀的手，慢慢地潜下水把排下的人轻轻地拉了出来，再顺水推往排头，在排头浅水处把人抱上木排。这个人，就是刚刚被鬼子兵追赶的戴斗笠的人，是风度抗日大队的地下交通员，人称机灵鬼朱仔，他后来就成了我的大舅。深夜里，从昏迷中清醒过来的朱仔告诉外公，他是在顿岗墟被鬼子跟上的，跳河后游了一段解开头上的斗笠，沉到水里潜游到木排底下，用"金蝉脱壳"才躲过了他们的追击。朱仔说，一早从清化出发，走了几十里山路，昼（午饭）也没有吃，被鬼子追了二三公里，滚热的身子扑进冷水里，手脚有点抽筋，躲在排肚下，泡在水里，又冷又饿，"你再不来救我，我是没力气爬出来了，我这个'浪里黑条'怕是要淹死了。"

朱仔告诉外公自己是黄江（也叫浈江）边的客家人，家中已无其他亲人，现跟着村里的族叔跑江湖。外公说，要是自己的第一个儿子能活下来，现在也有朱仔这般年纪了，只可惜出生没满月就走了。朱仔得知眼前热心助人正直厚道的救命恩人，就是在传说中多次仗义帮助风度大队的"三叔"时，便道出了自己是风度大队的人的身份。外公没想到自己只是为打日本鬼子的风度大队做了些举手之劳的事，便在风度大队里有了侠义之士的"江湖传说"。

排寮长夜深聊，外公才晓得眼前的这个不怎么起眼的黑瘦青年，就是村里传说的半年前在良坝码头隔江打死过一名鬼子军曹的机灵鬼朱仔时，一下子就喜欢上了这个青年。朱仔说那天临暗边（黄昏），他跟着郑副大队长到良坝村取东西，出村时看到河对面有两个鬼子和几个二鬼子在抢湖西湾村老乡的耕牛，他便用七九步枪隔江一枪打死了为头的军曹，吓得敌人丢了耕牛和军曹就逃散了。

"我们那天是去郑队长家取藏在家里的两把七九步枪，出门时把枪藏在捅了节的大毛竹杠里，到码头时看到对岸有情况，郑队长想试试我的枪法练得如何，就问我打不打得准，我就从竹杠里抽出枪，拉栓推膛，只瞄了一眼就把鬼子打倒了。"说到打死鬼子，大舅仍很高兴："那时河面有二百多米阔，郑队长见我一枪打死鬼子，高兴得大叫，嘿嘿嘿，这枪还没生锈啊。"

天亮了，朱仔因持续发烧只得留在排上，外公便对回来扎排的同伴说朱仔是河对岸寨头村自己的表侄，昨夜游水过河受了凉。朱仔虽然发烧，可人却不闲，一边帮着做些递斧头柴刀、揪绳送缆、打眼插梢的轻活，一边与大伙儿说些打游击打鬼子的事，没半天就与大家熟了。两天后，风度大队的一名中队长过来找到朱仔，感谢外公冒险救了朱仔的命，在排寮里与外公聊了好久。中队长走后，排工们便猜到了朱仔的身份，也知晓了朱仔的身世，晚饭时便有人叫外公收朱仔为养子，大伙儿便跟着附和。而朱仔通过与大伙儿聊天，对外公正直与敦厚的品性也很敬佩，也有意要认外公为父，以报答外公的救命之恩。外公说，我家有个养女，要是她愿意，你就做个上门女婿吧。朱仔说，现在讲婚姻自由，我年龄还小，您老要同意，就先做儿子吧。外公闻言顿感满心欣慰，便嘱人在排寮摆下酒席，在排工们的见证下，朱仔规规矩矩地向外公行了三拜九叩的认父大礼。年近四十岁的外公，一下子有了个大小伙子的儿子，高兴得连喝了三大碗酒。这一年，我的母亲才两岁。当时，为着外公及家人的安全，大舅在外人面前仍然叫外公为"三叔"——外公在兄弟中排行第三，这一叫就没改口，叫了四十多年。

3

外公在"捡到"朱仔之前，家里的人丁很是单薄，结婚后的十多年间，外婆生过好几个孩子都因病没满月就夭折，后来老外婆托人从县城近郊的澄陂村，抱养了一个六七岁的叫阿月的女孩来做"带仔妹"，两年后我的母亲出生，并顺利地度过满月过了周岁过了两岁。外公认下朱仔做儿子时，就想到了家里已渐渐长大的"带仔妹"。

认下朱仔做儿子四五个月后的晚秋，朱仔上门来帮外公家收割晚稻。稻子收完了，朱仔也收获到了亲情和爱情，朱仔得到了外婆和老外婆的认可和喜欢，和阿月在相处中也相互有了好感。在外婆和老外婆的催促下，外公以招女婿的方式，把朱仔名正言顺地招进了家门，成了我大舅。其时，因为大舅和阿月的年纪都还不大，大舅上门就类似于订"娃娃亲"，大舅在等阿月长大时由女婿变成了儿子，阿月由"带仔妹"的养女变成了童养媳。大舅改姓跟了外公姓，并曾因大难不死而改名为阿福，从此成了外公实实在在的儿子。

大舅成家时，日本鬼子已战败投降。风度大队并入了北上粤北建立五岭根据地的东江纵队，不久，风度大队的大部分指战员随东纵北撤到山东烟台，小部分留下来在粤北山区坚持对敌斗争，少数没有暴露身份的队员则先行回乡隐蔽。作为地下交通员的大舅，就在这时到外公家做了上门女婿。他想，打跑小鬼子，总算可以过安稳的日子了。

可安稳的日子没过多久，国民党又挑起了内战。解放战争之初，为保存有生力量，大舅所在的人民武装又回到山区打游击，部队仍沿用风度大队的旗号，大舅仍是风度大队的交通员，打过鬼子的大舅，接着再打国民党反动派。

新的家，让大舅又感受到了家的温暖。只是，作为风度大队的交通员，行动没有规律可言，任务常常突如其来，家，只是大舅的又一个联络点而已。上门女婿的角色，为大舅从事地下革命起到很好的掩护——他不一定要长期在村里，不在村里就是回老家了；而老家的人见不到他，就猜他一定是在老丈人家，两个村子相距近二十公里，在交通与通讯都不便的年代，这是说远不远说近不近的距离。

大舅说，做交通员，第一要机灵，第二水性要好，第三要跑得、饿得。当然，最关键最主要的是对党要绝对忠诚。在艰苦卓绝的战争岁月，大舅以对革命事业的执着，锤炼成为一名忠诚的共产主义战士，与战友们并肩战斗，于枪林弹雨中迎来了新生的中华人民共和国。

始兴风度抗日自卫大队的根据地之一北山

4

　　新中国成立后，大舅从部队转业到了地方，被留在了县政府工作。分配工作时，组织上问大舅有何专长，大舅说我参加革命前是个放牛娃，熟悉牛。于是，"只认得五百个大字"的大舅就被分配到县农村部的畜牧科工作，经常下乡与老百姓交流养牛的经验，特别是隆冬和早春粤北最寒冷的季节，保护耕牛安全越冬度春寒，是当时重要的农业农村工作，大舅和科里的同事总是在天寒地冻时奔走于乡间，把党和政府的关怀与温暖，带到每一村送入每一户。

　　1958年早春的一天，县里接到地区专署的通知，说近日将有特大寒潮袭击粤北，要求各县一定要保护好所辖区域的耕牛，特别是农民合作社的耕牛，一定要全部进栏圈护，供足饲料，确保安全度寒潮。接到任务后，大舅和同事们先是打电话到各乡布置防寒潮的工作，接着就分头到各乡检查落实的情况。那时，北山的电话经常断线，那天也刚好断了线，通知无法通过电话传达，而北山山区村民家的耕牛平常都是像放"野牛"一样散放的，只有到犁田耕地时才去山野找回来。为着不留死角地全面完成任务，大舅主动要求到北山去落实任务，他先是冒着寒风骑自行车走了十几里路，没路可骑了，就沿着当年打游击的交通线跑，经过六七小时的艰难跋涉，终于在下午三点赶到北山的中心村武岗村，召集各村各合作社、互助组的负责人开会，按村、组分片把防寒潮保耕牛的任务贯彻下去。村里人见到当年的游击队员为保护耕牛跑步进山入村，很是感动，破天荒地第一次去山野里把耕牛找回家来，圈养在家中。

第二天大舅从北山撤离时，武岗村四周的山头已是大雪压顶，羊肠小道的山路结满了冰凌。村民不放心大舅一人回去，特意派出四个壮实的青年护送大舅出山……"走在路上，不时能听到大雪压断树枝或竹竿的声音，那次春寒，北山五六个村子没死一头耕牛。那一年，我们县耕牛的存栏量远远高过周边的县，县里还受到了地区专署的通报表扬。武岗村的老百姓还特地送了一面锦旗到县里感谢我们呢。"几十年后，与大舅聊起往事，大舅仍感到自豪。

5

三年困难时期，大舅接受组织的动员，响应党的号召，退职回到了家乡，做回了农民。村里人很替他抱不平，大舅说，比起在烈士纪念碑里的战友，要好多了。

做回农民的大舅，先是做村里的干部，成了村里的主心骨，他天天乐呵呵地和乡亲们一起种禾收稻，放排撑船。在外公这个种田老把式的指点下，大舅对村里的现状做了全面的了解，抓住全国上下反浮夸风的有利时机，根据国家鼓励发展集体经济的政策，将村里的生产作统筹安排，既做耕田种粮的主业，又搞水上放运木排的副业，还动员社员养猪养鸡，两年后，曾经萧条一时的村子，又有了鸡鸣狗吠猪牛满栏的乡村景象，村里的经济很快就有了很大发展，走出了三年困难时期的困境，成了当时有名的富裕村。

然而，好景不长，不久"文革"开始，村被改称为生产小队，村民被改称为人民公社社员，大舅因坚持发展集体经济，被造反派出身的公社革委会主任打成"埋头拉车不看路"的"走资派"，被"靠了边"，成了一名普通社员，好在有"老革命"身份，才不至于挨批斗和限制人身自由。在先"抓革命"后"促生产"的大环境下，村里刚有起色的集体经济很快就衰退了，每当青黄不接时，不少人家还陷入了断粮的饥荒。

面对村里断粮的困境，靠了边的大舅主动站出来，到他当年打游击时落过脚的人少田多的山村，东南西北地去跑了好几趟，最终在东北部县界边的浈江江畔的一个小山村，找到了一个也是退职回乡的、与大舅有过生死之交的风度大队的老战友。当年，他俩在一次搭档执行任务中遭遇日伪军的追击，战友不幸被流弹打中左腿，大舅仗着自己水性好，硬是背着战友跳下浈江，游到了对岸，摆脱了敌人的追捕。

在老战友的热心张罗下，大舅在那仅十六户人家的小山村里，挨家挨户地寻找，总算从村民的牙缝里匀出了约八担稻谷和二三十担的番薯、芋头等粮食。大舅连夜回到村里，悄悄地组织了一支由村里的十个青壮年组成的购粮敢死队，决定采取晓出夜归的办法，偷偷采购救命粮食。第二天天蒙蒙亮大舅就带着十个敢死队员，骑着自行车到五十里外县界附近的那个村子里到天黑了回到家。大舅的购粮敢死队一连跑了三天，终于把救命粮悄悄地运回村里。

大舅说"购粮敢死队"确是冒着极大的风险行动，那时，粮食是由国家统购统销的，私人不得买卖，一旦发现私下买卖粮食，是要按破坏生产和"投机倒把"论罪的，买方和卖方的"首犯"坐牢是"必须的"。为此，大舅十分感谢为他奔走筹粮的老战友，"我们是饿急了，饿昏了头，坐牢也比饿死好；而老战友和他的村民不缺吃穿，是犯不着跟我们冒这么大的险呀。"大舅说，老战友十分仗义，为他们一直筹了三年的救命粮。

除了偷偷组织"购粮敢死队"去购粮解困，大舅还光明正大地大张旗鼓地干了一件令村民称道和感激的事——拒交额外"爱国粮"。那时，由于是集体生产，社员们的生产积极性都不高，粮食生产产量一年不如一年，而大队书记却积极响应上级为革命多交粮多作贡献的号召，每年都要求各生产小队在交了公粮和各种购粮的同时，还要多交余粮。有一年，大队书记要大舅他们在超额上交了公购粮任务时，还要再多交余粮——其实，大队书记也很清楚，完成公购粮任务后，村里就没有多少粮食了，连社员们的基本口粮都不够分，可书记为着实现"踊跃多交爱国粮"的"三连冠"，硬是要村里交——"哪怕是把谷种交了也要超过去年的数量！"书记还带着生产大队的民兵，背着步枪来到村里的粮仓门口，督促社员们搬粮准备装车。书记的言行激怒了大舅，也激怒了村民，大舅手持扁担立在村口的大路上，带着村民把前来装粮的两辆解放牌汽车拦在了村外……

这件事差点让大舅成为"抗交爱国粮的现行反革命"，好在有"风度大队抗日英雄"这道"救命符"，加上村民极力护着大舅，才没被追究定罪。其实，书记就是我的二大舅——外公五弟的儿子，按年龄和辈分他管大舅叫大哥，民兵也是本大队人，村民给解放牌汽车的司机一人送了一只老母鸡，大事就化成小事了，小事不出村——就算是没事了。只是这件事后，大舅和二大舅就有了隐约的纠结，大舅从此算是彻底地靠边站了。

20世纪80年代初，弱冠之年的我读到了张一弓的《犯人李铜钟的故事》时，眼前便浮现出大舅率领着他的"购粮敢死队"穿行在乡村山野的镜头，而大舅当时就是以一个风度大队战士的胆识与担当，准备着一旦"东窗事发"就去"自首"担责的又一个"李铜钟"。

靠了边的大舅，仍然记得自己是一名共产党员，看到村民过着吃糠咽菜的苦日子，感到心痛又无能为力。"我们出生入死打天下，是为了老百姓过上幸福的生活，过平安的日子，现在这样的日子，可不是我们想要的啊。"大舅忠于党相信党，当年机灵的游击队交通员，面对"文革"的种种现状，感到不解而迷惑。

直到有一天，公社的领导在大会上用居高临下的口吻诬蔑风度大队地下党是"红皮白心"的"白党"时，大舅才意识到"我们的党内部肯定出了像过去的王明、张国焘一样的奸臣"，因为自己亲身经历过的风度大队从抗日战争打到解放战争，风度大队是人民革命武装力量这样的清楚明白的事实，竟然有人说风度大队是"红皮白心"的"白党"领导的土匪武装，真是丧心病狂。

童年时的我，曾听到大舅与我的父亲诉说自己的处境与困惑。大舅大约是希望在城里工作、被村里人视为"知识分子"的妹夫,能为他破除眼前的困惑,指点出光明的方向。可是,其时我父亲已被造反派打成"走白专道路"的"臭老九",面对"文革"以来的种种现状,除了疑惑,还深感惶恐不安。父亲曾不只一遍地通读《毛泽东选集》一至四卷,期望能从中找到答案。有一次,父亲对大舅说,什么时候能再开一次像"遵义会议"这样的会议,找准前进的路线,人民的日子才会好起来,不然党就会很危险了,我们的革命事业就很危险了。"我急切地期盼这样的会议快点召开。"大舅的眼里充满着期待。

7

终于,父亲和大舅期盼的像"遵义会议"那样的会议召开了,1978年11月,党的十一届三中全会胜利召开,苦闷中的大舅和全国人民一样,看到前进路上的指路明灯!

改革开放后,上级党组织为在"文革"期间所有蒙冤遭罪的风度大队的革命战士平反,洗去了"红皮白心"的莫须有罪名,认定革命战争时期风度大队是"白皮红心"的中共地下党领导的革命队伍,是共产党领导的抗日反蒋的人民武装。做了二十多年农民的大舅,又经组织落实政策回归了县政府编制,只是当年的青年已成了年逾半百的老汉。

平反了,恢复了政府人员编制的大舅,在又等待了四五年之后,才接到恢复了工作岗位的通知。五十多岁的大舅,又回到了县政府大院上班,并领回了补发的工资。大舅重新工作上班的当天来到我家,很激动地对我父母说:看看,党没有嫌弃我,我又回到了组织,我好像又年轻了。

重新上班的大舅在政府大院没有分配到宿舍,就住在家里,每天骑着自行车上下班,从家里到单位、单位到家里地跑两个来回。大舅说,就五六公里远,路又平,比当年做交通员时好多了,路上还可以看看两旁地田里的庄稼,对工作也好。感觉到又年轻了的大舅,把心思全放在工作上,和年轻人一样,时常骑着自行车下乡进村,一脚泥一脚水地走在田间地头,与农民兄弟一起研究和推广良种良法，聊生产谈收成。

几年后，"到点"的大舅退休了，回到了家乡安度退休生活。因有退职回乡的经历，打过日本鬼子的大舅，没能享受到离休的待遇，我很为他抱不平。大舅说复了职，补发了工资，知足了，像他这种情况有一大批人，风度大队的机枪手老刘现在还待在马市家里，什么补助都还没有领到。自己挺好了，不该去争什么，比起死去的战友，已经要幸福得多了。

大舅说什么退休，退了可不能休，六十岁，在村里还是一等劳动力，哪能吃饱饭等拉屎呢。他再次当起了农民，把家里的几亩责任田打理得有声有色，年年增产。退休回家的大舅，与村里人不同的是农闲时还经常骑自行车到县城和附近乡镇的墟场里赶集，其实，他并不是特意要买什么，就想看看原来的交通站还在不在，去得最多的，就是县城的迎仙堂中药铺和县城南郊的"育婴堂"（也称"福音堂"，原是天主教堂，新中国成立后成了县委党校），那是风度大队的重要交通站，战争年代大舅常担着柴火或中草药材出入其间，可惜十多年前迎仙楼被拆了建起高楼，"育婴堂"也在前年被拆，正在建大楼。"唉，交通站大部分都没有了，风度学校只剩下一堵墙，外营的日新小学也剩下一堵墙了，迎仙堂和育婴堂连影都不见了。"大舅很伤感也很无奈地说。

每年清明前，大舅都会拖着日益年迈的身体，爬上县城北郊的丹凤山烈士陵园，去看望长眠于此的老战友，摸一摸刻着烈士英名的石碑，默默地用手与战友们交流……前年，大舅不幸小脑梗死中风，虽然治疗及时保住了性命，却落下"举步维艰"的后遗症。"再也不能去纪念碑看老战友了……"大舅捶打着不便的左腿，喃喃地说。

如今，儿孙满堂的他，在村里过着与村里人无异的农人生活，只是每到"八一"和春节前，村里人看到从镇里、县里来的干部，拥到大舅家的瓦房门前，大家似乎才猛地想起：我们村也有打过日本鬼子的英雄啊，看，老革命多光荣。言语洋溢着自豪与骄傲。

是呀，八十有八的大舅，有了曾孙辈的大舅，已成了村中德高望重的长者。

8

大舅又住院了，病因还是小脑中风的后遗症发作。

我赶到医院里去看他。大舅躺在病床上，打着点滴，神态安详地半闭着眼，左手腕上戴着他的老式上海牌手表——大舅曾告诉我说，这表是带着他走上革命道路的老领导、原风度大队的支队长，在改革开放后获得平反复职时送给他的，"要时时戴着，不能丢了。"

见到我，大舅捶捶脚，喃喃地说，走不动了，走不动了，再也爬不了山游不了水了……成了废人了，成了负担。

我紧紧地握着大舅的手，说，能好的，能好的！怎么样都不会是废人，更不会是负担。今年是抗日战争胜利七十周年，党和国家要举行盛大的纪念活动。您是抗战老兵，抗战胜利也有您的功劳！您是我们家族的荣耀啊！听到抗战打日本鬼子，大舅又像小孩一样，咧开嘴笑了。

大舅，今年可是你的米寿之年，愿您老早日康复，平安健康！我还要听您讲打鬼子的故事呢。

2015年6月13日初稿于晓得斋
2015年6月25日成稿于梧桐山居

围楼——始兴客家民居的杰作①

　　金秋时节，沐着清风丽日，我们来到"有村必有围，无围不成村"的粤北始兴县，拜访那些或耸于平原，或立于河岸，或倚于山旁，守望着家园、守望着田野、守望着希望、守望着收获的始兴客家民居的杰作——围楼。

　　建县于公元263年（三国吴永安六年）的始兴，是一个具有悠久历史的客家人聚居之地。仅秦汉以来，不断有中原人士迁徙到此，当今的始兴客家人，大部分是在明清时期从福建、江西和广东梅州等地迁徙而来的。据考证，围楼得以兴建的缘由，是各地几经辗转迁移至此的客家先民，在立足生根后，为避免与当地土著居民发生冲突、防范山贼和土匪抢劫财产，而生发必须建造坚固住房、大家族聚居以自保而免受侵扰保平安的念头。始兴围楼就这样应"念"而生，且随着时间的推移与经验的积累，越建越多，越建越大，款式也五花八门，遂成为当地民居的一大特色。始兴围楼的大批兴建是在清咸丰元年（1851年）后，据统计资料表明，始兴境内围楼最多时共建有围楼300多座，乃至成"有村必有围，无围不成村"之景观，至今仍保留有200多座。

　　始兴围楼属客家围屋的一大分支。其最突出的特点，主要表现在它的传统风格、实用价值和建筑艺术上的融合，且大都属于封闭式，有坚固的外围，里面生活设施齐全。始兴围楼大小不一，形状各异。仅从建材来分有坭墙围、坭砖围、青砖围和卵石围；从平面来看，有正方形、长方形、回字形、椭圆形、器字形、凹形、凸形；从其顶部形状看，有一字形、人字形、锅耳形、顶中突起等形状。

　　现存的始兴围楼，"年长"的有两三百岁，"年幼"的也有近百岁。沧海桑

---

①　此文曾在《风景名胜》、《韶关日报》、21CN等10多家媒体发表。

始兴县满堂客家大围核心建筑——中心围

田，几经变幻，当年作为抗御外侵的堡垒的围楼，在太平盛世的今天，大多数已无人居住了，大部分被用来堆放柴草等杂物或圈养牲畜或空置。围楼一般为三至五层（二层以下的称做围屋），里面多有水井、厕所及采光通风的天井等必备生活设施。每座围楼的四角及墙面均留有形态各异的瞭望孔和射击孔，每座围楼只设一个大门供出入（有两个以上大门出入口的极少），大门的门框均选用坚实硬朗（始兴客家语，笃实之意）的长条麻石或花岗岩石板镶嵌而成，且安装有铁板门、铁栅门（或木栅门）、铁皮镶包木板门、实木板门等几道门第次防护，坚固牢靠之实可想而知。

始兴围楼大多安有吉祥如意的围名，如：固若金汤、坚如磐石、磐石之安、保合太和、永乐长安、天保定尔、栋护晴岚、共享安居、朱崖保障、长治久安、万古观光、天降祥、居安、憩春阁……只可惜大多数镶嵌在围楼门顶的围名匾毁于20世纪的"破四旧"和"文革"中，能得以保存完好的极少，许多围楼现在只得以其村名来定名了。

始兴人说，看围楼没看小围、大围、怪围和名围，就不能说见识过始兴围楼。

小围占地面积仅13平方米，却有四层高，这座位于始兴平原墨江河畔的小围，是城南镇水田坝村的一座更围，起了望、监视和打更报警之用，在离更围约200米的东西两侧，还有两座较大的围，三围成交角之势，互为呼应。

大围位于始兴县南部山区的隘子镇满堂村，是清道光十三年（1833年）始建的砖石结构的四合院式围楼，前后共花了28年时间才建成，围内至今仍住有三四十户人家，全是围楼建造者官乾荣的子孙后代。大围取名为满堂大围，乃子孙满堂福禄满堂之意，其规模之大，气势之雄伟，设施之完善，堪称岭南第一大围，是国家重点文物保护单位，正门上方有全国政协副主席叶选平先生时任广东省长时题写的"满堂客家大围"牌匾。

满堂大围占地面积1.3万多平方米，有12个院、9个厅、6个天井和平房、楼房、炮角楼等居屋共777间，并配备有马厩、水动碾坊等生产生活设施。整个围有高大厚实的围墙环绕，屋前还有一块长约200米，宽约7米的门坪。大围采用我国传统建筑工艺中的"抬梁式"和"穿斗式"混合结构，布局严谨，外观雄伟，由中心围、上新屋和下新屋三组建筑组成，每组之间各有一条两米多宽的巷道，互有门相通，使每组既自成一统，又相互沟通而浑然一体。中心围是整座大围的中轴建筑群，外层为厢房，大门向南，南墙与东西边墙成直线直角，北面向外突出呈弧线状，外层与里层之间有河卵石铺砌各种图案地面的院子。里层是整座大围的重点，单体平面呈"回"字形，为典型的"四点金"式建筑，主体高三层，四角建有如近代炮楼式建筑，居中为花岗岩条石券顶正门，其门为两门两闩，铁、木质各一套，门顶端有一蓄水池和设有机关，既可抗强攻也可防火攻，围楼底层墙厚达4米；二楼以上墙厚1米，用水磨青砖，四角用花岗条麻石包砌。后栋首层正中为祖厅，以上称大子楼，有功名成就的子孙方可居住。里层内间有4米宽的回形檐廊。上新屋和下新屋是中心围建成之后逐年所建，上新屋为"殿堂式"，单体平面呈长方形，下新屋则属"围龙屋"，两组建筑格局大体一致，其特点是厅堂多、天井多，有三进两井，也有一进一井。据说，大围历经160多年风雨而不沉不裂，是因为其地基下交叉排列着九层松木的缘故。

在距满堂大围约1公里的坝尾村，有一座上大下小的"四点金"式四层坭砖围，这就是怪围。怪围怪在上大下小，顶宽比基宽多半米左右；怪在砖与砖之间不搭码，仅靠每隔十多行砖垫一块木板作牵拉。据说，怪围是建筑师与建造大围的建筑师斗法的产物："你以大取胜，我则以奇取胜"，且颇自信地宣称：坭砖围的寿命要长过大围。160多年过去了，饱经沧桑的坭围仍耸立于清化河畔，与大围隔河相望，这真是个奇迹！（笔者在本文脱稿前获悉，因原居住在该围里面的人家于21世纪初迁出，围楼瓦面遭鸟、猫、鼠"联军"进攻而无人驱赶与收拾，终因漏雨致坭墙坍塌，今已崩毁一半，甚是可惜！）

名围即位于县城西侧太平镇东湖坪村的永成保障围。该围之所以称为名围，乃因清代洋务派领袖、湖广总督张之洞为其题名"永成保障"，据说此围名得来乃因围主——其时在本地有"钱王"之称的曾氏，捐赠巨资赈济粤西西江水灾灾民，此举令"龙颜大悦"，赐封曾氏为"奉政大夫"（正五品），张之洞更是在其修建围楼时以题匾的方式对其善举予以表彰；说其有名还因该围楼保存完好，成为始兴对外开放展出的围楼，现为"客家民俗文物展览馆"，分"婚育风情"

"农耕习俗""服饰艺术""生活小品"四大类展出客家民俗文物精品；说其有名还因在此拍摄过19集的长篇电视连续剧《围屋里的女人》（实际上应该叫《围楼里的女人》才准确，因为永成保障围是围楼而不是围屋）。

名围因有清朝湖广总督张之洞专为该围题写"永成保障"石匾而闻名于世，此围建于清光绪二十一年（1895年），长方形，四层砖石木结构。墙高13～15米，厚0.4～1.5米，布满各种瞭望孔和射击孔，四角为炮楼。里面有住房、厨房、厕所、储藏室、水井，回廊过道上下四通八达，最有趣的是围楼内回廊的柱子从二楼起，一层比一层大，呈下小上大状，寓围主一代更比一代强之意。

在始兴，为人们所乐道的围楼，还有位于墨江河畔，在20世纪40年代曾作为广东省委办公地的沈所红围，还有因国民党反动派围剿在围内的"风度抗日大队"指战员而嵌满弹孔、被炸豁口的外营围……

一座围楼就是一个世界，每座围楼都有一串故事，故事里，有美丽、有传奇，也有悲壮！

2005年6月9日定稿于晓得斋

围楼故事

1 满堂大围的巨额建设资金从何而来?

始兴县隘子镇满堂大围占地13 000多平方米，有大大小小的房子777间，连续建设时间达28年之久，所费资金至今已无法统计和折算，一说为万两黄金，一说为千万两白银，"耗资之巨而致无法估量"是所有到过满堂大围的参观者的共识。

始兴为客家地区，境内村落多由居民聚族而居而衍生发展成村，在新中国成立前，绝大部分多为一村一姓。村中的围楼通常为全村人所有，其建设资金一般而言有三种来源：一是全村人平均出资和出丁（劳力）兴建，钱多丁少的人家可多出钱顶丁，钱少的人家则多出丁折钱，围楼建成后按出资出力的情况来分配房屋，其分配较为平等。二是由村中富人出资，其他村民出力（做小工），围楼兴建后出资者享有大部分房屋。三是村中大富人家独资兴建，围楼为出资者所有，其他村民在围内没有房屋，但在遇有外族或匪盗来犯时，围主会主动打开大门让邻里乡亲入围避险躲难，并组织村民共御来犯之敌。

满堂大围属独资兴建。那么，一个地处粤北山区的边远小镇，从何而来如此巨大的建设资金？对此，大围的始祖、建造者官乾荣的子孙们有不同版本的传说。一说是当年太平天国曾到其发源地广东沿海一带筹集资金，后因海运水路被清兵封锁，改走内地河道和山路水陆兼程运送军资，其线路是先乘船从珠江至北江（珠江支流）再往浈江（北江支流），到浈江上游下船走陆路过梅关至江西赣江后，再转乘船从赣江往长江到天京（南京）。在最后一次运送军资沿浈江途经始兴时，传来太平天国"国都"天京被清兵攻陷的消息，押送军资的长官便指挥船队将官船扮成民船，从始兴江口拐入墨江（浈江支流）上行至始兴县城，随即租了几十只小船，把所押军资分几个小队沿墨江溯源而行，直至墨江源头隘子镇，才把军资卸下来搬到一山洞里藏匿起来。对于这批军资如何为官氏所得，官乾荣的后人又有多种说法，一说是官乾荣进山打猎偶然获得；一说是官乾荣受长官所托保管军资，后因天国灭亡且超过约定保管期限多年，故官乾荣便起资用以修筑围楼，并期望日后能成为天国复兴的后方根据地。

又有一种传说则说太平天国将领石达开率部出走时，带走了大批军资，一部分被其残部南下带到隘子，后为官氏所获。但据考证，大围始建于清道光十三年（1833年），比洪秀全创立"拜上帝会"的1843年还早10年，比太平天国的金田起义（1851年）早18年，到1864年天京陷落时，大围早于1861年全面竣工。由于以上两种传说经不起推敲，因此又有人说是别的起义部队的军资，但是哪一支却说不明白，说得较多的是闯王李自成的残部。

在满堂，笔者感到官乾荣的后人更加认可的传说是：地处大山深处的满堂村四周都是茂密的山林，林木资源十分丰富，但因当地溪流小且多湾多滩多坎，无法运输而出不了山致价钱甚低。外出经商的官乾荣知道木材在广州等地价钱是隘子山区的几倍，聪明的他便用经商所得的资金加上从朋友处筹来的资金，以极低的价钱买下家乡几万亩青山，然后请来大批工匠，一边伐木一边开凿了河道，并利用桃花水（汛期）放木排出山。几个年头下来，狠狠地赚了一大笔钱，便有了建围的资本。有一说法是每放一批木排出山，便运回一船白银。当然，这是夸张的说法，因为除了军队，作为商人是不敢装一船白花花的银两招摇过州穿府的，而且不止一次。

卖木得利筹款的传说比较而言较可信。大围由中心围、上新围和下新围三大单元组成，先建中心围，其次建上新围，最后建下新围。据说到了建造下新围中后期，由于官氏所买青山的木材越卖越小，得利日渐减少，致工程建设资金无法按时到位，因此下新围建造得比较粗糙，甚至有用坭砖代替青砖的现象。

2 坚不可摧的满堂大围

满堂大围除基部用长条的麻石砌墙脚外，其余墙体全部由青砖砌成。其青砖成品多为26.5×12.5×6（厘米）的长方体，砖体的六面均经人工用手工打磨而成。传说当年为确保砖规格统一大小一致六面平整，官氏请人用生铁铸造了一批打砖用的砖架（在当地，做砖坯用的砖架都是木板做的），以保证砖坯不变形走样，青砖出窑后，还增加一道手工打磨工序，并规定每个磨砖的工人每天只准磨3块砖，每块砖要磨够3个时辰，超额者不但无工钱可领且要罚款。当年曾有一手脚勤快的李姓农民不相信多干活还会受罚，到工地干活的第一天就磨了5块砖，结果果然是不奖且罚，多出的2块砖罚了2天的工钱。整齐的青砖保证了墙体的质量，没有用石灰批荡的满堂大围，墙体平整且坚不可摧无一丝裂痕，后人至今无法在墙体上打下一枚钉子，哪怕是钢钉，不用冲击钻打先锋就无法立足生根。墙体的整齐坚固，还得益于砌墙用的石灰浆中加入了黏性极强的糯米浆，使砖与砖之间黏合成密不可分的整体。20世纪60年代，始兴县组织全县民兵在满堂大围搞集训，当年曾参加集训的老张说，他晚上挂蚊帐时看到无法在砖上打钉子，就想在砖体之间的缝中找到突破口，没想到缝中的砂灰比砖还硬！

由于墙体的坚不可摧，固若金汤的满堂大围曾成功地抗御了日本鬼子的进攻。1943年秋，曾有一队日军游荡到隘子，听说有一古城堡似的满堂大围，便耀武扬威地开到满堂村。官氏家族听到日军将来，全村老小早就躲进中心围内。围楼之大令日军无法列阵包围，墙体之坚又令其无从下手，放枪恐吓又毫无作用，逼急了围内还会扔出反击的石头砖块。日本兵苦攻了三天也无计可施，最后想到用火来烧开围楼大门，可火没烧多久，火苗就被围楼的人启用防火门机关给浇灭。可能是不出围门就可把火浇灭的机关震慑了侵略者，日本兵怕拖延下去不知会被什么机关要了性命，便草草收兵。

3 铮铮铁骨外营围

外营围位于始兴县城西部，距县城约8公里，是始兴县沈所镇外营村（今称"八一村"）中的一座由河卵石砌成的有5层高的方围。59年前的1945年8月1日，始兴县人民抗日武装"风度抗日自卫大队"的指战员们和当地革命群众，在这里与国民党反动派进行了一场殊死激战，谱写了一曲惊天动地的英雄赞歌。

在抗日战争接近全国胜利的前夕，始兴县人民抗日武装"风度抗日自卫大队"集中500多人的兵力，于1945年7月23日驱除日寇收复了始兴县城。急于抢夺胜利果实的国民党反动派闻讯大惊，于23日当晚便调集65军160师和187师两个正规师编制的兵力，从江西省的全南、龙南、定南三县分三路向始兴逼近。为使县城和附近居民免遭战火灾难，并在政治上和军事上争取主动，"风度抗日自卫大队"及时将部队撤出县城，一部分撤至始兴北部山区，大部分撤至外营村一带。

外营村是"风度抗日自卫大队"的根据地，群众基础很好，"风度抗日自卫大队"所辖的"营队"就常驻扎在此，村中的围楼就是"营队"的主要活动场所。

获悉"风度抗日自卫大队"撤至外营村，敌军187师于8月1日晚派出559、560两个团，以2000人的兵力包围了外营村，并占领了外围的各个山头，在最高点马头栋架起了大炮。2日凌晨发现敌人包围村子后，驻在村内的"风度抗日自卫大队"第一中队在"营队"的掩护下，冲出包围圈安全撤出。未能撤出的小部分风度大队干部和"营队"一起,与敌人展开战斗。与此同时,驻扎在附近村子的"风度抗日自卫大队"第二中队等人民武装,也及时摆脱敌军的围剿,安全转移到山区根据地。

8月2日,坚守外营的风度大队"营队"和未能撤出的大队小部分干部,在指导员郭招信等的组织指挥下,与敌人展开激战。敌人从村外打入村内,每前进一步都要付出重大伤亡。经过一天街巷苦战,面对兵力多于自己十多倍的敌人,"营队"带领群众转入到村东的围楼,凭借坚固的围楼,用机枪、步枪和土枪土炮继续抗击敌人,打得敌人尸横田野街巷。激战三天三夜,围楼仍未攻破,敌人在两次诱降失败后,从西北角开挖地道至围楼墙根,用烈性炸药把围楼炸塌一角,在马头栋的敌军也向围楼发射了几枚燃烧弹,围楼被烟火吞没。眼看围楼难以坚守了,郭招信组织战士和群众乘夜雾突围,突围中,有不少人倒在敌军密集的枪弹扫射下,有"神枪手"之称的郭招信也在掩护战士和群众突围时壮烈牺牲。

在围楼旁的鱼塘边与孙子一起放牧鸭子的一陈姓老人告诉笔者,他就是当年从围楼中突围出来的幸存者。"那一仗打得很激烈,有10多个风度大队干部战士牺牲了,还有100多个外营村的群众被杀害,120多间民房被毁,仅四五十户人家的外营村就有14户全家人被杀害……"

这就是国民党反动派制造的震惊南粤的"外营惨案",这一惨案暴露了国民党反动派消极抗日积极反共的丑恶嘴脸。为记住这一事件,新中国成立后,人民政府授予外营村"八一"村光荣称号,墙体布满弹痕的外营围仍挺立村东,以其铮铮铁骨成为不朽丰碑。

4 战时省委——沈北红围

红围位于始兴县城西部约6公里处,东面有始兴名胜象山文塔,南临沈所河,西接外营村(距2公里左右),北面靠马头栋山系,山后是墨江,江对岸就是始兴通往外面的大公路,所处位置既隐蔽又交通方便。

1938年，中共广东省委领导机关从广州秘密迁至广东战时省会韶关，领导全省的抗日救亡运动。其时，国民党特务横行猖獗，省委机关在韶关活动很不安全，需要找个比较安全的地方以便开展工作。省委领导机关于1940年春夏之间迁到始兴。为保卫省委领导机关安全，始兴党组织安排省委领导机关先在县城东门街和城东的多俸堂村小住了一些时日，后几经选择，便迁往"红围"。红围是高五层的卵石围，周边各村群众基础好，保长是省委交通员郭招贤的胞兄，政治上比较开明，他住在三楼，围内还住着几户老实的农民。省委书记张文彬和机关工作人员住在四楼，电台设在五楼。省委组织部长李大林则住在离红围四五公里的信义小学附近的一老太婆家。由于有了比较安全的驻地环境，省委的一些重大会议和活动都在红围里进行。1940年夏，中共广东省委把粤中等已暴露的党员干部调到韶关另行分配工作，分配前在红围举办了为期一个月的学习班。始兴地下党组织为学习班解决生活上的困难，并保卫学习班安全地完成了学习任务。此外，始兴地下党组织还协助省委在始兴的港江口举办了一期有各地区、县党组织负责人参加的党员骨干学习班。1940年底，省委在红围四楼召开会议，研究将省委划分为粤南省委和粤北省委以及干部调动问题，并传达学习中共中央关于《论政策》的文件。

从外地调来省委机关的工作人员，始兴地下党组织则通过各种关系和合法手续，安排在红围附近的信义小学、沈所小学和日新小学任教，以职业掩护安全开展工作。

1941年春，省委迁往韶关，电台仍留在始兴红围里，交由始兴地下党员吴新民、郭招贤先后负责保护。1942年5月，粤北省委被国民党特务破坏后，电台负责人黎百松在韶关获悉此消息即返始兴红围发电向延安报告，及时得到中央的指示，使党的组织没有再次受到损失。

2005年6月9日定稿于晓得斋

旧作五篇

1 老区之行（组诗）①

老区留影

胶卷
铺展成老区弯曲
嵌满卵石的小巷

老赤卫队员披着
油腻的大衣
英雄的母亲用酸菜心哄逗孙子
挂鼻涕的小不点们
骑在巷口爬满乱草的残墙
唱　西边的太阳快要落山了

缀满补丁的衣裳
缠裹住老区人欲伸展的身躯
或作旗状飘在

---

① 《韶关日报》1988年8月7日第三版以四分之一的版面推出了这组诗，组诗入选"建国四十周年征文"，并获优秀奖。这是1988年"八一"时到位于车八岭自然保护区的革命老区茶柏岭村（今车八岭瑶族生态村）采风后所作。

灿烂阳光下的晾竿上
从这头寻觅到那端
脚步沉沉
一步一格
岁月的镜头
逆涉历史的长河
在村巷里的足音里
咔嚓　咔嚓地曝光

当我开启
暗盒的时刻　老区
在用泪水冲洗
我心灵的底片上
渐渐显影

族　长

雕龙手杖戳在
嵌满卵石的村巷
把祖传的规矩敲响
泛黄的族谱写在
布满沟壑的额上
捏得乌亮的毛竹烟筒
吐出一串串
被村人奉为吉训的言辞

漆皮剥落的太师椅

常被搀来主持公道
碗口粗的烟筒威严地一顿
捋胡子的手使劲地一挥
端平了满满一碗清水

长者的风范
系在紧扣的长衫
溪边的榕树下
鹅毛羽扇悠悠摇曳
撩起赤卫队
昨天浴血山寨的阵阵硝烟

刻在肩胛的弹花
时常为山村的贫穷隐隐作痛
伫立在村东的烈士墓前
默默地向战友诉说内疚
——为辅佐后辈
愿似日暮的夕阳
用余晖
将驱逐黑夜的灯火
点亮

山神庙

青藤遮掩斑驳的墙壁
乱草丛生在残缺的瓦面
山谷长风

叩响檐角风铃

哦
山神庙
游击队员曾靠你遮雨挡风
用你迷蒙神奇的香雾
驱退
搜捕伤病员的日伪军
门前清澈的溪水
洗拭游击队员转战的仆仆风尘

呵
山神庙
百载风雨里依然伫立
那袅袅腾升的紫烟
许是抚慰长眠的忠魂

山外的劲风
已呼啸而来
推开你厚重的山门

2 放生（小说）①

南洞山区林深树茂，多野生动物，常有猎人出没。

深秋，上午，一辆黛绿吉普穿梭于林间公路，车上3人，皆着制服携枪者。

司机眼尖，蓦地发现前面百步之遥的路坎圳边，有一小鹿在饮水，乃告同伴A和B。车停。A、B相继悄然下车，掏枪，压弹上膛。A倚车，B卧地，同时举枪，"砰、砰、砰！"各发三枪，弹击水溅，声荡山谷。水鹿闻之，急跃圳而过，向林子逃去。走十余步又立，驻足回首，观枪响处，——此乃饮水未足也。A、B见击而未中，复又各发两枪。水鹿突惊，始知非闹着玩，拔蹄而遁，片刻无踪。

A看B，B看A，皆摇头。收枪，耸肩摊手，暗道惭愧。正欲上车，猎人D从林间持枪走出，且走且歌道："若非两位先放枪，那百来斤的水鹿已是吾之物矣，可惜，可惜，两位枪法有欠精度矣。"B闻言脸红如霞，A却以手撑腰，正色道："水鹿乃国家保护重点动物，岂能打之！刚才是鸣枪叫它回林子去罢，此乃放生之举也。好在尔没放枪，不然，吾将抓尔。"

D不解，问："既是鸣枪，何不对天而放？尚且似乎可以以汽笛代之也。"

A怒曰："尔这村夫，岂知吾等用心良苦也。吾等枪法皆精，岂会伤鹿之毫毛！"

言罢，A、B遂上车，入座，"砰"然关门。A复又探头窗外曰："尔不得再追那鹿，否则抓尔。其实，就凭尔刚才之言，也实可以'偷猎未遂'捕之，不捕，乃放生也。"言罢，车子扬尘而去，将一车尘雾罩住D。

D默然，搔首，摇头，继而朗朗而大笑，高歌"明白了，明白了……"而归。

---

① 本文于1992年10月首发于《韶关日报》，获韶关日报社与车八岭保护区合办"翠笛绿韵"征文一等奖。后被《微型小说选刊》等数十家报刊转载。

3 呵，风水树①

很多很多的人，总爱把你们——古老的风水树与封建迷信扯在一起。这不奇怪，因为，当初你们确有很多伙伴都因为封建迷信才得以生存和成长的。

可我，我赞叹你们——古老的风水树，你们数百年，乃至上千年来，脚踏实地坚守在各自的位置上，为人们遮阳挡风，拦洪缓旱，或者呼风唤雨。你们是名副其实的风水树哟——挡风蓄水。

你们或居村旁，或隐幽谷，或立桥头，或倚山麓，或耸山峦，或拥山门，或列堤坝；你们或成群列阵，或三五结伴，或成双相伴，或独树遮天。你们千姿百态，古朴苍劲的身影，给我们这个世界增添了多少美妙风光。你们的一伸一屈，一挺一弯，一仰一俯，摇曳出多少瑰丽的田园诗章。

风水树，我赞美你们，也曾为你们忧虑：你们一年比一年少——无常的风暴时常袭击你们的苍老；大炼钢铁的烈火曾卷去你们许多伙伴；更有那些不肖子孙，借破除迷信的幌子，时刻都想着要把你们——伐倒，占为己有。

呵，古老的风水树，褪去你们从前赖以生存的迷信彩衣的今天，那日渐完善的法律，将使你们得到更完善的保护，《森林法》就是你们今天的护身符。在春光明媚的今天，你们将更加枝繁叶茂，永驻人间。

4 踏 浪②

沿着弯曲回旋的小路，深吸着森林里特有的新鲜气息，我独自穿行在初秋十月的车八岭保护区的山林里。

脚下的枯枝腐叶发出"吱吱"的声响。越往前走，林子也越稠密。丰满的树冠连成一片，绿得发黑。一种阴森森的感觉蓦地袭上心头。几株早熟的山枫，

---

① 本文于1988年3月首发于《韶关日报》。

② 本文于1992年11月首发于《韶关日报》，后被多家报刊转载。

撑着枯黄色的巨伞，点缀着林海。许多认识和不认识的鸟雀，或歌或舞，在枝头上跳上跳下，似在欢迎我的到来。哟荷荷——突然，一声悠长的响啸自林深处传来，紧接着，又一声响啸自密林处的另一端响起，山谷里立即回荡着一声接一声的回音，哦，那，许是采脂人在相互呼唤吧。

跟随着林子里斑驳的太阳光线的移动，我加快了穿行山林的速度。一阵犬吠，从前面传来，那吠声很响亮很兴奋很起劲。刹那间，一只雄健的黑狗箭一般射到我跟前，一个老头手搭凉篷，站在远处的绿荫遮掩杉皮小木屋前，朝路这边眺望。这是一间放菇人的小木屋，里面有酒，有茶，有咸干花生、竹筒饭和猎肉。靠门处，还有一杆乌亮的鸟铳和一只用来装硝药的牛角。好客的瑶族老人亲切地为我斟满了一碗酒，朗声说道：走了那么远的路，喝一碗解解乏啊。我双手捧起酒碗，美滋滋地品着。嘿，真够劲儿。老人告诉我，他在这里放香菇已好几年了，猎枪是用来防身壮胆的：办了保护区就不准打猎了。老人二十多岁的小儿子跟着他一起放菇，每年的收成都挺不错。"儿子今天回寨子看他的细端去了，怕要明天才回山。细端的阿爸就是你要去采什么风的老戴。"老人笑着解释道，"细端就是你们说的妹哩。"

离开放菇老人的小木屋，再往前就是完全处于自然状态的阔叶林。荷树、枫树、楠树、樟树和椎树，各自撑着巨伞状的树冠；挺直的大杉树，则像剑似的冲上云霄。整个森林凝聚着昂然的气势。

突然，一只小鹿从密林中蹿了出来。那金栗色的皮毛，在秋阳下，好像柔软的丝线。它仰起那漂亮的尚未长出犄角的头颅，站在路中四下张望，转而又静静地凝视着我。我缓缓地靠近它，企望能抚摸它那柔软的皮毛。忽然，它兴奋地叫了一声。一只母鹿急切地呼唤着奔到它身边，戒备地瞅了我一眼。片刻，它们向密林深处跑去，像两朵黄云飘逝在绿海中，留下一串悦耳的鹿鸣。

望着远去的丽影，我深吸一口气，奋力地攀上一个山崖，迎风眺望眼前一望无际的山峦，那一道山峦连着一道山峦，一座山峰套着一座山峰，起伏绵延，层层叠叠，如绿海扬波。

山崖下，清亮的山溪像个调皮的孩子，嬉笑着跳来跳去，弯弯拐拐地向山下奔去。一只白腹山雕在山林上空盘旋着，不时发出如婴儿般的"哇哇"叫声，它那张开的带梅花斑点的翅膀，在阳光下折射着光泽。

慢慢地走进了深山的腹地，只见大片大片金竹林、丝茅和零零星星的芒萁草，散布于林窗和林边的空地。野芋展着雨伞似的柄叶，纷然布于溪畔；一丛又一丛的芭蕉，张开碧绿的扇叶，迎风摇曳于水边。几尾如水墨国画中的青墨泛黄的小鱼在水中草旁游来游去。

一座小木桥，架在深渊的两端，把路延伸到那边。桥是用两根长杉原条排扎而成的，我用手中的木棍用力地捅敲了几下，听到"邦邦"的实木声响，才放心地迈了上去，人走在上面一颠一颠，摇摆不止——胆小的人看一眼那深不可测的水潭，会双腿打战。心比桥更摇。

过了小桥，不时见有藤蔓盘缠着树干，垂挂林间，恣意纵横地罩满枝头，势若龙腾蛇舞。森林也更加密了，松树和杉树渐渐地稀少了，满眼是水桶般粗的枫、荷、椎、楠、樟，它们以种群的组合方式，或大片或小群，错落地分布，构成了车八岭保护区中亚热带原始次生林，山风吹来，掀碧涌翠，涛声如雷，枯枝老叶随着阵阵林风，纷纷扬扬地从高高的树梢和林冠飘坠……这雄伟磅礴的气势，把我震慑住了。

突然，一条一米多长的"饭铲头"从草丛里无声地向我溜来，我忙闭住气息，捏紧手中的棍子。蛇在距我三步远的地方停下，直起身子一尺来高，腮部一鼓一鼓地频频吐着信子，四周静悄悄的，蛇信子的微微声响都能清楚听到，人与蛇对峙着……

蛇，终于胆怯了。只见它慢慢地把头摆向左边，垂下身子向旁边溜去。没走多远，又直起身来，对我晃晃头，然后消失在草丛里。这家伙，是向我告辞呢，还是和我"再见"？

森林里的日照格外的短促。阳光被西侧的山峰遮挡。一俟走进阴影，便有一种料峭的寒意从身后袭来。我挽手用清亮的溪水擦了把脸，喝了两捧清澈的山泉，缓了口气，放慢了前进的速度，享受着斜阳穿林山溪如弦的秋日林间漫步之意境，慢慢地穿过了茂密的森林，进入了保护区的改造利用区。林子渐渐光亮起来，幽深的阔叶林也开始稀疏了，渐渐地看到成片成片的杉木、松树的人工纯林和混交林了。我摊开地图，摆正指南针，又一次找出自己所处的位置。啊，快到茶柏岭村了，我舒了口气，奋力攀上又一个陡坡。

一阵"呷呷呷"的鸭叫声从山坡下的溪畔传来，我惊喜地喊了一声，快步向山下走去。许是我跑得太快了，鸭子们惊得"扑扑扑"直拍翅膀，戴着尖顶笠帽的牧鸭姑娘好奇地盯了我一眼。当她得知我独自从山那边的樟栋水走了二十几里山路来到这边时，她满脸疑惑地问道："走又宽又平的公路要舒服得多呢，碰巧了还能搭顺风车，你不知道吗？"

望着她那迷惑不解的神态，我想她一定会认为我是个怪人，可我能对她解释什么呢？要是告诉她：冒着一定的风险走山路是为寻找某种感受；或者说独自一人在森林中漫步穿行，是何等的逍遥自在，是一种享受；或者说在森林中能获得某种解脱……告诉她谢辞山那边要用专车（而不是碰巧）送我过来，是为尝尝穿越森林，"潇洒走一回"的滋味……她又能否理解？

回首四顾那层叠绿浪的森林，我仿佛从绿海中踏浪而来，整个人也仿佛是从外到里都被彻底地染绿了。呵，森林，哺育人类的摇篮，你确有一种奇特的、震慑灵魂的气势。你博大的胸怀，蕴含着许多深刻的哲理，给世人多少启迪与希冀……

我恋恋不舍地与群山频频挥手，与牧鸭姑娘一起，沐着醉人的夕晖，向炊烟袅袅的村寨走去。

5 美丽的石头会说话——始兴石笋的传说①

在粤北始兴的东部，距始兴县城30公里处的亚历河畔，于青山怀抱的一潭

---

① 本文于1996年4月首发于《韶关日报》（同时配发有作者自拍的石笋、石蛙、成仙墩3张图片），后被《粤北乡情》十多家媒体采用和转载。近年来还多次发现有人以"剽窃"的方式，全文照抄作为自己的原创作品发布于网络等新媒体上，这也是本书将此旧作收入的原因——让读者清楚该文的原作者是谁。

碧水中，位于进入车八岭国家级自然保护区的公路旁，耸立着一座高十八丈宽六丈，形似毛竹竹笋的青灰色石峰，这就是始兴著名的名胜风景——石笋风景区。

石笋在绿绕翠摇的青山碧水中，显得醒目而突出，被车八岭国家级自然保护区定为进入保护区的第一景。石笋之所出名，被数次入选始兴的十大风景名胜榜中，除其景色醉人的自然景观外，还缘于其本身的美丽传说。

相传始兴自唐代出了岭南第一相张九龄后，始兴声名鹊起，读书求学之风一时风起，更引得八方骚客文人纷沓而至，连天上的文曲星闻之，也忍不住想要下凡来看个究竟呢。

话说始兴当地有一饱读诗书的吴姓书生，一日乘竹筏沿绿映翠拥的溯源河（罗坝河古称）溯源而上，尽览沿途醉人秋色。晌午时分，竹筏来到石笋旁时，即被石笋的秀丽风光所"诱惑"，叫排工撑着竹筏来来回回前前后后地撑了好几个回合，后又登岸攀峰，直把石笋上上下下前后左右看个够，连连击掌叫绝称妙。其时恰逢正午，蔚蓝的天空上白云飘飘，石笋四周山青树绿澄水相映，鸟啼鹊跃……近观远眺，吴姓书生仿佛看到一支笔峰朝天的如椽大笔，倒插在碧潭中，在"天纸"上笔走龙蛇写天书，于是，他脱口吟出了"铁笔插深潭倒写文章天作纸"这一气吞河山的上联。上联一吟出口，吴姓书生就感到气势太大，下联不易对上，果然，他踱着方步在石笋旁绕来绕去，一连苦思冥想了好几天，眼看竹筏上所带的酒都快喝完了，也没对出个满意的下联。就在吴姓书生束手无策之时，奉旨到始兴巡视的二郎神也来到石笋，可是二郎神也没法对出来，因为他虽是神仙却是一员武将，吟诗作对可不是他的强项。不过他出了个好主意：这笔既是以天为纸写天书所用，那我就带你到天庭上去，与文曲星们切磋切磋吧！ 吴姓书生想想也好，便跟着二郎神到天庭去了——他们升天的一块方形平顶柱石，至今仍留在石笋的东方，被后人称作"成仙墩"。据传"成仙墩"上的一石匣子原来藏有成仙上天秘诀，后因玉帝恐天庭"仙口"太多，怕到头来天庭也要搞计划生育，便叫二郎神取回天庭，至今只留下一个方形的"石窗"。

据说吴姓书生到天庭与文曲星们切磋了三个时辰才想出了较满意的下联，正当吴姓书生兴冲冲欲下界"续对"时，二郎神来传玉帝旨意说：天庭上缺一名演说家，你既姓吴，口在天上，又有这等才学，理当留在天庭发挥你的长处。玉帝有旨，吴姓书生只得留下，并与在月宫里经营桂花御酒的吴刚董事长叙上了宗亲，至于对出来的下联就由天庭的一只能通人言的神蛙去告诉下界的人们。

许是石笋的风光太美了，难得下凡的神蛙一见，就喜欢得"嗵"的一声就跳入潭中玩个不亦乐乎，待它玩个尽兴上得岸来，才知道大事不好——写在右前臂的下联被水洗掉了！这可怎么办呢？神蛙想文曲星们能对出来，难道我就想不出来，顶多是花多几个时辰罢了——好歹我也是神蛙呀！于是，神蛙便面对着石笋蹲下来想下联，可是想很久也没记起一鳞半爪，想不起就交不了差，就得一直到想出来为止。直到今天，这只贪玩的神蛙也还蹲在石笋前苦苦思索呢——当然随着时光的流逝，它早已变成了石蛙。由于神蛙的贪玩，更主要是由于石笋的风光太好了，以致吴姓书生与天上的文曲星们对出来的下联失传了。

几十年后的一天，因谏迎佛骨触怒宪宗皇帝被贬为潮州刺史的韩愈，赴潮州上任时经梅关路过始兴，听说当地有这一"绝对"，便在几位始兴才子的陪伴下来到石笋，一来游览沿途风光，二是想把对子对出来。可是面对石笋，韩愈除了连声赞好外，却未能对出下联。大约又过了二百八十年，因事遭贬至惠州的苏东坡也经梅关路过始兴，在始兴小驻时，听到了"绝对"和韩愈未能续对的传说，便在游览始兴的玲珑仙室名胜并题诗赋词后，也兴致勃勃地乘舟来看石笋，有了韩愈的前车之鉴，苏东坡没敢夸口说自己一定能对出下联，只是说试试看。果然，思来想去，喝了九九八十一坛始兴黄酒，也没能对出来——苏东坡也被难倒了，只好带着石笋的美好景色和满腹的遗憾匆匆奔惠州而去。

既让始兴人骄傲又让始兴人抱憾的石笋绝对，就这样传了一代又一代，也难倒了一批又一批的文坛泰斗。民国时期和新中国成立后，始兴人也曾在省市报刊上广征下联，但直至今天也仍是"绝对"。现在，车八岭国家级自然保护区又在门楼上将上联挂了出来，向广大游客征对下联。不过，你作为一名到车八岭游玩的旅客，对不上这"千古绝对"也就不是什么丢脸的事了——唐宋八大家中的韩愈、苏东坡不都没能对出来吗？！

跋

鸷 鸿

　　这本作品选集，是我在车八岭十二年的文学写作的一个记录，是我自少年时代起就追求的文学梦想的延续。当我将最后一组二十年前在车八岭采风创作并发表的旧作收入《我在车八岭等你》文集时，就算是把全书的文稿选好了——终于可以歇会儿了。书稿选好了，心中却有些忐忑不安：这书能否给读者朋友带来悦读？读者朋友会接纳吗？

　　本书的收集整理编辑出版，得到了领导和众多朋友的关心、鼓励与支持。省林业厅领导获悉我的作品将由羊城晚报出版社出版发行特意打来电话予以鼓励与祝贺，广东羊城报业传媒集团有限公司的副总经理李时平先生、韶关市作家协会的前主席李迅先生，分别为本书撰写序言，始兴县作家协会的文友们提示我找到已发表但未收入的作品，同事小栾、小王帮我将早期发表的作品打成电子版文本……在此，一并致以最衷心的感谢！

　　因作者的水平及见识的局限，此书肯定还有许多不足甚至谬误的地方，在此真心地欢迎读者朋友们给予批评指正。

　　车八岭，这一方位于广东东北部的山水，因其物种的丰富，于20世纪80年代初划定为自然保护区，至今已有三十五年之久，由地方级保护区逐步发展成为国家级保护区、世界生物圈保护区，享有"南岭明珠，物种宝库"之美誉，并将在当今"生态文明建设"中发挥良好的生态功能，持续地长久地保护下去。

　　作为在20世纪80年代初毕业的林学专业技术人员，我在参加工作之初，恰巧就工作在车八岭所在的始兴县，无论是在林业部门还是在县委机关工作，因工

作的关系，对车八岭保护区并不陌生，对车八岭的许多许多美景与传奇……还能如数家珍地对朋友们说道说道。十二年前，组织上把我从县委机关调到车八岭保护区任职，让我从县委机关负责人的角色转换到保护区管理者角色，重新回归到"林家铺子"，从此，便零距离地参与到车八岭保护区的建设与管理中，成为名副其实的看山人。

我自中学时代就喜欢写作，20世纪80年代初开始在报纸杂志上发表文章。虽也曾有过"作家"与"诗人"的"头衔"，也曾担任过近十年之久地方作协的掌门人，但内心深处更喜欢的，是做一名自由自在、没有写作任务、更没有写作压力的自由撰稿人——因为，业余爱好不是工作，写作是自己喜欢的事情，我不愿所喜欢的事有压力逼着催着。现在，在车八岭，我终于成了自由的写作者——我手写我心，我的作品只写自己感悟的且乐于陈述与表现的。

在始兴县城的家里和车八岭保护区管理局，我都有自己相对安静的读书和写作的空间，家里的书房叫晓得斋——我在家里一般都会在早晨读书或写作，晨起开卷有益，"晓得"乃早上所得也。这也是我自称为吴晓得先生的缘由。在单位的居所，开始是住在河边的顶楼上，夜间常有山风呼啸，故自称为"听啸阁"，后迁到新的管理局址，楼旁有棵小梧桐，便称之为"梧桐山居"。车八岭茂密的山林与清澈的山溪，给了我写作的冲动与感悟，让十几年养成的写作习惯在大山深处有了新的空间，有时在山林中行走着，也会触景生情地吟上一首诗，而工作之余，特别是夜深人静独居一室之时，读书和写作，成了我远离孤寂的朋友。十多年来，不觉间，也积下了几十万字，其间约有三四万字的文章以"鸶鸿"、"吴晓得"、"梧桐"等笔名，陆续发表在省市县的各级报纸杂志及省外的各种媒体上。

车八岭是美丽的。这美丽，不只是春花秋月，不仅是青山绿水，更美在人与自然的和谐相处，美在自然生态的完好，美在乡风乡情的淳朴，美在管理者的执着，美在建设者的用心。在车八岭十二年，在参与和组织建设与保护管理自然保护区的历程中，我见证了车八岭的发展与成长，并沉浸在自然保护区的美丽事业中。我就是名副其实的地道的车八岭人，所以，我，在车八岭等你。

《我在车八岭等你》这本作品集所收集的二十万文字，都选自我到车八岭保护区管理局任职后所写的文学作品，作品篇目所描述的，其中大部分也是发生在车八岭或车八岭周边的故事，这些故事，有过去的传奇传说，也有新鲜出炉的，还有现在"进行时"的。大概是从事新闻工作久而形成的习惯，有些涉及人的文稿，我也按新闻发稿前的"作者、作品与被采访者三见面"规矩，在成稿后专门给故事主人公的原型人物看过，征求他们对作品的意见。虽然，大部分文稿因报纸杂志篇幅所限和本人不愿忍痛割爱等原因，至今尚未公开发表过，但在我成稿后征得了他们的同意才定稿。

作品集的最后部分，收集了五篇我二十多年前发表的作品，这几篇作品，都是当时以作家身份在车八岭采风后写车八岭的，由此，也可看出我与车八岭结缘之久。

在这部作品集里，有好大一部分作品，我以"吴晓得"这一第三人称的角色与视角，参与到故事中，让叙述更加灵活，让读者更有身临其境之感。这不算是我的首创，但我将其形成我独有的写作视角，并逐渐形成我的叙述风格，希望我的朋友们能够喜欢，更希望朋友们通过我的作品，也能像我一样喜欢上美丽的车八岭！

如此，你，亲爱的朋友，你就值得我在车八岭等你！

记住，亲爱的，此刻，我在车八岭，等你，等你……

2017年3月29日午时写于梧桐山居